SACRIFICES

PIERRE LEMAITRE

SACRIFICES

ROMAN

ALBIN MICHEL

Pour Pascaline

À Cathy Bourdeau, pour son soutien.
Avec mon affection.

« Nous ne connaissons que le centième de ce qui nous arrive.
Nous ne savons pas quelle petite part du ciel paie tout cet enfer. »

William Gaddis, *Les Reconnaissances*

Jour 1

10 h 00

Un événement est considéré comme décisif lorsqu'il désaxe totalement votre vie. C'est ce que Camille Verhœven a lu, quelques mois plus tôt, dans un article sur « L'accélération de l'histoire ». Cet événement décisif, saisissant, inattendu, capable d'électriser votre système nerveux, vous le distinguez immédiatement de tous les autres accidents de l'existence parce qu'il est porteur d'une énergie, d'une densité spécifiques : dès qu'il survient, vous savez que ses conséquences vont avoir pour vous des proportions gigantesques, que ce qui vous arrive là est irréversible.

Par exemple, trois décharges de fusil à pompe sur la femme que vous aimez.

C'est ce qui va arriver à Camille.

Et peu importe que ce jour-là vous vous rendiez, comme lui, à l'enterrement de votre meilleur ami et que vous ayez le sentiment d'avoir déjà votre dose pour la journée. Le destin n'est pas du genre à se contenter d'une pareille banalité, il est parfaitement capable, malgré cela, de se manifester sous la forme d'un tueur équipé d'un Mossberg 500 calibre 12 à canon scié.

Reste à savoir maintenant comment vous allez réagir. C'est tout le problème.

Parce que votre pensée est à ce point sidérée que vous réagissez le plus souvent de manière purement réflexe. Par exemple lorsque avant les trois décharges, la femme que vous aimez est littéralement passée à tabac et qu'ensuite vous voyez clairement le tueur épauler son fusil après l'avoir armé d'un coup sec.

C'est sans doute dans ces moments-là que se révèlent les hommes exceptionnels, ceux qui savent prendre les bonnes décisions dans les mauvaises circonstances.

Mais si vous êtes quelqu'un d'ordinaire, vous vous défendez comme vous pouvez. Et bien souvent, face à un tel séisme, vous êtes condamné à l'approximation ou à l'erreur, quand vous n'êtes pas carrément réduit à l'impuissance.

Lorsque vous êtes suffisamment âgé ou que ce genre de choses est déjà venu foudroyer votre vie, vous imaginez que vous êtes immunisé. C'est le cas de Camille. Sa première femme a été assassinée, un cataclysme, il a mis des années à s'en remettre. Quand vous avez traversé une pareille épreuve, vous pensez qu'il ne peut plus rien vous arriver.

C'est le piège.

Parce que vous avez baissé la garde.

Pour le destin, qui a un œil très sûr, c'est le meilleur moment pour venir vous cueillir.

Et vous rappeler l'infaillible ponctualité du hasard.

Anne Forestier entre dans la galerie Monier peu après l'heure d'ouverture. L'allée principale est quasiment vide, il flotte encore une odeur un peu entêtante de produit détergent, les boutiques ouvrent lentement, on sort les étals de livres, de bijoux, les présentoirs.

Cette galerie, construite au XIXe siècle en bas des Champs-Élysées, est composée de commerces de luxe, papeteries, maroquineries, antiquités. Elle est recouverte de verrières et, en levant les yeux, le flâneur avisé peut découvrir un tas de détails Art déco, des faïences, des corniches, des petits vitraux. Anne pourrait les admirer elle aussi si elle en avait envie mais, elle le concède volontiers, elle n'est pas du matin. Et à cette heure-ci, les hauteurs, les détails et les plafonds sont le cadet de ses soucis.

Avant tout, elle a besoin d'un café. Très noir.

Parce qu'aujourd'hui, comme un fait exprès, Camille a traîné au lit. Lui, au contraire d'elle, serait plutôt du matin. Mais Anne n'avait pas trop le cœur à ça. Donc, le temps de repousser gentiment les avances de Camille – il a des mains très chaudes, ce n'est pas toujours facile de résister –, elle a filé sous la douche en oubliant le café qu'elle avait fait couler, elle est revenue à la cuisine en se séchant les cheveux, s'est retrouvée avec un café déjà froid, a rattrapé une de ses lentilles de contact à quelques millimètres de la bonde du lavabo…

Après quoi, c'était l'heure, il fallait partir. Le ventre vide.

Dès son arrivée passage Monier, vers dix heures et quelques minutes, elle s'assoit donc à la terrasse de la petite brasserie qui se trouve à l'entrée et dont elle est la première cliente. Le percolateur est encore en chauffe, elle doit patienter pour se faire servir et si elle consulte plusieurs fois sa montre, ce n'est pas qu'elle soit pressée. C'est à cause du garçon. Pour tenter de le décourager. Comme il n'a pas grand-chose à faire en attendant que la machine chauffe, il en profite pour essayer de lier conversation. Il essuie les tables autour d'elle en la regardant par-dessous son bras et, l'air de rien, se rapproche par cercles concentriques. C'est un grand type, maigre, hâbleur, un blond aux cheveux gras, du genre qu'on trouve souvent dans les zones touristiques. Quand il a achevé son dernier tour, il se campe près d'elle, une main dans les reins, pousse un soupir admiratif en regardant vers l'extérieur et livre sa pensée météorologique du jour, navrante de médiocrité.

Ce serveur est un imbécile mais il ne manque pas de goût parce qu'à quarante ans, Anne est toujours ravissante. Brune avec délicatesse, un beau regard vert clair, un sourire assez étourdissant… C'est franchement une femme lumineuse. Avec des fossettes. Et des gestes lents, souples, vous avez immanquablement envie de la toucher parce que chez elle, tout semble rond et ferme, ses seins, ses fesses, son petit ventre, ses cuisses et, en fait, tout ça est réellement rond et ferme, le genre de truc qui rend dingue.

Chaque fois qu'il y pense, Camille se demande ce qu'elle fait avec lui. Lui a cinquante ans, il est à peu près chauve, mais surtout, surtout, il mesure un mètre quarante-cinq. Pour fixer les idées, c'est à peu près la taille d'un garçon de treize ans. Autant le préciser tout de suite pour éviter les spéculations : Anne n'est pas grande mais elle mesure quand même vingt-deux centimètres de plus que lui. Ça fait à peu près une tête.

Anne répond aux avances du serveur par un sourire charmant, très expressif : allez vous faire foutre (le garçon fait signe qu'il a compris, on l'y reprendra à se montrer aimable), et sitôt son café avalé, elle emprunte le passage Monier en direction de la rue Georges-Flandrin. Elle arrive quasiment à l'autre extrémité lorsqu'elle plonge la main dans son sac, sans doute pour y prendre son portefeuille, et ressent une impression d'humidité. Ses doigts sont pleins d'encre. Un stylo qui fuit.

Pour Camille, c'est avec ce stylo que l'histoire commence à proprement parler. Ou avec le fait qu'Anne choisisse d'aller dans cette galerie-là et pas dans une autre, précisément ce matin-là et pas un autre, etc. La somme de coïncidences nécessaires pour qu'une catastrophe survienne est proprement déroutante. Mais c'est aussi à une telle somme de coïncidences que Camille doit d'avoir un jour rencontré Anne, on ne peut pas toujours se plaindre de tout.

Donc ce stylo, à cartouche d'encre, ordinaire et qui fuit. Bleu foncé et très petit. Camille le revoit bien. Anne est gauchère, quand elle écrit la position de sa main est tout à fait particulière, on ne sait pas comment elle y arrive mais en plus, elle fait de très grandes lettres, on dirait qu'elle aligne rageusement une série de signatures, et curieusement, elle choisit toujours des stylos minuscules, ce qui rend la scène encore plus étonnante.

Quand elle sort de son sac sa main pleine d'encre, Anne s'inquiète aussitôt des dégâts. La voilà qui cherche une solution, qui trouve, sur sa droite, un bac de plantes. Elle pose le sac sur la bordure en bois et commence à tout sortir.

Elle est passablement agacée mais il y a plus de peur que de mal. D'ailleurs, quand on la connaît un peu, on ne voit pas ce qu'il y aurait à craindre, Anne ne possède rien. Ni dans son sac ni dans sa vie. Ce qu'elle porte sur elle, n'importe qui pourrait se l'offrir. Elle n'a acheté ni appartement ni voiture, elle dépense ce qu'elle gagne, pas plus mais jamais moins. Elle n'épargne pas parce que ce n'est pas dans sa culture : son père était commerçant. Juste avant de faire faillite, il s'est enfui avec la caisse d'une quarantaine d'associations dont il s'était fait récemment élire trésorier, on ne l'a jamais revu. Ce qui explique sans doute qu'Anne a un rapport assez distant à l'argent. Ses dernières inquiétudes financières remontent à l'époque où elle élevait seule sa fille, Agathe, c'est déjà loin.

Anne jette aussitôt le stylo dans la poubelle, enfourne son téléphone portable dans la poche de son blouson. Son portefeuille est taché, à jeter lui aussi, mais les papiers à l'intérieur sont intacts. Quant au sac, la doublure est humide mais l'encre n'a pas traversé. Anne se promet peut-être d'en acheter un autre dans la matinée, une galerie commerciale c'est l'endroit idéal, mais on ne le saura jamais parce que ce qui va suivre va l'empêcher de faire des projets. En attendant, tant bien que mal, elle tapisse le fond avec les mouchoirs dont elle dispose. Une fois tout cela terminé, ce qui la préoccupe, ce sont ses doigts pleins d'encre, aux deux mains maintenant.

Elle pourrait revenir à la brasserie mais retrouver le serveur est une perspective assez décourageante. Elle s'apprête néanmoins à s'y résoudre lorsqu'elle aperçoit, devant elle, un panneau indiquant des toilettes publiques, ce qui n'est pas si fréquent dans ce genre de lieu. C'est un espace situé juste après la pâtisserie Cardon et la joaillerie Desfossés.

C'est à partir de ce moment que les choses s'accélèrent. Anne parcourt les trente mètres qui la séparent des toilettes, elle pousse la porte et se trouve face aux deux hommes.

Ils sont entrés par l'issue de secours qui donne sur la rue Damiani et se dirigent vers l'intérieur de la galerie.

À une seconde près... Oui, c'est ridicule, mais c'est une évidence : si Anne était entrée cinq secondes plus tard, ils auraient déjà remonté leurs cagoules et tout aurait été bien différent.

Sauf que ça se passe ainsi : Anne entre, tout le monde est surpris et se fige.

Elle regarde tour à tour les deux hommes, surprise par leur présence, leur tenue et surtout leurs combinaisons noires.

Et leurs armes. Des fusils à pompe. Même quand on ne connaît rien aux armes, c'est très impressionnant.

Un des types, le plus petit, pousse un grognement, c'est peut-être un cri. Anne le regarde, il est ébahi. Elle tourne ensuite la tête vers l'autre. Il est plus grand, avec un visage dur, rectangulaire. La scène ne dure que quelques secondes mais les trois personnages restent muets, fixes, aussi stupéfaits les uns que les autres, tout le monde est pris de court. Les deux hommes remontent précipitamment leur cagoule. Le plus grand lève son arme, se tourne à demi, et comme s'il tenait une hache et s'apprêtait à abattre un chêne, il frappe Anne en plein visage avec la crosse de son fusil.

De toutes ses forces.

Lui explose littéralement la tête. Il pousse même un han qui vient du ventre, comme les tennismen quand ils tapent dans une balle.

Anne part en arrière, tente de s'agripper à quelque chose mais ne rencontre rien. Le coup a été si soudain et si violent qu'elle a l'impression que sa tête s'est détachée du reste du corps. Elle est projetée plus d'un mètre derrière elle, l'arrière de son crâne heurte la porte, elle écarte les bras et s'effondre au sol.

La crosse en bois a ouvert à peu près la moitié du visage, de la mâchoire jusqu'à la tempe, elle a écrasé la pommette gauche qui s'est fendue comme un fruit, explosant la joue sur une dizaine de centimètres, le sang a jailli aussitôt. De l'extérieur le bruit a ressemblé à celui d'un gant de boxe dans un sac d'entraînement. Pour Anne, de l'intérieur, c'est comme un coup de marteau mais un marteau d'une vingtaine de centimètres de large, tenu et assené à deux mains.

L'autre homme se met à hurler, l'air furieux. Anne l'entend mais très vaguement parce que son esprit a beaucoup de mal à retrouver son cap.

Comme si de rien n'était, le plus grand s'avance vers Anne, dirige le canon de son arme vers sa tête, l'arme d'un large coup sec et s'apprête à tirer lorsque son complice hurle à nouveau. Bien plus fort, cette fois. Peut-être même l'attrape-t-il par la manche. Anne, groggy, ne parvient pas à ouvrir les yeux, seules ses mains s'agitent, s'ouvrent et se ferment sur le vide, dans un mouvement spasmodique et réflexe.

L'homme qui tient le fusil à pompe s'interrompt, se retourne, hésite : c'est vrai que des coups de feu, c'est la façon la plus sûre de faire arriver les flics avant d'avoir commencé, tous les professionnels vous le diront. Pendant une seconde, il balance sur la jurisprudence à suivre et une fois son choix arrêté, il se retourne de nouveau vers Anne et lui décoche une longue série de coups de pied. Au visage et au ventre. Elle tente d'esquiver mais, même si elle en trouvait la force, elle en est empêchée par la porte contre laquelle elle est coincée. Pas d'issue. D'un côté la porte contre laquelle elle est plaquée, de l'autre l'homme, en équilibre sur le pied gauche, qui la frappe violemment de l'extrémité de sa chaussure. Entre deux salves, Anne reprend fugitivement sa respiration, le type s'arrête un court instant et, sans doute parce qu'il n'obtient pas le résultat escompté, il décide de passer à une méthode plus radicale : il retourne son fusil, le lève au-dessus de sa tête et se met à la pilonner à coups de crosse. À toute force, à toute volée.

On dirait qu'il essaye d'enfoncer un pieu dans un sol gelé.

Anne se contorsionne pour se protéger, se détourne, glisse dans son sang, déjà abondant, et croise ses deux mains sur sa nuque. Le premier coup arrive au niveau de l'occiput. Le second, mieux ajusté, lui écrase les doigts.

Le changement de méthode ne fait pas l'unanimité parce que l'autre homme, le plus petit, s'accroche maintenant à son complice et l'empêche de continuer à frapper en lui agrippant le bras et en criant. Qu'à cela ne tienne, le type abandonne son projet, retour à la pratique artisanale. Il recommence à shooter dans le corps d'Anne, des coups bien alignés, portés avec une très grosse chaussure en cuir, du genre dont s'équipent les militaires. Il vise la tête. Ramassée sur elle-même, Anne continue de s'abriter de ses bras, les coups pleuvent sur le crâne, la nuque, les avant-bras, le dos, on ne sait pas combien de coups de pied, les médecins diront au moins huit, le légiste plutôt neuf, allez savoir, ça tombe de tous les côtés.

C'est à ce moment qu'Anne perd connaissance.

Pour les deux hommes, l'affaire semble réglée. Mais le corps d'Anne bloque la porte qui conduit à la galerie marchande. Sans se concerter, ils se penchent, le plus petit saisit Anne par un bras et tire vers lui, la tête de la jeune femme cogne et roule sur le carrelage. Lorsque la porte peut enfin s'ouvrir, il relâche le bras qui retombe lourdement mais dans une position presque gracieuse, les mains de certaines madones sont ainsi peintes, sensuelles et alanguies. S'il avait assisté à cette partie de la scène, Camille aurait tout de suite discerné l'étrange ressemblance du bras d'Anne, cet abandon, avec celui de *La Victime* ou *L'Asphyxiée* de Fernand Pelez, ce qui aurait été très mauvais pour son moral.

Toute l'histoire pourrait s'arrêter là. L'histoire d'une circonstance malencontreuse. Mais le plus grand des deux hommes ne l'entend pas ainsi. Il est visiblement le chef et il prend très vite la mesure de la situation.

Que va-t-il se passer maintenant avec cette fille ?

Va-t-elle sortir de son évanouissement et se mettre à hurler ?

Ou faire irruption dans la galerie Monier ?

Pire : s'enfuir, sans qu'il s'en aperçoive, par la porte de secours et appeler à l'aide ?

Se cacher dans l'une des cabines des toilettes, prendre son portable et appeler la police ?

Il avance alors le pied pour maintenir la porte ouverte, se penche vers elle, l'attrape par la cheville droite et quitte les toilettes en la traînant sur le sol sur une trentaine de mètres, comme un enfant tire un jouet, avec cette facilité, cette indifférence à ce qui se passe derrière soi.

Le corps d'Anne bute ici et là, l'épaule cogne contre l'angle des toilettes, la hanche contre le mur du couloir, la tête dodeline au gré des secousses, heurte tantôt une plinthe, tantôt le coin de l'un des bacs de plantes qui bordent la galerie. Anne, ce n'est plus qu'un chiffon, qu'un sac, un mannequin amorphe, sans vie, qui se vide de son sang et traîne derrière lui une large trace rouge qui coagule au fil des minutes, le sang sèche vite.

Elle est comme morte. Lorsque l'homme la relâche, il abandonne sur le sol un corps désarticulé qu'il ne regarde même pas, ce n'est plus son affaire, il vient d'armer son fusil d'un geste sûr, définitif, qui dit toute sa détermination. Les deux hommes font irruption dans la joaillerie Desfossés en hurlant des ordres. Le magasin vient tout juste d'ouvrir. Un observateur, s'il y en avait un, ne manquerait pas d'être surpris par le décalage entre la brutalité dont ils font preuve dès leur entrée et le peu de monde qui se trouve dans la boutique. Les deux hommes aboient leurs ordres en direction du personnel (il n'y a que deux femmes), distribuent aussitôt les coups, dans le ventre, au visage, tout va très vite. Il y a des bruits de vitre cassée, des cris, des gémissements, des halètements de peur.

Est-ce l'effet de sa tête raclant le sol sur trente mètres, des secousses de ce transport, une soudaine pulsion de vie… c'est le moment où Anne tente de se reconnecter à la réalité.

Son cerveau, comme un radar fou, cherche désespérément un sens à ce qui se passe mais rien à faire, sa conscience s'est égarée, littéralement anesthésiée par les coups, par la soudaineté de ce qui arrive. Quant à son corps, il est abruti par la douleur, impossible de faire bouger le moindre muscle.

Le spectacle du corps d'Anne traîné dans l'allée et gisant dans une mare de sang à l'entrée de la boutique va avoir un effet positif : il va donner un grand coup d'accélérateur à la situation.

Ne sont présentes que la patronne et une apprentie, une petite de seize ans, mince comme une feuille, qui se fait un chignon de vieille pour gagner un peu de prestance. Dès qu'elle voit entrer les deux hommes cagoulés et armés, qu'elle comprend qu'il s'agit d'un hold-up, elle ouvre la bouche comme un poisson, hypnotisée, sacrifiée, passive comme une victime prête à l'immolation. Ses jambes ne la portent pas, elle doit se retenir au comptoir. Avant que ses genoux cèdent, elle reçoit le canon d'une arme en plein visage, elle s'effondre lentement, comme un soufflé. Elle passera le reste du temps dans cette position, à compter les battements de son cœur, les bras en corbeille au-dessus de la tête comme si elle s'attendait à une chute de pierres.

La propriétaire de la joaillerie, elle, s'étrangle en découvrant le corps inanimé d'Anne tiré sur le sol par un pied, la jupe remontée jusqu'à la taille, et laissant derrière elle une large traînée de sang. Elle tente de prononcer un mot qui reste bloqué quelque part. Le plus grand des deux hommes s'est posté à l'entrée de la boutique, il surveille les abords, le plus petit s'est précipité sur elle, le canon de son arme devant lui. Il le lui rentre brutalement dans le ventre, à hauteur de l'abdomen. Elle retient tout juste une nausée. Il ne prononce pas un mot, ce n'est pas nécessaire, elle est déjà en pilotage automatique. Elle déverrouille maladroitement le système de sécurité, cherche les clés des vitrines mais elle ne les a pas toutes sur elle, elle doit se rendre dans l'arrière-boutique, c'est en faisant le premier pas qu'elle se rend compte qu'elle a pissé sous elle. Elle offre tout le trousseau d'une main tremblante. Elle ne le dira jamais dans aucune déposition mais à ce moment elle murmure à l'homme : « Ne me tuez pas… » Elle échangerait la Terre entière contre vingt secondes d'existence. Disant cela, sans qu'on le lui commande, elle se couche au sol, les mains sur la nuque, on l'entendra marmonner fiévreusement des paroles, ce sont des prières.

À constater la brutalité de ces hommes, on se demande vraiment si des prières, même ferventes, constituent une solution pratique. Peu importe, pendant les prières, on ne traîne pas, on ouvre toutes les vitrines et on vide le contenu dans de grands sacs en toile.

Le braquage est très bien organisé, il dure moins de quatre minutes. L'heure a été bien choisie, l'arrivée par les toilettes bien réfléchie, les rôles sont répartis de manière très professionnelle : tandis que le premier homme rafle les bijoux des vitrines, le second, près de la porte, campé sur ses jambes, solide et décidé, surveille la boutique d'un côté, la galerie de l'autre.

Une caméra vidéo, située à l'intérieur du magasin, montrera le premier braqueur ouvrant les vitrines, les tiroirs et raflant la mise. Une seconde caméra couvre l'entrée de la joaillerie et une petite partie de la galerie marchande. C'est sur les images de celle-ci que l'on voit Anne allongée dans le passage.

C'est à compter de cet instant que l'organisation du braquage est prise en défaut. À partir du moment où, sur les images, on voit Anne bouger. C'est infinitésimal, ça ressemble à un geste réflexe. Camille a d'abord douté, pas certain d'avoir bien vu, mais oui, pas de doute, Anne bouge… Elle remue la tête, la tourne de droite à gauche, très lentement. Camille connaît ce geste, à certains moments de la journée, quand elle veut se détendre, elle fait jouer ses cervicales et les muscles du cou, elle parle du « sterno-cléido-mastoïdien », Camille ne savait même pas que ça existait. Évidemment, cette fois le mouvement n'a ni l'amplitude ni la quiétude du geste de relaxation. Anne est allongée sur le côté, la jambe droite repliée, son genou touche sa poitrine, la jambe gauche est étendue, son buste est tourné de travers, on dirait qu'elle est en train de se retourner sur elle-même, sa jupe, largement retroussée, exhibe son slip blanc. Le sang coule abondamment de son visage.

Elle n'est pas allongée, elle a été jetée là.

Au début du braquage, l'homme qui reste près d'Anne a jeté de rapides coups d'œil vers elle mais comme elle ne bougeait plus, toute son attention s'est concentrée sur la surveillance des alentours. Il ne s'en occupe plus, il lui tourne le dos et ne s'aperçoit même pas qu'une rigole de sang a atteint son talon droit.

Anne, elle, sort à peine d'un cauchemar et cherche à donner du sens à ce qui se passe autour d'elle. Lorsqu'elle relève la tête, la caméra capte très brièvement son visage. C'est déchirant.

Lorsqu'il le découvre, Camille est tellement saisi qu'il manque la commande, s'y reprend à deux fois, stoppe, revient en arrière : il ne la reconnaît même pas. Rien de commun entre Anne, son teint lumineux, ses yeux rieurs, et ce visage baigné de sang, boursouflé, aux yeux vides, qui semble avoir déjà doublé de volume et perdu ses formes.

Camille étreint le bord de la table, il a immédiatement envie de pleurer parce que Anne est face à l'objectif de la caméra, tourné à peu près dans sa direction, comme pour lui parler, pour lui demander du secours, c'est tout de suite ce qu'il imagine et c'est très nocif, ce genre d'attitude. Imaginez un de vos proches, parmi ceux qui comptent sur votre protection, imaginez-le en train de souffrir, en train de mourir, vous allez ressentir des sueurs froides, mais élargissez la perspective et imaginez-le en train de vous appeler à l'instant où sa terreur est insurmontable, vous allez avoir envie de mourir. Camille est dans cette situation, devant cet écran, totalement impuissant, il ne peut rien faire d'autre que regarder ces films alors que tout est terminé depuis longtemps…

C'est insupportable, proprement insupportable.

Il va visionner ces images des dizaines de fois.

Anne, elle, va se comporter comme si l'environnement n'existait pas. Le braqueur se placerait au-dessus d'elle et pointerait de nouveau le canon de son fusil sur sa nuque qu'elle ferait la même chose. C'est un formidable réflexe de survie même si, vu de l'autre côté de l'écran, ça ressemble plutôt à un suicide : dans cette position, à moins de deux mètres d'un homme armé qui a montré, quelques minutes plus tôt, qu'il était prêt à lui tirer une décharge en pleine tête sans la moindre émotion, Anne s'apprête à faire ce que personne d'autre ne penserait à faire. Elle va tenter de se lever. Sans aucun égard pour les conséquences. Elle va tenter de s'enfuir. Anne est une femme de caractère, mais de là à affronter un fusil à pompe à mains nues, il y a une marge.

Ce qui va se passer est le résultat presque mécanique de la situation, deux énergies opposées vont se confronter. Il faudra que l'une ou l'autre l'emporte. Elles sont prises dans un engrenage. Le biais, c'est évidemment que l'une de ces énergies est soutenue par un calibre 12. Indiscutablement, ça aide à prendre le dessus. Mais Anne est incapable de mesurer l'état des forces en présence, de calculer raisonnablement ses chances, elle se conduit comme si elle était seule. Elle rassemble toute la vitalité qui lui reste – et, sur les images, on voit tout de suite que c'est très peu de chose –, elle ramène sa jambe, pousse sur ses bras, c'est très laborieux, ses mains glissent dans la mare de son sang, elle manque de s'étaler, s'y reprend une seconde fois, la lenteur avec laquelle elle tente de se relever donne à la scène quelque chose d'hallucinant. Elle est terriblement lourde, engourdie, on l'entend presque ahaner, on voudrait pousser avec elle, la tirer, l'aider à se mettre debout.

Camille, lui, aurait plutôt envie de la supplier de ne rien faire. Même si le type met une minute avant de se retourner, dans l'état d'ivresse, d'égarement dans lequel se trouve Anne, elle n'aura pas parcouru trois mètres que la première décharge de fusil l'aura quasiment coupée en deux. Mais Camille est derrière l'écran, plusieurs heures après, et ce qu'il peut penser maintenant n'a plus aucune importance, c'est trop tard.

Le comportement d'Anne n'est commandé par aucune pensée, c'est de la résolution à l'état pur, qui échappe à toute logique. On le voit de façon criante sur la vidéo : dans sa détermination, il n'y a pas d'autre cause que l'envie de survivre. On ne dirait pas une femme menacée, à bout portant, par un fusil à pompe, mais une ivrogne en fin de soirée, qui va ramasser son sac – auquel elle est restée cramponnée depuis le début, qu'elle a traîné derrière elle et qui baigne dans son sang – et, en titubant, chercher la sortie pour rentrer chez elle. On jurerait que son principal adversaire, c'est sa conscience embuée et pas un fusil de calibre 12.

Les choses essentielles ne mettent pas une seconde à se produire : Anne ne réfléchit pas, elle se relève péniblement. Elle trouve un semblant d'équilibre, sa jupe est restée coincée et découvre une jambe jusqu'en haut... Elle n'est même pas encore debout qu'elle a déjà commencé à s'enfuir.

À partir de là, tout va se dérouler de travers, ce n'est plus qu'une suite d'incohérences, de hasards et de maladresses. On dirait que Dieu, dépassé par les événements, ne sait plus où donner de la tête, alors les acteurs improvisent et c'est mauvais, forcément.

D'abord parce que Anne ne sait pas où elle est, géographiquement elle n'arrive pas à se repérer. Elle est même franchement dans le mauvais sens pour s'enfuir. Elle tendrait le bras, elle toucherait l'épaule de l'homme, ça ne traînerait pas, il se retournerait...

Elle vacille un long moment, ivre, hébétée. Son équilibre chancelant tient du miracle. Elle balaye son visage ensanglanté d'un revers de manche, penche la tête sur le côté, comme pour écouter quelque chose, elle veut faire un pas... Et d'un coup, allez savoir pourquoi, elle se décide à courir. En voyant cela sur la vidéo, Camille en perd ses assises, il sent se dissoudre le peu de charpente émotionnelle qui lui reste.

L'intention d'Anne est bonne. C'est la concrétisation qui pèche parce que ses pieds glissent dans la mare de sang. Clairement, elle patine. Dans un dessin animé ça ferait peut-être rire, dans la réalité c'est pathétique parce qu'elle patauge dans son propre sang, qu'elle tente de rester debout, qu'elle cherche sa direction et ne fait que s'agiter en flottant dangereusement. Elle donne l'impression de courir au ralenti au-devant de ce qu'elle veut fuir, c'est effrayant.

L'homme ne s'est pas tout de suite rendu compte de la situation. Anne est à deux doigts de chuter sur lui mais ses pieds rencontrent soudain un peu de terrain sec, elle trouve un semblant d'aplomb, il n'en faut pas plus, comme sous l'effet d'un ressort elle démarre.

Et part dans le mauvais sens.

Elle dessine d'abord une trajectoire étrange, en tournant sur elle-même, comme une poupée désarticulée. Elle fait un quart de tour, avance d'un pas, s'arrête, tourne de nouveau comme un marcheur désorienté qui chercherait à retrouver son cap et finit miraculeusement par prendre à peu près la direction de la sortie. Il se passe quelques secondes avant que le braqueur voie que sa proie est en train de s'enfuir. Dès qu'il s'en aperçoit, il se retourne et il tire.

Camille passera et repassera la vidéo : pas de doute, le tireur a été surpris. Il tient son arme à hauteur de la hanche. Avec un fusil à pompe, c'est le genre de position qu'on adopte pour dégommer tout ce qui se trouve à peu près n'importe où dans un éventail de quatre ou cinq mètres. Peut-être n'a-t-il pas tout à fait retrouvé son aplomb. Peut-être est-il au contraire trop sûr de lui, ça arrive fréquemment, prenez un grand timide, donnez-lui un fusil de calibre 12 et la liberté de s'en servir, il va tout de suite friser la hardiesse. Ou alors c'est la surprise, ou un mélange de tout cela à la fois. Toujours est-il que le canon est dirigé vers le haut, bien trop haut. C'est un tir réflexe. Rien d'ajusté.

Anne, elle, ne voit rien. Déphasée, elle avance dans un trou noir lorsque la pluie de verre s'abat sur elle avec un bruit torrentiel parce que le tir a fait exploser l'imposte qui se trouve au-dessus d'elle, à quelques mètres de la sortie, un vitrail en demi-lune de près de trois mètres de base. À l'éclairage de la destinée d'Anne, c'est cruel à constater : le vitrail représentait une scène de chasse à courre. Deux cavaliers fringants caracolaient à quelques mètres d'un cerf aux bois démesurés littéralement assailli par une meute débordante d'agressivité, crocs étincelants, gueules rapaces, on ne donnait pas cher de sa peau, au cerf… C'est dingue, la galerie Monier et son vitrail en croissant avaient survécu à deux guerres mondiales et il a fallu l'irruption d'un braqueur armé et maladroit… Il y a des choses difficiles à admettre.

Tout tremble, les vitres, les glaces, le sol, chacun, à sa manière, se protège instinctivement.

– J'ai rentré la tête dans les épaules, dira l'antiquaire à Camille en mimant la scène.

C'est un homme de trente-quatre ans (il a insisté sur le chiffre, ne pas confondre avec trente-cinq). Il porte une moumoute un peu trop courte qui rebique devant et derrière. Il a un nez large et son œil droit reste quasiment fermé, un peu comme le personnage casqué de l'Idolâtrie de Giotto. Rien que d'y repenser, il est encore ébahi par cette explosion.

– C'est pas compliqué : j'ai cru à un attentat terroriste. (Il pense avoir tout dit.) Mais j'ai pensé aussitôt : non, un attentat ici, c'est ridicule, ce n'est pas une cible, etc., etc.

Le genre de témoin qui refabrique la réalité à la vitesse de la mémoire. Pour autant, pas le genre à perdre le nord. Avant d'aller voir dans la galerie ce qui se passait, il a jeté un œil alentour dans sa boutique pour voir s'il y avait des dégâts.

– Pas ça, dit-il, émerveillé, en faisant claquer l'ongle de son pouce sous son incisive.

La galerie est bien plus haute que large, c'est un couloir d'une quinzaine de mètres bordé par des magasins tout en vitrines. La déflagration est colossale pour un tel espace. Passé l'explosion, les vibrations enflent à la vitesse du son puis tournent sur elles-mêmes, se répercutent ensuite contre tout ce qui fait obstacle, ça donne l'impression d'un écho dont toutes les vagues arriveraient en rangs serrés.

Le coup de feu puis les milliers d'éclats de verre qui dégringolent en grêle ont stoppé Anne dans son élan. Pour se protéger, elle lève les bras au-dessus de sa tête, rentre le menton dans la poitrine, titube, tombe, cette fois sur le côté, son corps roule sur les débris, mais il faut plus qu'un tir de fusil et l'explosion d'une verrière pour arrêter une femme pareille. On ne sait pas comment, la voilà de nouveau debout.

Le tireur a manqué son premier coup, la leçon a été profitable, maintenant il prend son temps. Sur les images, on le voit réarmer son fusil, pencher la tête, si la vidéo était suffisamment précise, on verrait son index se contracter sur la détente.

Une main apparaît soudain, gantée de noir, c'est l'autre homme qui le pousse à l'épaule exactement au moment où il tire…

La vitrine de la librairie s'effondre en centaines d'éclats, des pans entiers de verre, parfois grands comme des assiettes, coupants comme des rasoirs, chutent et explosent au sol.

– J'étais dans l'arrière-boutique…

Une femme dans la cinquantaine, commerçante jusqu'aux ongles, courte et large, sûre de soi, une fortune en fond de teint, l'esthéticienne deux fois par semaine, et avec ça des bracelets, des colliers, des chaînes, des bagues, des broches, des boucles (on se demande vraiment pourquoi les braqueurs ne l'ont pas emportée avec le butin), la voix éraillée, la cigarette, l'alcool aussi peut-être, Camille n'a pas le temps de creuser. Tout cela s'est passé à peine quelques heures plus tôt, il va très mal, il veut savoir, impatient.

– Je me suis précipitée…, dit-elle avec un grand geste en direction de la galerie.

Elle marque un temps, elle raffole de tout ce qui la met en valeur. Elle ménage ses effets. Avec Camille, ça ne va pas durer bien longtemps.

– Magnez-vous ! murmure-t-il d'une voix rauque.

Pas très poli pour un flic, se dit-elle, ça doit être la taille qui fait ça, ça doit provoquer des désirs de revanche, des agacements. Ce qu'elle a vu, peu après le coup de feu, c'est le corps d'Anne propulsé dans les présentoirs, comme si une main géante l'avait poussée dans le dos, rebondir ensuite contre la vitrine et s'écrouler au sol. L'image est encore tellement forte que la libraire en oublie ses effets.

– Elle s'est écrasée contre la vitrine ! Mais elle avait à peine touché le sol qu'elle essayait déjà de se relever ! (Elle est sacrément épatée, admirative même.) Elle était en sang et très fébrile, très agitée, les bras dans tous les sens, elle dérapait sur place, vous voyez…

Sur la vidéo, pendant un court instant, les deux hommes semblent figés. Celui qui a fait dévier le tir en poussant brutalement son complice a jeté ses sacs au sol. Les bras ballants, il est prêt à en découdre. Sous son passe-montagne, on ne voit que ses lèvres serrées, on dirait qu'il crache les mots.

Le tireur, lui, a baissé son fusil. Ses mains se contractent sur son arme, on sent qu'il hésite mais finalement le principe de réalité prend le dessus, il renonce. Il se retourne à regret dans la direction d'Anne. Il la voit sans doute se relever et tituber vers la sortie du passage Monier mais le temps presse, une alarme doit s'allumer quelque part dans son esprit : tout cela commence à durer un peu longtemps.

Le complice attrape les sacs et en jette un entre les mains du tireur, ce geste le décide. Tous deux s'enfuient en courant et disparaissent de l'écran. Une fraction de seconde plus tard, le tireur fait demi-tour, on le voit resurgir de la droite : il ramasse le sac d'Anne qu'elle a abandonné dans sa fuite et il repart. Cette fois, il ne reviendra pas en arrière. On sait que les deux hommes ont regagné les toilettes et débouché quelques secondes plus tard rue Damiani où leur complice les attendait en voiture.

Anne, elle, ne sait plus où elle en est. Elle tombe, se relève mais elle parvient tout de même, on ne sait pas trop comment, à la sortie de la galerie et arrive dans la rue.

– Il y avait tellement de sang sur elle et elle marchait... On aurait dit un zombie !

D'origine sud-américaine, des cheveux noirs, teint cuivré, une vingtaine d'années. Elle travaille dans le salon de coiffure, juste à l'angle, elle était sortie chercher des cafés.

– Notre machine est tombée en panne, faut aller au café pour les clientes.

C'est la patronne qui explique. Janine Guénot. Solidement plantée face à Verhœven, on dirait une maquerelle, elle en a tous les attributs. Le sens des responsabilités aussi, elle ne laisserait pas une de ses filles causer avec des hommes sur le trottoir sans veiller au grain. Peu importe la raison du déplacement, les cafés, la panne de la machine, Camille balaye ça d'un geste. Enfin, non, pas tout à fait.

Parce qu'à l'instant où Anne fait irruption, la coiffeuse porte un plateau rond avec cinq cafés et elle marche vite, c'est que les clientes, dans ce quartier, sont particulièrement chiatiques, elles ont beaucoup d'argent, être exigeantes, pour elles, c'est comme l'usage d'un droit millénaire.

– Un café tiède, c'est un drame, explique la patronne avec un regard douloureux.

Donc la jeune coiffeuse.

Déjà surprise et intriguée par les deux explosions qu'elle a entendues depuis la rue, elle court sur le trottoir avec son plateau et se trouve nez à nez avec une folle, couverte de sang, qui sort de la galerie commerciale en titubant. Ça lui fait un choc. Les deux femmes se heurtent, le plateau vole, adieu les tasses, les soucoupes, les verres d'eau, la coiffeuse réceptionne tous les cafés sur son tailleur bleu, l'uniforme du salon. Les coups de fusil, les cafés, le temps perdu, passe encore, mais un tailleur de ce prix, merde, cette fois la patronne monte dans les aigus, elle veut montrer les dégâts, ça va, ça va, dit Camille d'un geste, elle demande qui va payer le pressing, ça doit bien être prévu par la loi quand même, ça va, répète Camille.

– Et elle ne s'est même pas arrêtée… ! souligne la patronne comme s'il s'agissait d'un accrochage avec une mobylette.

Elle raconte maintenant l'affaire comme si tout ça lui était arrivé à elle. Elle a pris la parole d'autorité parce que avant tout il s'agit de « sa fille » et parce que le coup des cafés renversés sur le tailleur, ça lui donne des droits. La clientèle, ça déteint toujours. Camille lui attrape le bras, elle baisse les yeux vers lui, curieuse, on dirait qu'elle regarde une merde sur le trottoir.

– Vous…, dit Camille d'un ton très bas, arrêtez de me faire chier.

La patronne n'en croit pas ses oreilles. De la part de ce nain ! On aura tout vu. Mais Verhœven la fixe droit dans les yeux, c'est quand même impressionnant. Devant ce malaise, la petite coiffeuse veut montrer qu'elle tient à son emploi.

– Elle gémissait…, précise-t-elle pour faire diversion.

Camille se retourne vers elle, il veut en savoir plus. Comment ça, elle gémissait ? Oui, des petits cris, comme des… c'est dur à expliquer… je ne sais pas comment dire. Essayez, dit la patronne qui veut tout de même se racheter aux yeux de la police, on ne sait jamais, elle pousse sa fille du coude, voyons, faites ce que vous dit le monsieur, ces cris, quels cris ? La fille les regarde, cille des yeux, pas certaine d'avoir bien compris ce qu'on lui demande et du coup, au lieu d'essayer de décrire ces cris, elle tente de les imiter, elle se met à pousser des petites plaintes, des sortes de gémissements, elle cherche la bonne tonalité, hi, hi, ou plutôt hun, hun, c'est plutôt ça, dit-elle, très concentrée, hun, hun, et comme elle a enfin trouvé la bonne sonorité, elle monte le volume, ferme les yeux, les rouvre, écarquillés, au bout de quelques secondes, hun, hun, on jurerait qu'elle va jouir.

On est dans la rue, il y a pas mal de monde (on est à l'endroit où les employés de la ville ont passé distraitement le jet d'eau sur le sang d'Anne, il y en avait jusque dans le caniveau, les gens marchent sur les auréoles encore visibles, Camille, ça lui fait un mal…), les passants découvrent un flic d'un mètre quarante-cinq avec, en face de lui, une jeune coiffeuse au teint bistre qui le fixe étrangement et qui pousse des cris orgasmiques et suraigus, sous le regard approbateur de la mère maquerelle… Bon Dieu, ici, on n'avait jamais vu ça. Les autres commerçants, sur le pas de leurs boutiques, assistent à ce spectacle, atterrés. Déjà que les coups de feu, pour la clientèle, ça n'est pas la publicité idéale, mais maintenant, cette rue, ça devient carrément le bobinard.

Camille va accumuler les témoignages, faire les recoupements et comprendre comment tout ça se termine.

Anne débouche du passage Monier rue Georges-Flandrin, à la hauteur du numéro 34, totalement déboussolée, elle tourne à droite et remonte en direction du carrefour. Quelques mètres plus loin, elle heurte la coiffeuse mais elle ne s'arrête pas, poursuit son chemin en se retenant, pas après pas, à la carrosserie des voitures en stationnement, on trouve des traces de ses paumes ensanglantées, bien à plat, sur le toit des véhicules, sur les portières. Pour tout le monde, dehors, après les explosions venant de la galerie, c'est une véritable apparition, cette femme en sang des pieds à la tête. Elle flotte en marchant, elle tangue mais elle est incapable de s'arrêter, elle ne sait plus ce qu'elle fait, où elle est, elle avance, elle gémit (hun, hun) comme une femme ivre, mais elle avance. On s'écarte sur son passage. Quelqu'un tout de même se risque et lance : « Madame ? » mais il est bouleversé par tout ce sang…

– Je vous assure, monsieur, elle m'a fait peur cette jeune dame… Je n'ai pas su quoi faire.

Il est décomposé. Un vieil homme au visage calme, au cou effroyablement maigre, le regard un peu voilé, la cataracte, se dit Camille, son père avait la même à la fin de sa vie. Après chaque phrase, il sombre dans un rêve. Ses yeux se fixent sur Camille, une brume voile son regard et avant qu'il reprenne son récit, il y a un temps. Il est désolé, il écarte les bras, très maigres eux aussi, Camille avale sa salive, bombardé par les émotions.

Le vieux monsieur appelle : « Madame ! », il n'ose pas la toucher, elle est comme avec une somnambule, il la laisse passer, Anne marche encore un peu.

Et là, elle tourne de nouveau sur sa droite.

Ne cherchez pas pourquoi. Personne ne sait. Parce qu'à droite, c'est la rue Damiani. Et que deux ou trois secondes après qu'Anne apparaît, la voiture des braqueurs roule à tombeau ouvert.

Dans sa direction.

Et que voyant sa victime à quelques mètres de lui, le type qui lui a défoncé la tête et l'a manquée à deux reprises ne peut pas résister à l'idée de reprendre son fusil. De terminer le boulot. Quand la voiture arrive à la hauteur d'Anne, la vitre est baissée, l'arme est de nouveau pointée sur elle, ça va très vite, elle distingue l'arme mais elle est incapable de faire un geste de plus.

– Elle a regardé la voiture…, dit le monsieur, je ne saurais pas vous dire… comme si elle l'attendait.

Il a conscience de dire une énormité. Camille comprend. Il veut dire qu'il y a, chez Anne, une immense lassitude. Maintenant, après tout ce qu'elle a vécu, elle est prête à mourir. Tout le monde d'ailleurs semble d'accord là-dessus, Anne, le tireur, le vieux monsieur, le destin, tout le monde. Même la petite coiffeuse :

– J'ai vu le canon du fusil sortir par la vitre. Et la dame aussi, elle l'a vu. On l'a tous suivi des yeux, sauf que la dame, elle, elle était juste en face, vous comprenez.

Camille retient sa respiration. Donc tout le monde est d'accord. Sauf le chauffeur de la voiture. Selon Camille – il a longuement réfléchi à la question –, le chauffeur ne sait pas alors exactement où on en est de cette tuerie. Depuis son véhicule en planque, il a entendu les détonations, le temps prévu pour le braquage est dépassé depuis longtemps. Impatient, inquiet, il devait taper nerveusement sur le volant, peut-être hésiter à fuir lorsqu'il a enfin vu surgir ses complices, l'un poussant l'autre vers le véhicule… Il y a des morts ? se demande-t-il. Combien ? Enfin, les braqueurs montent en voiture. Sous la pression de l'événement, le chauffeur démarre et voilà qu'à l'angle de la rue – ils ont parcouru, quoi, deux cents mètres, le véhicule a dû ralentir considérablement pour aborder le carrefour –, il découvre sur le trottoir une femme en sang qui titube. En l'apercevant, le tireur lui hurle sans doute de ralentir encore, il descend précipitamment sa vitre, peut-être même pousse-t-il un cri de victoire, une dernière chance, ça ne se refuse pas, c'est quasiment le destin qui l'appelle, c'est comme s'il venait subitement de rencontrer l'âme sœur, il n'y croyait plus et la voilà ! Il saisit son fusil, épaule et vise. Le chauffeur, lui, se voit, en une fraction de seconde, complice d'un assassinat quasiment à bout portant, devant une bonne douzaine de témoins, sans compter ce qui a pu se passer dans la galerie, qu'il ne sait pas mais dont il est solidaire. Le braquage a tourné à la catastrophe. Il ne voyait pas les choses comme ça…

– La voiture a pilé, dit la coiffeuse. Net ! Le bruit de freins que ça a fait…

On relèvera les traces de gomme sur le bitume qui permettront de déterminer la marque, un Porsche Cayenne.

À l'intérieur de l'habitacle, tout le monde passe cul par-dessus tête, y compris le tireur. Son tir explose les deux portières et les vitres latérales du véhicule en stationnement près duquel Anne est figée, prête à mourir. Dans la rue, tout le monde se couche au sol, sauf le vieux monsieur qui n'a pas le temps d'esquisser un geste. Anne s'effondre, le conducteur écrase la pédale d'accélérateur, le véhicule bondit, les pneus crissent de nouveau sur le bitume. Quand elle se relève, la coiffeuse voit le vieux monsieur qui se tient d'une main contre le mur, l'autre sur le cœur.

Anne, elle, est allongée sur le trottoir, son bras dans le caniveau, une jambe sous la voiture en stationnement. « Scintillante », dira le vieux monsieur, forcément, elle est couverte de débris du pare-brise qui a explosé.

– Sur elle, ça faisait comme de la neige…

10 h 40

Pas contents, les Turcs.

Pas contents du tout.

Le gros, avec son air buté, conduit prudemment mais il traverse la place de l'Étoile et descend l'avenue de la Grande-Armée en serrant les poings sur le volant. Il fronce les sourcils. Il se veut démonstratif. Ou alors c'est culturel de manifester ainsi ses émotions.

Le plus excité, c'est le petit frère. Un teigneux. Brun comme pas possible, un visage brutal, on sent le caractère ombrageux. Très communicatif lui aussi, il brandit l'index, menace, c'est assez fatigant. Je ne comprends rien à ce qu'il dit – moi, l'espagnol… – mais ça n'est pas difficile de deviner : on nous fait venir pour un braquage rapide et juteux et on se retrouve dans une fusillade à n'en plus finir. Il ouvre les mains grand et large : et si je ne t'avais pas retenu ? Un ange un peu lourdaud flotte dans l'habitacle. Il pose sa question avec une insistance visible, il demande certainement ce qui se serait passé si la fille était morte. Du coup, c'est plus fort que lui, la colère le reprend : on va sur un braquage, pas sur une tuerie, etc.

Vraiment fatigant. Heureusement que je suis un homme calme, si je m'énervais, l'affaire aurait vite fait de dégénérer.

Ça n'a aucune importance mais c'est pénible. Ce garçon s'épuise dans la récrimination, il ferait mieux de conserver des forces, il va avoir besoin de ses réflexes.

Tout ne s'est pas passé exactement comme prévu mais l'objectif global est atteint, voilà l'essentiel. Il y a deux gros sacs posés au sol. De quoi voir venir. Et ce n'est que le début parce que si tout va bien, je vais remonter le fil et des sacs, je vais en trouver d'autres. Le Turc les reluque aussi, les sacs, il parle à son frère, ils semblent se mettre d'accord, le conducteur fait des signes d'assentiment. Ils font leur petite cuisine en famille, comme s'ils étaient seuls, ils doivent évaluer le dédommagement qu'ils sont en droit d'exiger. D'*exiger*… on croit rêver. De temps en temps, le petit s'interrompt pour s'adresser à moi, rageur. On comprend deux ou trois mots : « pognon », « partage ». C'est à se demander où il les a appris, ils sont en France depuis vingt-quatre heures… Les Turcs sont peut-être doués pour les langues, allez savoir. Peu importe d'ailleurs. Dans l'immédiat, il suffit de prendre un air embarrassé, de courber un peu l'échine, d'opiner du chef avec une grimace désolée, on est déjà à Saint-Ouen, quand ça roule bien, pas de problème.

La banlieue défile. Qu'est-ce qu'il peut gueuler, l'Ottoman, c'est pas croyable. À force de vociférer, quand on arrive devant le box, l'atmosphère dans la voiture est devenue irrespirable, on sent qu'on va vers la Grande Explication finale. Le plus petit hurle une question, plusieurs fois la même, il exige une réponse, et pour montrer à quel point il est offensif, il brandit son index et tapote sur son autre poing fermé. Le geste doit avoir une signification claire à Izmir, mais à Saint-Ouen, c'est plus problématique. On comprend tout de même l'intention globale, c'est revendicatif et menaçant, il faut faire oui de la tête, dire qu'on est d'accord. Ce n'est d'ailleurs pas vraiment un mensonge parce qu'on va se mettre d'accord très vite.

Pendant ce temps-là, le chauffeur est descendu de voiture mais il a beau s'escrimer sur la serrure du box, pas moyen d'ouvrir le rideau de fer. Il essaye de tourner la clé dans tous les sens, il est sidéré, il se retourne vers la voiture, on voit qu'il s'interroge, quand il l'a essayée, ça marchait du tonnerre, il transpire pendant que le moteur tourne. Pas de risque de se faire repérer, c'est une longue impasse au milieu de nulle part, mais je ne voudrais pas qu'on s'éternise trop.

Pour eux, c'est encore un contretemps, un de plus. Et un de trop. Cette fois, le petit est à la limite de l'apoplexie. Rien ne va comme prévu, il se sent floué, trahi, « Français de merde », il faut prendre un air intrigué, cette histoire de porte qui ne s'ouvre pas, on ne comprend pas, ça devrait marcher, hier on a même essayé ensemble. Je sors calmement de voiture, étonné et embarrassé.

Le Mossberg 500 est un fusil à sept coups. Au lieu de beugler comme des hyènes, les Incas, ils auraient mieux fait de compter les munitions. Ils vont apprendre que quand on est mauvais en serrurerie, il vaut mieux être bon en arithmétique parce qu'une fois debout, portière ouverte, il me suffit d'avancer jusqu'au rideau de fer, de pousser légèrement le chauffeur pour prendre sa place – laisse-moi essayer… –, et quand je me retourne, je suis dans la position idéale. Il reste juste ce qu'il faut dans le fusil pour aligner le chauffeur et le clouer d'une décharge en pleine poitrine contre le mur en béton. Et pour le petit, tourner légèrement le canon, c'est un vrai soulagement de lui éclater la tête à travers le pare-brise. Une gerbe fulgurante. Le pare-brise explose, les vitres latérales se couvrent de sang, on ne voit plus rien. Il faut s'approcher pour découvrir le résultat, la tête a volé en éclats, reste rien, juste le cou avec, en dessous, le corps qui se dandine, les poulets font ça aussi quand on les décapite, ils continuent à courir. Les Turcs, c'est un peu pareil.

Le Mossberg fait un peu de bruit mais après, quel calme !

Maintenant, ne pas traîner. Mettre les deux sacs de côté, sortir la bonne clé pour ouvrir le box, traîner le gros frère dans le garage, rentrer le véhicule avec le petit en deux morceaux à l'intérieur – je dois passer sur le corps de l'autre, pas grave, il n'a plus les moyens d'être rancunier –, fermer la porte et le tour est joué.

Il suffit alors de reprendre les sacs, d'aller au bout de l'impasse et de monter dans la voiture de location. En fait, tout n'est pas terminé. À bien regarder, on n'en est même qu'au début. Il faut solder. Sortir le téléphone portable, composer le numéro de l'appareil qui déclenche la bombe, la détonation se ressent jusqu'ici. Je suis pourtant assez loin mais la voiture de location tremble sous l'effet du souffle. À plus de quarante mètres. Ça c'est de l'explosion ! Pour les Turcs, c'est tout droit vers le Jardin des Délices. Ils vont pouvoir tripoter les vierges, ces cons-là. Une gerbe de fumée noire monte au-dessus des toits des ateliers, ils sont presque tous murés ici, la ville exproprie pour reconstruire. Somme toute, je viens de donner un coup de main à la collectivité. Comme quoi on peut être braqueur et avoir le sens du service public. Les pompiers vont se mettre en route dans les trente secondes. Ne pas perdre de temps.

Déposer les deux sacs de bijoux dans une consigne de la gare du Nord. C'est là que le receleur va envoyer quelqu'un pour ramasser le tout. La clé dans une boîte aux lettres du boulevard Magenta.

Et enfin, prendre la mesure des choses. Il paraît que les tueurs reviennent toujours sur les lieux de leurs crimes.

Respectons les traditions.

11 h 45

Deux heures avant de se rendre à l'enterrement d'Armand, au téléphone, on demande à Camille s'il connaît une certaine Anne Forestier. Son numéro, qui figure en tête du répertoire, est le dernier qu'elle a composé. L'appel lui fait froid dans le dos : c'est de cette manière qu'on apprend la mort des gens.

Mais Anne n'est pas morte. « Victime d'une agression, elle vient d'être hospitalisée. » À la voix de la préposée, Camille comprend tout de suite qu'elle est dans un sale état.

En fait, Anne est dans un *très* sale état. Trop faible même pour qu'on l'interroge. Les policiers chargés de l'enquête ont dit qu'ils appelleraient, ils viendront la rencontrer dès que ce sera possible. Il a fallu plusieurs minutes de négociation avec l'infirmière de l'étage, une femme d'une trentaine d'années, avec des lèvres trop remplies et un tic à l'œil droit, pour que Camille obtienne le droit d'entrer dans sa chambre. À la condition de ne pas rester longtemps.

Il pousse la porte et demeure un instant debout sur le seuil. La découvrir ainsi le dévaste.

Il ne voit d'abord que sa tête entièrement bandée. On jurerait qu'elle est passée sous un camion. La moitié droite de son visage n'est qu'un énorme hématome bleu-noir tellement gonflé que ses yeux disparaissent, comme enfoncés à l'intérieur de la tête. Le côté gauche laisse voir une longue plaie, d'une dizaine de centimètres, aux bords rouge et jaune, refermée par des points de suture. Ses lèvres sont fendues, tuméfiées, les paupières bleutées et boursouflées. Le nez, fracturé, a triplé de volume. La gencive inférieure est touchée en deux endroits, Anne garde la bouche légèrement entrouverte, laissant couler en permanence un filet de salive. Elle a l'air d'une vieille femme. Au-dessus des draps reposent ses deux bras emmaillotés jusqu'aux doigts à l'extrémité desquels on discerne des attelles. La main droite porte un pansement plus léger qui désigne une plaie profonde et suturée.

Lorsqu'elle s'aperçoit de la présence de Camille, elle essaye de lui tendre la main, son regard se brouille de larmes puis son énergie semble retomber, elle ferme les yeux, les rouvre. Des yeux vitreux, embués, ils ont même perdu leur jolie couleur vert clair.

La tête penchée sur le côté, elle s'exprime d'une voix éraillée. Sa langue, lourde, est très douloureuse, elle s'est mordue profondément, on comprend à peine ce qu'elle dit, les labiales ne passent pas.

– J'ai mal…

Camille en a la voix coupée. Anne tente de parler, il pose la main sur le drap pour la calmer, il n'ose même pas la toucher. Anne, elle, est soudain très nerveuse, agitée, il voudrait faire quelque chose mais il ne sait pas quoi. Appeler ? Le regard d'Anne est fiévreux, elle veut absolument exprimer quelque chose, d'urgence.

– … rappée… or…

La soudaineté des événements la laisse encore stupéfaite, comme s'ils venaient seulement de se produire.

Penché vers elle, Camille l'écoute avec attention, fait semblant de comprendre, tente de sourire. On dirait qu'Anne mastique en permanence une purée bouillante. Il attrape des syllabes très déformées, mais à force de se concentrer, après quelques minutes, il commence à deviner les mots, à déduire le sens… Mentalement, il traduit. C'est fou ce qu'on s'adapte vite. À tout. C'en est déprimant parfois.

« Attrapée », comprend-il, « frappée », « fort ».

Les sourcils d'Anne se soulèvent, ses yeux s'arrondissent de frayeur, comme si l'homme était de nouveau devant elle, qu'il s'apprêtait à la pilonner de nouveau à coups de crosse. Camille tend la main, la pose sur son épaule, Anne sursaute violemment en poussant un cri.

– Camille…, dit-elle.

Elle tourne la tête de droite à gauche, sa voix devient presque inaudible. Les dents qui manquent la font chuinter, parce qu'il y a ça aussi, trois dents cassées, des incisives du côté gauche, en haut et en bas, quand elle ouvre la bouche, Anne a trente ans de plus, on dirait Fantine dans une mauvaise version, elle a insisté auprès de l'infirmière mais personne ne veut lui donner un miroir.

D'ailleurs, même si c'est difficile, elle essaye de masquer sa bouche quand elle parle. Du dos de la main. Le plus souvent, elle n'y parvient pas, la bouche est un trou béant, aux lèvres molles, bleues.

– … vont m'opérer… ?

C'est la question que Camille croit discerner. Les larmes reprennent, on a l'impression qu'elles sont indépendantes de ce qu'elle dit, elles surgissent et coulent, sans logique apparente. Le visage d'Anne, lui, n'exprime rien d'autre qu'une stupeur muette.

– On ne sait pas encore… Calme-toi, dit Camille, très bas. Ça va aller…

Mais l'esprit d'Anne est déjà reparti ailleurs. Elle tourne la tête de l'autre côté, comme si elle avait honte. Du coup, ce qu'elle dit est encore moins audible. Camille croit entendre : « Pas comme ça… », elle voudrait que personne ne la voie dans cet état. Elle parvient à se tourner entièrement. Camille pose sa main sur son épaule mais Anne ne réagit pas, figée dans une position de refus, son dos reflète seulement ses sanglots silencieux.

– Tu veux que je reste ? demande-t-il.

Pas de réponse. Il reste là, à ne savoir quoi faire. Au bout d'un long moment, Anne fait non de la tête, non, on ne sait pas à quoi, à tout ça, à ce qui se passe, ce qui s'est passé, à cet absurde qui saisit nos vies sans prévenir, à l'injustice à laquelle les victimes ne peuvent s'empêcher de donner une signification personnelle. Impossible de dialoguer avec elle. C'est trop tôt. Ils ne sont pas dans le même temps. Ils se taisent.

S'endort-elle, on ne sait pas. Elle se retourne lentement, revient sur le dos, les yeux fermés. Et ne bouge plus.

Voilà.

Camille la regarde, sa main sur sa main, il écoute fébrilement sa respiration, tente de comparer ce rythme à celui de son sommeil qu'il connaît comme personne. Il a consacré des heures à la regarder dormir. Au début, la nuit, il se relevait même pour l'observer et dessiner son profil, semblable à celui d'une nageuse, parce que dans la journée il ne parvenait jamais à retrouver la magie exacte de son visage. Il a ainsi fait d'elle des centaines de croquis, passé un temps infini à tenter de traduire ses lèvres, cette pureté, ses paupières. Ou d'esquisser sa silhouette surprise sous la douche. À la splendeur de ses échecs, il a compris à quel point elle était importante : si, de n'importe qui, il peut, après quelques minutes seulement, reproduire les traits avec une exactitude quasi photographique, Anne recèle quelque chose d'irréductible, d'insaisissable, qui échappe à son regard, à son expérience, à son observation. Or la femme allongée là, tuméfiée, bandée, comme momifiée, ne possède plus aucune magie, il ne reste d'elle que son enveloppe, c'est un corps laid, terriblement prosaïque.

Voilà ce qui, au fil des minutes, fait monter la colère de Camille.

Parfois, elle se réveille brusquement, pousse un petit cri, regarde autour d'elle et Camille découvre chez elle ce qu'il a vu aussi chez Armand dans les semaines qui ont précédé sa mort : des expressions inconnues, totalement nouvelles, qui expriment la stupeur d'en être là, l'incompréhension. L'injustice.

Il n'est pas remis de sa première détresse, l'infirmière vient déjà lui rappeler que son temps de visite est écoulé. Elle se fait discrète mais ne quitte pas la chambre tant qu'il n'est pas parti. Sur son badge : « Florence ». Elle se tient les mains dans le dos, dans une position qui conjugue insistance et respect avec un sourire compréhensif que le collagène ou l'acide hyaluronique a rendu totalement artificiel. Camille aurait voulu rester jusqu'à ce qu'Anne puisse lui raconter, il est terriblement impatient de savoir comment les choses se sont passées. Mais il n'y a rien à faire qu'attendre. Sortir. Anne doit se reposer. Camille sort.

Pour comprendre, il faudra attendre vingt-quatre heures.

Or vingt-quatre heures, c'est beaucoup plus de temps qu'il n'en faut à un homme comme Camille pour ravager la Terre.

En sortant de l'hôpital, il ne dispose que des quelques explications qu'on lui a fournies au téléphone et ici, à l'hôpital. En réalité, hormis les généralités, personne ne sait rien, il est encore impossible de retracer précisément le fil des événements. Camille n'a que l'image terrible d'Anne défigurée, ce qui est beaucoup pour un homme déjà très poreux aux sensations fortes, et ce spectacle encourage sa colère naturelle.

Dès la sortie des urgences, il est entré en ébullition.

Il veut tout savoir, tout de suite, être le premier à savoir, il veut…

Il faut bien comprendre : Camille n'a rien d'un vengeur. Il a des rancunes, comme tout le monde, mais pour ne prendre que cet exemple, Buisson, l'homme qui a tué sa première femme quatre ans plus tôt[1], vit toujours et Camille n'a jamais voulu le faire assassiner dans sa prison, avec les relations qu'il a dans le milieu, ça n'aurait pourtant rien de compliqué.

Aujourd'hui, avec Anne (elle n'est pas sa seconde femme mais il ne sait pas très bien quel mot il faut employer), avec Anne, ce n'est pas cela, non, ce n'est pas l'esprit de vengeance.

C'est comme si sa propre vie était menacée par cet événement.

Il a besoin d'agir parce qu'il est incapable d'imaginer les conséquences d'un acte qui touche à sa relation avec elle, la seule chose qui, depuis la mort d'Irène, a redonné du sens à sa vie.

Si vous pensez que ce sont des grands mots, c'est que vous n'êtes pas responsable de la mort de quelqu'un que vous avez aimé. Ça fait une sacrée différence, je vous assure.

---

1. *Travail soigné*, Le Masque, 2006 ; Le Livre de poche 2010.

Tandis qu'il descend fébrilement les marches de l'hôpital, il revoit le visage d'Anne, ses yeux aux cernes jaunes, la vilaine couleur des hématomes, les chairs boursouflées.

Il vient de la voir morte.

Il ne sait pas encore de quelle manière ni pour quelle raison mais quelqu'un a voulu la tuer.

C'est cette répétition qui le met en alarme. Après l'assassinat d'Irène… Les deux circonstances n'ont strictement rien à voir. Irène était personnellement visée par un assassin, Anne a seulement croisé la mauvaise personne au mauvais moment, mais à cet instant, Camille ne fait pas le tri entre ses émotions.

Il est juste incapable de laisser faire sans agir.

Sans tenter d'agir.

Il a d'ailleurs posé un premier acte sans même s'en apercevoir, par instinct, dès la conversation téléphonique du début de matinée. Anne a été « blessée » lors d'une attaque à main armée dans le VIIIe arrondissement et « molestée », lui a dit l'employée de la préfecture de Police. Camille adore ce mot, « molester ». Dans la police, on l'adore. On adore aussi « individu » et « stipuler » mais « molester », c'est beaucoup mieux, avec trois syllabes on couvre une gamme qui va de la simple bousculade au passage à tabac, l'interlocuteur comprend ce qu'il veut, rien de plus pratique.

– Comment ça, « molestée » ?

L'employée n'en savait pas plus, elle devait lire un papier, c'était même à se demander si elle comprenait réellement ce qu'elle disait :

– Un vol à main armée. Il y a eu des coups de feu. Mme Forestier n'a pas été touchée mais elle a été molestée. Elle a été conduite aux urgences.

Quelqu'un avait tiré ? Sur Anne ? Lors d'une attaque à main armée ? Présenté ainsi, ce n'était pas facile à saisir, à imaginer. Anne et « à main armée » sont deux concepts tellement éloignés l'un de l'autre...

La fille a expliqué qu'Anne n'avait aucun papier sur elle, pas de sac, qu'on avait seulement trouvé son nom et son adresse dans son téléphone portable.

– On a appelé chez elle mais il n'y a personne.

On s'était rabattu sur le numéro le plus souvent composé, celui de Camille, tout en haut dans la liste des contacts.

Elle lui a demandé son nom, pour son rapport. Elle prononçait « verveine », Camille a dû préciser : Verhœven. Après un court silence, elle lui a demandé de l'épeler.

Le déclic, chez Camille, est venu à ce moment-là. Un réflexe.

Parce que Verhœven, ça n'est déjà pas un nom bien courant, mais chez les flics, il est franchement rare. Et sans vouloir en rajouter, Camille fait partie des commandants de police dont on se souvient. Pas seulement à cause de sa taille, à cause aussi de son histoire personnelle, de sa réputation, d'Irène, de l'affaire des bombes[1], de toutes ces choses. Pour pas mal de gens, il porte le label « Vu à la télé ». Il y a fait quelques apparitions remarquées, les cameramen adorent le saisir en plongée avec son regard d'aigle

1. *Les Grands Moyens,* SmartNovel, 2011.

et son crâne luisant. Mais Verhœven, le flic, la télé, tout ça, l'auxiliaire n'a pas fait le rapprochement, elle lui a demandé d'épeler son nom.

Rétrospectivement, la colère souffle à Camille que cette ignorance est peut-être la première bonne nouvelle d'une journée qui n'en comptera pas d'autres.

– Vous m'avez dit Ferven ? a insisté la fille.

Camille a répondu :

– Oui, c'est ça. Ferven.

Et il l'a épelé.

14 h 00

L'humanité est ainsi faite, un accident et chacun se penche au-dessus de la balustrade. Tant qu'il reste un gyrophare ou une traînée de sang, il reste quelqu'un pour regarder. Et cette fois, il en reste beaucoup. Vous parlez, un braquage et des coups de fusil en plein Paris. À côté, la foire du Trône, c'est de la rigolade.

Théoriquement, la rue est fermée mais ça n'empêche pas les piétons de passer, la consigne est de ne laisser filtrer que les riverains, peine perdue, tout le monde est devenu riverain parce que tout le monde veut savoir de quoi il retourne. Maintenant, le calme est revenu mais à entendre les commentaires, en fin de matinée, c'était un beau bordel. Des voitures de flics, des camionnettes, des techniciens, des motos, tout ça rassemblé en bas des Champs-Élysées, l'encombrement gagnait aux deux bouts, en deux heures il paraît que tout était bloqué de la Concorde à l'Étoile et de

Malesherbes au palais de Tokyo. Penser que je suis l'auteur d'une telle effervescence est assez grisant.

Quand on a tiré à plusieurs reprises sur une fille en sang des pieds à la tête et qu'on a décollé ensuite en 4 x 4 dans un hurlement de pneus avec cinquante mille euros de bijoux, forcément, revenir sur les lieux vous fait un peu le coup de la madeleine de Proust. Pas déplaisant, d'ailleurs. Quand les affaires marchent, on a toujours l'âme légère. Il y a un café, rue Georges-Flandrin, juste à la sortie du passage Monier. Très bien placé. Le Brasseur. Il y a encore une de ces agitations ! On y discute sec. C'est simple, tout le monde a tout vu, tout entendu et sait tout.

Je me fais discret, loin de l'entrée, je reste à l'extrémité du bar, là où il y a le plus de monde, je me fonds dans la masse et j'écoute.

Une sacrée brochette d'andouilles.

14 h 15

On dirait que le ciel d'automne a été peint pour lui, ce cimetière. Il y a beaucoup de monde. C'est l'avantage des fonctionnaires en activité, aux enterrements ils se déplacent en délégation, ça fait tout de suite foule.

De loin, Camille aperçoit les proches d'Armand, sa femme, ses enfants, les frères, les sœurs. Tous lisses, droits, tristes et sérieux. Il ne sait pas exactement à quoi ça ressemble dans la réalité mais l'ensemble lui fait penser à une famille de quakers.

La mort d'Armand, quatre jours plus tôt, a immensément

peiné Camille. Elle l'a aussi libéré. Des semaines et des semaines à venir le voir, à lui tenir les mains, à lui parler y compris quand plus personne n'était capable de dire s'il entendait ou comprenait encore quoi que ce soit. Aussi, il se contente d'un signe de tête, d'assez loin, à l'adresse de son épouse. Après cette longue agonie, tous ces mots dits à sa femme, à ses enfants, Camille n'a plus rien pour eux, il aurait même pu ne pas venir, tout ce qu'il pouvait donner pour Armand, il l'a déjà donné.

Plusieurs choses les reliaient, Armand et lui. Le fait qu'ils avaient commencé leur carrière ensemble, un lien de jeunesse d'autant plus précieux qu'ils n'avaient jamais été vraiment jeunes ni l'un ni l'autre.

Ensuite, le fait qu'Armand était un avare pathologique. Dans ce domaine, personne ne peut imaginer de quoi il était capable. Il avait engagé une lutte à mort contre la dépense et finalement contre l'argent. Camille ne peut pas s'empêcher d'interpréter sa mort comme une victoire du capitalisme. Ce n'est évidemment pas cette avarice qui les unissait, mais ils avaient tous les deux quelque chose d'effroyablement petit et l'obligation de devoir composer avec plus fort que soi. C'était, si on veut, une sorte de solidarité de handicapés.

Et puis, toute son agonie l'a confirmé, Camille était le meilleur ami d'Armand.

C'est un lien sacrément fort, ce qu'on est pour les autres.

Des quatre membres historiques de son équipe, Camille est le seul vivant présent dans ce cimetière, ça lui fait quelque chose de difficile à expliquer.

Louis Mariani, son adjoint, n'est pas encore arrivé. Pas d'inquiétude, homme de devoir, il sera là à temps : dans sa culture, manquer un enterrement, c'est comme roter à table, inimaginable.

Armand, lui, est excusé pour cause de cancer de l'œsophage, rien à dire.

Reste Maleval, que Camille n'a pas revu depuis des années. Il a été une recrue brillante avant d'être renvoyé de la police. Louis et lui étaient de bons copains, malgré la différence de classe, ils étaient à peu près du même âge et assez complémentaires. Jusqu'au séisme : c'est Maleval qui a autrefois renseigné l'assassin d'Irène, l'épouse de Camille. Il ne l'a pas fait exprès mais il l'a fait quand même. Sur le coup, Camille l'aurait tué de ses propres mains, on est passé à deux doigts d'une belle tragédie, les Atrides version Brigade criminelle. Mais après la mort d'Irène, le courage de Camille s'est cassé net, la dépression l'a foudroyé et après, ça n'avait plus aucun sens.

Armand lui manque plus que tout autre. Avec lui, la brigade Verhœven a disparu du paysage. Avec cet enterrement s'ouvre le troisième chapitre d'une histoire sur laquelle Camille tente de rebâtir sa vie. Rien de plus fragile.

La famille d'Armand commence à entrer dans le crématorium lorsque Louis arrive. Costume Hugo Boss beige, très chic. Bonjour, Louis. Louis ne répond pas bonjour patron, Camille l'interdit, il dit qu'on n'est pas dans une série télé.

La question que Camille se pose parfois sur lui-même est encore plus justifiée pour son adjoint : qu'est-ce que ce type fait dans la police ? Il est né riche au-delà du raisonnable et, pour faire bonne mesure, doté d'une intelligence qui lui a ouvert les portes des meilleures écoles que peut fréquenter un dilettante. Après quoi, inexplicablement, il est entré dans la police pour un salaire d'instituteur. Au fond, Louis est un romantique.

– Ça va ?

Camille fait signe que oui, ça va, mais bien sûr, il n'est pas là. La plus grande partie de lui-même est restée dans la chambre d'hôpital où Anne, à demi abrutie par les analgésiques, attend d'aller passer les radios, le scanner.

Louis regarde son chef une seconde de trop, hoche la tête, fait une sorte de hmmm. C'est un garçon extrêmement fin et chez lui, hmmm, c'est comme la remontée de sa mèche, main droite, main gauche un langage à part entière. Et ce hmmm-là dit clairement : vous n'avez pas une tête d'enterrement, il y a donc autre chose.

Et pour que ça prenne plus de place aujourd'hui que la mort d'Armand, ce doit être bien important…

– On va être saisis sur un braquage qui a eu lieu ce matin, dans le VIIIe…

Louis se demande si c'est la réponse à sa question.

– Du grabuge ?

Camille hoche la tête, oui, non.

– Une femme…

– Morte ?

Oui, non, pas vraiment, Camille regarde devant lui, comme s'il y avait du brouillard, en fronçant les sourcils.

– Non… Enfin, pas encore…

Louis est passablement surpris. Ce n'est pas de ce genre d'affaire que leur unité est ordinairement saisie, le braquage n'est pas la spécialité du commandant Verhœven. En même temps, semble se dire Louis, pourquoi pas, mais il a suffisamment travaillé avec Camille pour sentir quand les choses ne tournent pas rond. L'expression de sa surprise, c'est un regard vers ses chaussures (des Crockett & Jones parfaitement cirées), accompagné d'une petite toux sèche, à peine discernable. C'est à peu près le summum de l'émotion qu'il peut exprimer.

Camille désigne le cimetière, l'entrée du funérarium.

– Dès que tout ça sera terminé, j'aimerais que tu te renseignes un peu. Discrètement... On n'est pas encore saisis, tu vois... (Camille tourne enfin les yeux vers son adjoint.) C'est histoire de gagner du temps, tu comprends ?

Dans la foule, il cherche déjà Le Guen du regard et le trouve sans peine. Impossible de le manquer, c'est un mastodonte.

– Bon, faut y aller.

Quand Le Guen était encore son divisionnaire, Camille n'avait qu'à lever le petit doigt pour obtenir ce qu'il voulait, maintenant, c'est plus difficile.

Juste à côté du contrôleur général Le Guen se dandine la divisionnaire Michard, on dirait une oie.

14 h 20

Le Brasseur vit l'un des grands moments de son existence. Un braquage comme celui-là, on n'en verra pas deux dans le siècle, l'avis est unanime. Même ceux qui n'ont rien vu sont d'accord. Les témoignages vont bon train. On a vu une fille, parfois deux, ou une femme, armée, pas armée, mains nues, et elle criait. C'est pas la propriétaire de la bijouterie ? Non, c'est sa fille ! Ah bon ? On ne savait pas qu'elle avait une fille, vous êtes sûr ? Un braquage en voiture, quel genre de voiture ? Les opinions couvrent à peu près la totalité de la gamme des voitures étrangères vendues en France.

Je sirote calmement mon café, c'est mon premier moment de repos dans une journée passablement longue.

Le patron, une vraie tête à claques, estime le butin à cinq millions d'euros. Pas moins. On ne sait pas où il est allé chercher ce chiffre mais il est formel. On a envie de lui tendre un Mossberg chargé et de le pousser à la porte de la première bijouterie du quartier. Quand il aura braqué le personnel et qu'il rentrera dans son bistro, il pourra compter la recette et s'il obtient le tiers de ce qu'il espère, qu'il prenne sa retraite, cet abruti, parce qu'il ne trouvera jamais mieux.

Et la voiture qu'ils embarquent ! Laquelle ? Celle-là ! On dirait qu'elle a arrêté un buffle en pleine course ! Ils l'ont attaquée au bazooka ou quoi ? On y va de ses commentaires balistiques, comme pour les voitures : tous les calibres y passent, ça donne envie de tirer en l'air pour obtenir le silence. Ou dans le tas pour obtenir la paix.

Gonflé de son importance, le patron lance, péremptoire :

– Vingt-deux long rifle.

Il ferme les yeux à la fin de sa phrase, sûr de son expertise.

Je l'imagine décapité comme un Turc par du calibre 12, ça me remonte le moral. Vingt-deux long rifle, ou autre chose, la clientèle approuve, personne n'y connaît rien. Avec des témoins comme ça, les flics vont s'amuser.

14 h 45

– Mais… pourquoi vous voulez ça ? demande la commissaire divisionnaire en se retournant.

Elle effectue une vaste rotation autour de son axe majeur : un cul titanesque, babylonien. Hors de toute proportion. La commissaire Michard a, disons, entre quarante et cinquante ans, un visage qui a porté quelques promesses jamais tenues, des cheveux très noirs, sans doute assez blancs au naturel, de grandes dents de lapin sur le devant avec, au-dessus, des lunettes rectangulaires qui clament qu'elle est une femme d'autorité, qui a de la poigne. Un caractère dit « bien trempé » (en clair, c'est une emmerdeuse), une intelligence très vive (son pouvoir de nuisance en est décuplé) mais avant tout, et c'est le plus spectaculaire, ce cul majuscule. D'un volume hallucinant. À se demander comment il tient. Curieusement, la commissaire Michard (avec un nom pareil, on imagine sans peine les plaisanteries, qui, à mesure qu'on la connaît mieux, descendent dans le graveleux jusqu'au sordide) a un visage assez mou qui contredit tout ce qu'on sait d'elle : sa compétence indiscutable, son sens suraigu de la stratégie, des faits d'armes assez remarquables, le genre de chef qui travaille dix fois plus que les autres et se félicite d'être une meneuse. Quand il a assisté à sa prise de poste, Camille a compris qu'avec Doudouche (c'est sa chatte, une caractérielle, hystérique certainement, il l'adore), il avait déjà une emmerdeuse à la maison, que maintenant il en aurait également une au bureau.

Et donc « pourquoi vous voulez ça ? »

Devant certains êtres, il est difficile de rester calme. La commissaire Michard s'approche de Camille, très près. Elle lui parle toujours ainsi. Son physique de fauteuil club face à l'évanescence de Verhœven, on dirait un casting pour une comédie américaine, mais le ridicule ne lui fait rien à cette femme.

Tous deux face à face gênent le passage qui conduit au crématorium, ils sont dans les derniers à entrer. Camille a sacrément manœuvré pour en être là, à cet instant précis. Parce que au moment où il a fait sa demande, juste à côté d'eux passait le contrôleur général Le Guen, l'ami intime de Camille, le prédécesseur de la commissaire (le jeu des chaises musicales, l'un monte à la sous-direction, l'autre devient divisionnaire). Or, tout le monde le sait, Camille et Le Guen sont plus que des amis, Camille est même le témoin de tous ses mariages, c'est une occupation considérable, Le Guen vient de se marier pour la sixième fois en réépousant sa deuxième femme.

La divisionnaire Michard, qui vient d'être nommée, doit encore « ménager la chèvre et le chou » (elle adore les expressions stéréotypées auxquelles elle se fait fort de redonner une certaine fraîcheur), elle doit analyser les enjeux avant de commencer à faire des vagues. Et quand l'ami de son supérieur demande quelque chose, forcément, ça donne à réfléchir. Surtout que maintenant ils sont les derniers à entrer. Il faudrait se donner le temps de mûrir la demande mais Michard a la réputation d'un esprit vif, elle se pique de décider tout très vite. Le maître de cérémonie les fixe depuis l'entrée de la salle, on va commencer, il porte un costume croisé, il a des cheveux blonds décolorés, on dirait un footballeur, les croque-morts ne sont plus ce qu'ils étaient.

Cette question – pourquoi Verhœven veut-il s'occuper d'une affaire pareille ? – est la seule que Camille a pris le temps de préparer, parce que c'est la seule qui se pose réellement.

Le braquage s'est déroulé vers dix heures, il n'est pas quinze heures. Sur place, passage Monier, les techniciens finissent les constatations, les collègues achèvent les interrogatoires des premiers témoins mais l'affaire n'a pas encore été affectée à un groupe.

– Parce que j'ai un indic, lâche Camille. Très bien placé…

– Vous étiez au courant du braquage ?

Elle écarquille les yeux de manière très théâtrale, Camille pense tout de suite aux regards furibonds des samouraïs dans l'iconographie japonaise. Elle veut dire : vous en dites trop ou pas assez, le genre d'expression toute faite dont elle raffole.

– Bien sûr que non, je n'en savais rien ! s'écrie Camille. (Il est très convaincant, dans ce sketch, et donne vraiment l'impression de penser ce qu'il dit.) Moi non, poursuit-il, mais mon indic j'en suis moins sûr… Et il est chaud. De la braise. (Verhœven est certain que c'est le genre d'image qu'affectionne la Michard.) Il est très coopératif en ce moment… Ce serait dommage de ne pas en profiter.

Il suffit d'un regard pour que la conversation, de technique, devienne purement tactique. Un regard de Camille vers le fond du cimetière pour que la figure tutélaire du contrôleur général vienne faire planer une ombre sur le dialogue. Silence. La commissaire sourit, signe qu'elle a compris : d'accord.

Pour la forme, Camille ajoute :

– Ce n'est pas seulement un braquage, il y a tentative de meurtre aggravée et…

La commissaire le regarde bizarrement puis hoche la tête, lentement, comme si, au-delà de la manœuvre, somme toute assez lourdingue, du commandant, elle discernait une petite lueur, indéfinissable, comme si elle cherchait à comprendre quelque chose. Ou comme si elle comprenait. Ou qu'elle était sur le point de comprendre. Camille sait combien cette femme est sensitive, dès qu'il y a une emmerde, son sismographe hurle à la mort.

Il reprend alors l'initiative, de son ton le plus convaincant, en parlant très vite :

– Je vais vous expliquer. Mon type a été en relation avec un autre type qui a fait partie d'une équipe, c'était l'an dernier, l'histoire n'avait rien à voir mais on avait…

La divisionnaire Michard lui coupe la parole d'un geste, l'air de dire qu'elle a déjà sa dose de problèmes. Qu'elle a compris. Que de toute manière, elle est trop récente sur ce poste pour s'interposer entre son patron et son subordonné.

– D'accord, commandant. Je vais en parler au juge Pereira.

Il ne le montre pas mais c'est exactement ce qu'espérait Camille.

Parce que s'il n'avait pas obtenu cette reddition aussi rapidement, il n'a pas la moindre idée de la manière dont il pouvait terminer sa phrase.

15 h 15

Louis est parti rapidement. Camille, prisonnier de sa fonction, a dû attendre presque jusqu'au bout. La cérémonie était longue, très longue, limitée à l'opportunité pour chacun de montrer ce qu'il sait faire en matière de discours. Camille s'est esquivé discrètement dès qu'il l'a pu.

Tandis qu'il rejoint sa voiture, il écoute un message qui vient juste d'arriver. C'est Louis. Il a passé aussitôt quelques coups de fil, il a déjà l'essentiel :

– Le Mossberg 500 dans un braquage, on ne trouve qu'une seule occurrence. Le 17 janvier dernier. La ressemblance fait peu de doute. Et cette affaire, ce n'est pas rien… Vous me rappelez ?

Camille rappelle.

– En janvier, explique Louis, c'était autrement plus sévère. Quadruple braquage ! Un mort. Le patron du gang est connu. Vincent Hafner. On n'avait plus de nouvelles de lui depuis l'affaire de janvier. Il signe là un retour très remarqué…

15 h 20

Agitation soudaine au Brasseur.

Les conversations sont interrompues par les sirènes, tout le monde se précipite vers la terrasse, se penche sur la rue, on dirait que les gyrophares montent d'un ton. Le patron est définitif : c'est le ministre de l'Intérieur. On cherche son nom, en vain, ce serait un présentateur télé, ce serait plus facile. Les commentaires reprennent. Certains pensent que cette agitation est due à un rebondissement, on a découvert un cadavre ou un truc comme ça, le patron ferme de nouveau les yeux, suffisant. La contradiction de la clientèle est un hommage à son érudition.

– Ministre de l'Intérieur, je vous dis.

Il essuie les verres sereinement avec un petit sourire, sans regarder du côté de la terrasse, pour souligner à quel point il est certain de son diagnostic.

On attend avec fébrilité, on retient son souffle, comme pour le passage d'une étape du Tour de France.

15 h 30

L'impression que sa tête est remplie de coton hydrophile avec, tout autour, des veines grosses comme le bras qui cognent, tambourinent.

Anne ouvre les yeux. La chambre. L'hôpital.

Elle tente de remuer les jambes, tétanisée, comme une femme âgée percluse de rhumatismes. C'est douloureux mais elle soulève un genou, puis l'autre, les jambes repliées lui procurent un instant de soulagement. Elle bouge lentement la tête pour retrouver des sensations, sa tête pèse une tonne, ses doigts, recouverts de bandages, ressemblent à des pinces de crabe, en plus sale. Les images se brouillent un peu, la porte des toilettes dans la galerie marchande, une nappe de sang, les détonations, la sirène de l'ambulance, entêtante, le visage du radiologue et, quelque part, derrière lui, la voix d'une infirmière qui dit : « Mais qu'est-ce qu'on lui a fait ? » L'émotion l'envahit aussitôt, elle retient ses larmes, respirer à fond, se maîtriser, ne pas se laisser aller, ne pas s'abandonner.

Pour ça, se lever, rester vivante.

D'un geste, elle écarte le drap, passe une jambe après l'autre. Saisie par un éblouissement elle demeure un instant en équilibre sur le bord du lit, pousse sur ses pieds, se hisse, doit se rasseoir, elle ressent maintenant les vraies douleurs, partout, précises, le dos, les épaules, la clavicule, elle a été broyée, elle cherche sa respiration, se hisse de nouveau, elle est enfin sur pied, si l'on peut dire parce qu'elle doit se retenir à la table de nuit.

En face, c'est le cabinet de toilette. Comme en escalade, elle passe d'un appui sur l'autre, du traversin à la table de nuit puis à la poignée de la porte, au lavabo, la voici face au miroir, mon Dieu, c'est elle ?

Les sanglots qui montent, cette fois, elle ne peut rien y faire. Ces pommettes bleues, ces ecchymoses, ces dents cassées… Et la plaie sur la joue gauche, la pommette a explosé, cette longue série de points de suture…

Qu'est-ce qu'on lui a fait ?

Anne se retient au lavabo pour ne pas tomber.

– Mais qu'est-ce que vous faites debout ?

Anne se retourne, un étourdissement la terrasse, l'infirmière n'a que le temps de la rattraper, la voilà allongée par terre, l'infirmière se relève, passe furtivement la tête dans le couloir.

– Florence, tu peux venir m'aider ?

15 h 40

Camille marche à grands pas nerveux, Louis à ses côtés. Juste quelques centimètres derrière son chef, la mesure exacte de la distance qu'il maintient avec Verhœven est le résultat d'un dosage savant entre respect et familiarité, il n'y a que lui pour savoir réaliser des combinaisons aussi délicates.

Camille a beau être pressé et soucieux, il a machinalement levé les yeux vers les immeubles qui bordent la rue Flandrin. Architecture haussmannienne, noire de fumée, il y en a tellement dans ce quartier, on ne la voit plus. Son œil saisit à la volée la ligne des balcons soutenue aux extrémités par deux atlantes monumentaux dont le pagne est gonflé par une protubérance exceptionnelle et, sous chaque balcon, par des cariatides aux seins outrageusement généreux qui regardent le ciel. Ce sont les seins qui regardent le ciel, les cariatides, elles, ont le regard doucereux et faussement prude de celles qui sont sûres de leur coup. Camille poursuit sa marche rapide mais hoche la tête, admiratif.

– René Parrain, à mon avis, dit-il.

Silence. Camille ferme les yeux dans l'attente de la réplique.

– Chassavieux, plutôt, non ?

C'est toujours pareil. Louis a vingt ans de moins que lui et sait vingt mille fois plus de choses. Le plus pénible, c'est qu'il ne se trompe jamais. Ou quasiment. Camille a essayé de le coller, essayé, essayé, rien à faire, ce type est une encyclopédie.

– Mouais, dit-il. Peut-être.

En s'approchant du passage Monier, Camille bute sur le véhicule qui a été explosé au calibre 12 et que la dépanneuse est en train de charger sur son plateau.

Il va apprendre que c'est de l'autre côté de cette voiture qu'Anne a été visée, en pleine face.

C'est le petit qui commande. Chez les flics, de nos jours, c'est comme en politique, le grade est inversement proportionnel à la taille. Ce flic-là, tout le monde le connaît, forcément, avec un physique pareil... Il suffit de l'avoir vu une fois, on s'en souvient, mais pour son nom, dans le café, les propositions sont très variables. On se rappelle que c'est étranger mais quoi ? Allemand, danois, flamand ? Quelqu'un dit russe, un autre lance oui, Verhœven, c'est ça, on s'esclaffe, c'est ce que je disais, on avait raison, on est content.

On le voit se pointer à l'entrée du passage. Il ne montre pas sa carte, au-dessous d'un mètre cinquante on est dispensé. Derrière la vitrine de la terrasse, on retient son souffle mais une sensation chasse l'autre, quelle journée magnifique : vient d'entrer dans le bar une fille, très brune. Le patron salue bruyamment son arrivée, on se retourne. C'est la coiffeuse d'à côté. Elle commande des cafés, quatre, la machine du salon est en panne.

Elle sait tout, elle sourit modestement en attendant qu'on la serve. Qu'on la questionne. Elle dit qu'elle n'a pas le temps mais elle rosit, c'est tout dire.

On va tout savoir.

15 h 50

Louis serre les mains des collègues. Camille veut voir la vidéo. Tout de suite. Louis s'étonne. Il sait le peu d'estime de Camille pour les usages et les protocoles mais un pareil manque de méthode a de quoi surprendre de la part d'un homme de son niveau et de son expérience. Louis remonte sa mèche main gauche mais il suit son chef dans l'arrière-boutique de la librairie, réquisitionnée comme QG provisoire. Camille serre distraitement la main de la commerçante, cet arbre de Noël, elle fume une cigarette plantée dans un fume-cigarette en ivoire, le genre de chose qu'on ne voit plus depuis un siècle. Camille ne s'arrête pas. Les collègues ont récupéré les bandes vidéo des deux caméras.

Dès qu'il est devant l'écran de l'ordinateur portable, il se retourne vers son adjoint.

– C'est bon, dit-il, je vais regarder ça. Toi, tu fais le point.

Il désigne la pièce d'à côté, autant dire qu'il désigne la porte. Sans attendre il s'assoit devant l'écran et regarde tout le monde. On jurerait qu'il veut être seul pour visionner un film porno.

Louis adopte le comportement de celui qui trouve tout cela parfaitement logique. Un petit côté majordome.

– Allez, dit-il en repoussant les autres, on va s'installer là-bas.

La bande qui intéresse Camille est celle de la caméra placée au-dessus de l'entrée de la joaillerie.

Vingt minutes plus tard, tandis que Louis la visionne à

son tour, compare les images avec les premiers témoignages et monte ses premières hypothèses de travail, Camille gagne l'allée centrale et se poste à peu près à l'endroit où se trouvait le tireur.

Les relevés sont terminés, les techniciens sont partis, les débris de verre ont été ramassés, le périmètre du braquage est sécurisé avec de l'autocollant, on attend les experts et les assureurs, après quoi on repliera tout, on fera venir les entreprises et dans deux mois tout sera remis à neuf, un braqueur dingue pourra revenir aligner les clientes aux heures d'ouverture.

Le lieu est gardé par un képi, un grand maigre au regard fatigué, au visage prognathe, des valises sous les yeux. Camille le reconnaît aussitôt, il l'a déjà croisé cent fois sur des scènes de crime, comme un acteur de second rôle dont on n'a jamais su le nom. Ils se font un petit signe de la main.

Camille regarde le magasin dévasté, les vitrines effondrées. Il n'y connaît rien, lui, en bijouterie, il a l'impression que ce n'est pas le genre qu'il aurait choisi s'il avait voulu faire un braquage. Mais il sait aussi que c'est une impression terriblement trompeuse. Vous regardez une agence bancaire, elle ne paie pas de mine, et si vous raflez tout ce qui s'y trouve vous avez quasiment de quoi la racheter.

Camille s'efforce de conserver son calme mais il garde les mains dans les poches de son pardessus parce que depuis qu'il a visionné la vidéo – il l'a passée et repassée autant de fois que le temps le lui permettait, ces images l'ont sidéré, anéanti –, ses mains tremblent.

Il remue la tête comme s'il avait de l'eau dans les oreilles, qu'il voulait vider le trop-plein d'émotion, retrouver de la distance, tu parles, ces halos, là, par terre, c'est le sang d'Anne, elle était ici, recroquevillée au sol, le type devait être là, Camille s'éloigne de quelques pas, le grand flic le fixe, presque inquiet. Soudain, Camille se retourne, il tient à la hanche un fusil imaginaire, le grand flic pose sa main sur son walkie-talkie, Camille fait trois pas, il regarde tour à tour l'emplacement du tireur et la sortie de la galerie et d'un coup, sans prévenir, il se met à courir. Cette fois, pas de doute, le flic empoigne son talkie mais Camille s'arrête brusquement, le flic suspend son geste. Camille, soucieux, un doigt sur les lèvres, revient sur ses pas, il lève les yeux, leurs regards se croisent, ils se sourient craintivement, comme s'ils voulaient sympathiser bien qu'ils ne parlent pas la même langue.

Qu'est-ce qui a pu se passer réellement ?

Camille regarde à droite, à gauche, en haut vers l'imposte explosée à coups de fusil, il s'avance, le voici à la sortie de la galerie, rue Georges-Flandrin. Il ne sait pas ce qu'il cherche, un signe, un détail, un déclic, sa mémoire quasi photographique des lieux et des gens reclasse ses réminiscences dans un ordre différent.

Inexplicablement, il a maintenant le sentiment de faire fausse route. Qu'il n'y a rien à voir ici.

Qu'il ne prend pas cette affaire par le bon bout.

Alors il revient sur ses pas et reprend les interrogatoires.

Aux collègues qui ont pris les premières dépositions, il dit qu'il veut « se faire son idée », il voit la libraire, l'antiquaire, sur le trottoir il interroge la coiffeuse. La joaillière, elle, a été hospitalisée. Quant à son apprentie, elle a passé tout le temps du hold-up le nez au sol en se tenant la tête. Elle fait un peu pitié, cette enfant, effacée, insignifiante, Camille lui dit de rentrer chez elle, il demande si on doit la ramener, elle dit que son ami l'attend au Brasseur, elle montre le café de l'autre côté de la rue, la terrasse est noire de monde, tous les visages tendus vers eux. Camille dit : allez, sauvez-vous.

Il a écouté les témoignages, regardé attentivement les images.

Cet acharnement à vouloir tuer Anne est d'abord dû à l'électricité, à la tension terrible qui règne lors d'un braquage, et après, l'enchaînement des circonstances. L'engrenage.

Mais quand même, cette obstination, cette férocité...

Le juge est annoncé, il sera là d'une minute à l'autre. En attendant, il revient en arrière. Ce braquage ressemble, trait pour trait, à un autre, effectué en janvier dernier.

– C'est bien ça ? demande Camille.

– Absolument, confirme Louis. La seule chose qui change, c'est l'échelle. Aujourd'hui on a un hold-up, en janvier, ils en ont effectué quatre. Quatre bijouteries braquées en moins de six heures...

Camille laisse échapper un petit sifflement admiratif.

– Même méthode qu'aujourd'hui. Trois hommes. Le premier fait ouvrir les coffres et rafle les bijoux, le deuxième le couvre avec un Mossberg à canon scié, le troisième conduit le véhicule.

– Et en janvier, il y a un mort, tu dis ?

Louis consulte ses notes.

– Ce jour-là, leur première cible se situe dans le XVe arrondissement, à l'ouverture de la boutique. Ils règlent l'affaire en dix minutes chrono, c'est le coup le plus propre de la journée parce que vers dix heures et demie, ils font irruption dans une joaillerie de la rue de Rennes et quand ils repartent, ils laissent sur le carreau un employé qui a tardé à ouvrir le coffre de l'arrière-boutique, traumatisme crânien, quatre jours de coma, le garçon s'en sort mais avec des séquelles, il bataille avec l'administration pour obtenir une pension d'invalidité partielle.

Camille écoute avec une attention tendue. Voilà à quoi Anne a échappé par miracle. Il a les nerfs en pelote, obligé de respirer à fond, de se forcer à détendre les muscles, comment, déjà, « sterno… claudio… » et merde.

– Vers quatorze heures, poursuit Louis, à la réouverture de l'après-midi, le gang débarque dans une troisième joaillerie, au Louvre des Antiquaires. Ils ne font pas de détail, ils sont rodés. Une dizaine de minutes plus tard, ils repartent en abandonnant sur le trottoir le corps d'un client qui a levé la main un peu trop haut… Moins grave que l'employé du matin mais tout de même, son état est jugé sérieux.

– C'est l'escalade, dit Camille qui poursuit son idée.

– Oui et non, répond Louis. Les types ne perdent pas les pédales, ils font simplement le job à leur manière.

– Ils font quand même une grosse journée…

– Certes.

Même pour une équipe bien rodée, préparée et motivée, quatre braquages en six heures ça représente un rendement exceptionnel. Au bout d'un moment, forcément, la fatigue finit par vous prendre. Le hold-up, c'est comme la descente à ski, l'accident survient toujours en fin de journée, c'est le dernier effort qui fait le plus de dégâts.

– Rue de Sèvres, reprend Louis, le directeur de la joaillerie veut jouer les résistants. Au moment où le gang s'apprête à repartir, il s'imagine qu'il peut tenter de le retarder, il attrape la manche de celui qui est chargé de rafler la mise, il essaye de le faire tomber. Le temps que le couvreur pointe sur lui son Mossberg, l'autre a déjà riposté et lui a collé deux balles de 9 mm en pleine poitrine.

On ne saura sans doute jamais si leur journée était terminée où s'ils avaient encore des projets et que la mort du bijoutier les a contraints à prendre la fuite.

– Si ce n'était le nombre de bijouteries dans la même journée, la manière d'opérer est très classique. Les nouveaux professionnels, les jeunes, hurlent, gesticulent, tirent en l'air, sautent par-dessus les comptoirs, ils choisissent des armes comme ils en ont vu dans les jeux de rôle, totalement surdimensionnées, et on sent tout de suite qu'ils crèvent de trouille. Nos braqueurs à nous sont très décidés, très organisés, ils ne bougent pas à tort et à travers. S'ils n'étaient pas tombés sur un aspirant à l'héroïsme, ils repartaient en laissant derrière eux quelques dommages collatéraux, rien de plus.

– Le butin en janvier ? demande Camille

– Six cent quatre-vingt mille euros, annonce alors Louis. Déclarés.

Camille lève un sourcil. Non pas qu'il s'étonne, les bijoutiers ne déclarent jamais la totalité des vols, ils disposent tous de valeurs non déclarées, non, Camille demande simplement la vérité :

– Nettement plus du million. À la revente, six cent mille. Peut-être six cent cinquante. Très beau résultat.

– On a une idée du circuit ?

Pour un butin pareil, à la fois élevé et très disparate dans sa composition, il y a beaucoup de perte à la revente et pas beaucoup de receleurs compétents sur la place de Paris.

– On suppose que la marchandise est passée par Neuilly mais bon…

Évidemment. Ce serait le meilleur choix. Il se chuchote que le receleur est un curé défroqué. Camille n'a jamais vérifié mais il n'est pas autrement étonné, les deux fonctions lui semblent assez semblables.

– Tu envoies quelqu'un y faire un tour.

Louis enregistre la commande. Dans la plupart des affaires, c'est lui qui distribue les tâches.

Sur ce, voici le juge Pereira. Des yeux bleus, un nez trop long et des oreilles de chien. Soucieux, affairé, il serre la main de Camille tout en marchant, bonjour commandant, et derrière lui, sa greffière, une bombe de trente ans avec des seins partout, ses talons vertigineux résonnent sur les carreaux de ciment, quelqu'un devrait lui dire que c'est trop. Le juge sait qu'elle fait un tintamarre pas possible mais bien qu'elle marche trois pas derrière, pas de doute, c'est elle qui mène la danse. Si elle voulait, elle pourrait même déambuler dans la galerie en faisant des bulles avec son chewing-gum. Camille trouve que Lolita, à trente ans, a viré franchement pute.

Tout le monde se regroupe, Camille, Louis, deux collègues de l'équipe qui viennent d'arriver sur place. Louis est l'officiant. Synthétique, précis, méthodique, informé (naguère il a réussi le concours d'entrée à l'ENA, il a préféré Sciences po). Le juge écoute avec attention. On parle d'accents de l'Est. On évoque un gang de Serbes ou de Bosniaques, des hommes violents, on ne manque pas de cas où ils ont tiré alors qu'ils pouvaient l'éviter. Et Vincent Hafner dont on déroule rapidement les faits d'armes. Le juge hoche la tête. Hafner avec des Bosniaques, mélange explosif, étonnant même qu'il n'y ait pas plus de dégâts, ce sont des méchants, dit le juge et il a raison.

Il s'intéresse ensuite aux témoins. Habituellement, à l'ouverture de la joaillerie, en plus de la gérante et de l'apprentie, il y a aussi une employée, mais elle était en retard ce matin-là. Arrivée après la bataille, elle a juste entendu le dernier coup de feu. Quand un employé échappe par miracle au hold-up de la boutique ou de l'agence bancaire où il travaille, les flics se font tout de suite soupçonneux.

– On l'a embarquée, dit un des flics (il n'est pas très convaincu.) On va creuser mais elle a l'air d'avoir le nez propre.

La greffière, elle, s'ennuie terriblement. Elle se tortille sur ses échasses, danse d'un pied sur l'autre en regardant ostensiblement du côté de la sortie. Elle porte un vernis d'un rouge très sombre, comprime ses seins dans un chemisier dont les deux premiers boutons sont ouverts, comme s'ils avaient craqué, exhibant un sillon blanc incroyablement profond, on guette nerveusement celui qui tient encore et autour duquel le tissu s'étire dangereusement, comme un sourire carnassier. Camille la regarde, la dessine mentalement, elle fait de l'effet mais globalement. Parce que en détail, c'est autre chose : de grands pieds, un nez court, des traits un peu grossiers, des fesses très rebondies mais perchées tellement haut. Un cul pour alpiniste. Elle porte un parfum, aussi... À l'iode. L'impression de discuter à côté d'une bourriche d'huîtres.

– Bien, chuchote le juge en tirant Camille à part. Vous avez un indic, m'a dit Mme la divisionnaire...

Il dit « madame » avec une voix affectée, comme s'il s'entraînait à dire « monsieur le ministre ». Les apartés, la greffière, elle déteste. Elle pousse un long soupir bruyant.

– Oui, confirme Camille. J'en saurai plus demain.

– Donc ça ne devrait pas traîner.

– Ça ne devrait pas...

Le juge est satisfait. Il n'est pas divisionnaire mais il aime quand même les statistiques favorables. Il décide de lever le camp. Un œil sévère à sa greffière :

– Mademoiselle ?

Ton autoritaire. Cassant.

À voir la tête de Lolita, il va le payer cher.

16 h 00

Pas mal, le témoignage de la petite coiffeuse. Elle répète ce qu'elle a dit aux flics en baissant les paupières comme une jeune mariée. C'est le plus précis de tout ce qu'on a entendu. Très précis même. Avec des gens comme ça, on ne regrette pas d'avoir porté une cagoule. Vu l'agitation qui règne dehors, je me tiens le plus loin possible de la terrasse, près du bar, je recommande un café.

La fille n'est pas morte, c'est la voiture en stationnement qui a tout pris. Elle a été emmenée par le Samu.

Maintenant, l'hôpital. Les urgences. Avant qu'elle sorte ou qu'on la transfère.

Mais d'abord, refaire le plein. Sept munitions dans le Mossberg.

Le feu d'artifice ne fait que commencer.

On va repeindre le décor.

18 h 00

Malgré sa nervosité, Camille est empêché de tambouriner sur le volant. Dans sa voiture, toutes les commandes sont centralisées, il n'y a pas d'autre solution quand on a les pieds qui ballottent à plusieurs centimètres du sol et les bras trop courts. Et dans une voiture équipée pour les handicapés, il faut faire attention où on pose les doigts, un geste intempestif et vous voilà dans le décor. D'autant que Camille, entre autres défauts, n'est pas très habile de ses mains, en dehors du dessin il est même franchement maladroit.

Il se gare, traverse le parking de l'hôpital en répétant ses phrases destinées au médecin, le genre de phrases ciselées que vous polissez des quarts d'heure entiers et que vous oubliez quand l'occasion se présente. Ce matin, l'accueil grouillait de monde, il est monté directement à la chambre d'Anne. Cette fois, il s'arrête, le comptoir est à la hauteur de ses yeux (un mètre cinq selon Camille qui, sur ce sujet, se trompe rarement de plus d'un centimètre ou deux). Il fait le tour et pousse d'autorité le petit portillon sur le côté, sur lequel on a collé l'interdiction de rigueur, « Défense d'entrer ».

– Et alors, hurle la fille, vous savez pas lire ?

Camille tend sa carte.

– Et vous ?

La fille se marre aussitôt, le pouce en l'air.

– Excellent !

Elle apprécie vraiment. Elle est noire, maigre, avec des yeux très vifs, une poitrine plate, des épaules tout en os, la quarantaine. Antillaise. Son badge indique « Ophélia ». Elle porte un chemisier à jabot d'une laideur ahurissante, de grandes lunettes blanches, hollywoodiennes, en forme de papillon, et elle sent le tabac à plein nez. Une paume grande ouverte vers Camille pour lui dire d'attendre, elle prend un appel, l'expédie, raccroche puis se retourne et le regarde avec admiration.

– Vous êtes vachement petit ! Pour un policier, je veux dire… Y a pas une taille minimale, pour entrer dans la police ?

Camille n'a pourtant pas le cœur à ça mais la fille le fait sourire.

– J'ai eu une dispense, dit Camille.

– Un piston, oui !

Dans cinq minutes, la bonhomie va tourner à la désinvolture. Police ou pas police, on va se taper sur l'épaule.

Camille coupe court et demande à parler au médecin qui s'occupe d'Anne Forestier.

– À cette heure-ci, c'est l'interne de l'étage qu'il faut voir.

Camille fait signe qu'il a compris et se dirige vers l'ascenseur. Il revient sur ses pas.

– Elle a eu des appels ?

– Pas que je sache…

– Sûre ?

– Faites-moi confiance. D'autant qu'ici, les patients sont rarement en état de répondre aux appels.

Camille s'en va.

– Hep hep hep !

De loin, elle agite une feuille de papier jaune, comme si elle éventait quelqu'un de plus grand qu'elle. Camille revient sur ses pas. Elle le couve d'un regard gourmand.

– Un billet doux…, murmure-t-elle.

C'est un formulaire de l'administration. Camille le fourre dans sa poche et monte à l'étage, demande le médecin, il faut attendre.

Aux urgences, le parking est plein à ras bord. Idéal pour planquer : une voiture scotchée ici, à condition de ne pas se fixer trop longtemps à la même place, personne ne s'en aperçoit. Il suffit de rester vigilant, discret. Mobile.

Et de tenir son Mossberg chargé sur le siège avant, sous un journal. Au cas où.

Et maintenant, réfléchir, se projeter dans l'avenir.

Attendre que la fille sorte de l'hôpital est une première option. C'est même la plus simple. Tirer sur une ambulance est contraire aux conventions de Genève sauf si on s'en fout complètement. Les caméras de surveillance fixées au-dessus du hall d'entrée ne servent à rien, elles sont là pour dissuader les éventuels candidats, mais rien n'empêche de les dégommer au calibre 12 avant de commencer le travail. Moralement, rien d'insurmontable. Techniquement, rien d'impossible.

Non, dans cette solution, le point épineux, c'est plutôt la logistique, la sortie proprement dite. Un goulot d'étranglement. On peut toujours dézinguer le planton pour forcer la barrière, la convention de Genève ne prévoit rien au sujet des plantons, mais ce n'est pas le plus pratique.

Autre solution : après la barrière. Là, il y a une petite fenêtre de tir parce que en quittant l'hôpital, les ambulances sont obligées de tourner à droite et d'attendre le passage au feu vert une quarantaine de mètres plus loin. Elles sont pressées en arrivant, elles transportent des colis encombrants, en revanche, pour repartir, c'est assez pépère. Lorsque l'ambulance est arrêtée au feu, un tireur motivé arrive tranquillement par-derrière, ouvre le hayon en une seconde, ajoutez une seconde pour ajuster et une autre pour tirer, si vous tenez compte de l'ahurissement dans lequel ce type de situation plongera l'ambulancier et les éventuels spectateurs, ça laisse largement le temps de remonter en voiture et de filer à contresens pendant quarante mètres, après quoi un boulevard à deux voies et le périphérique dans la foulée. Peinard. Affaire réglée. La mécanique est relancée, le pognon se rapproche à vue d'œil.

Dans les deux cas, il faut qu'elle sorte, qu'elle rentre chez elle ou qu'elle soit transférée.

Si cette fenêtre de tir ne s'ouvre pas, il faudra étudier la question.

Reste l'éventualité de livrer à domicile. Comme le fleuriste. Ou le pâtissier. On monte à la chambre, on frappe poliment, on entre, on distribue les macarons et on ressort. Il faut être très précis. Ou, à l'inverse, faire carrément dans le tapageur. Deux tactiques différentes, chacune a ses vertus. La première, celle du tir ciblé, demande plus de savoir-faire et donne plus de satisfaction, mais c'est une méthode plus narcissique, on pense plus à soi qu'à l'autre, ça manque un peu de générosité. La seconde, arroser large, est une approche indiscutablement plus généreuse, plus magnanime, quasiment philanthropique.

En fait, ce sont souvent les événements qui décident pour nous. D'où la nécessité de calculer. D'anticiper. C'est ce qui leur manquait, aux Turcs, ils étaient organisés mais franchement, côté anticipation, ils étaient nuls. Quand on quitte sa province pour aller faire un coup dans une capitale européenne du crime, on prévoit ! Mais eux, non, ils sont arrivés à Roissy en fronçant leurs gros sourcils noirs pour faire bien comprendre qu'on avait affaire à des terreurs... Tu parles, les cousins d'une pute de la porte de la Chapelle, tout ce qu'ils ont fait de plus conséquent, c'est le braquage d'une épicerie dans la banlieue d'Ankara et d'une station-service à Keskin, avec ça... Pour le rôle qu'ils avaient à tenir dans l'histoire, il n'était pas nécessaire de recruter dans les hautes sphères mais quand même, devoir embaucher de pareils couillons, même si c'était le plus pratique, c'est presque humiliant.

Passons. Ils auront au moins vu Paris avant de mourir. Ils auraient pu dire merci.

La patience est toujours récompensée. Voici notre flic qui traverse le parking de sa petite démarche empressée et entre aux urgences. J'ai trois foulées d'avance sur lui et je compte bien les conserver jusqu'au bout. D'ici, je le vois se planter devant le comptoir d'accueil, la fille qui est derrière ne doit voir dépasser que sa tonsure, comme dans *Les Dents de la mer*. Il piétine, ce flic est un nerveux. D'ailleurs, il fait tout de suite le tour.

Petit mais autoritaire.

Pas grave, on va lui apporter la contradiction à domicile.

Je quitte la voiture. Je pars en repérage. L'important, c'est de faire vite, de liquider cette affaire.

18 h 15

Anne s'est endormie. Les bandages autour de la tête sont tachés de produits cautérisants, jaune sale, qui donnent à son visage un blanc laiteux, ses paupières fermées semblent gonflées à l'hélium et sa bouche... Camille en grave la forme dans son souvenir, cette ligne qu'il faudra retrouver pour la dessiner, mais il est interrompu, la porte s'ouvre, un regard passe, on l'appelle, Camille sort dans le couloir.

L'interne est un Indien sérieux, avec des petites lunettes et sur son badge un nom de famille de soixante lettres.

Camille doit montrer sa carte une nouvelle fois, que le jeune médecin étudie longuement, cherchant sans doute l'attitude à adopter en pareil cas. Les flics sont fréquents aux urgences, la Criminelle, c'est plus rare.

– J'ai besoin de savoir comment va Mme Forestier, explique Camille en désignant la porte de sa chambre. Le juge va devoir l'interroger…

Cette question concerne le chef de service, selon l'interne, qui décidera de ce qui est possible et de ce qui ne l'est pas.

– Hmmm… Et quel est l'état de… Quel est son état ? interroge Camille.

L'interne tient des radios à la main et les pages de conclusion mais il n'en a pas besoin, il connaît le dossier sur le bout des doigts : une fracture du nez (« propre », souligne-t-il, qui ne nécessitera pas d'intervention), une clavicule fêlée, deux côtes cassées, deux foulures (poignet et pied gauches), des doigts cassés, proprement là aussi, un nombre incalculable de coupures sur les mains, les bras, les jambes, le ventre, une entaille profonde à la main droite mais aucun nerf n'a été touché, un peu de rééducation sera tout de même nécessaire, la longue plaie au visage est un peu plus problématique, la persistance d'une cicatrice n'est pas totalement impossible, on ne compte plus les ecchymoses pourtant les radios sont formelles :

– C'est très spectaculaire mais la commotion n'a pas provoqué de perturbations neuropsychologiques ou neurovégétatives. Pas de fracture crânienne non plus, il y aura de la chirurgie dentaire, on va devoir plâtrer aussi un peu… Et encore, ce n'est pas certain. On verra en fonction du scanner. Demain.

– Elle souffre ? demande Camille. Je vous demande ça, ajoute-t-il précipitamment, c'est pour l'entretien avec le juge, vous comprenez...

– Elle souffre le moins possible. Nous avons une certaine expérience dans ce domaine.

Camille parvient à sourire, balbutie un remerciement. L'interne le fixe étrangement, il a un regard très profond. L'émotion de cet homme, semble-t-il se dire... Comme s'il ne trouvait pas Camille très professionnel, qu'il avait envie de lui redemander sa carte. Mais il préfère puiser dans sa réserve de compassion parce qu'il ajoute :

– Il va falloir du temps pour que tout se remette en place, les hématomes vont se résorber, il va rester des cicatrices ici et là mais Mme... (il cherche le nom sur son dossier) Forestier n'est plus en danger et elle ne souffre pas de lésions irréversibles. Je dirais que le problème principal de cette patiente, ce ne sont déjà plus les soins mais le choc. Nous allons la mettre en observation un jour ou deux. Ensuite... elle pourrait avoir besoin d'aide.

Camille remercie. Il devrait partir, il n'a plus rien à faire ici, mais bien sûr c'est hors de question. Il en est incapable.

Rien d'utile sur le côté droit du bâtiment. En revanche, côté gauche, c'est beaucoup mieux. Une issue de secours. On est tout de suite en terrain de connaissance : la porte est quasiment la même que celle des toilettes du passage Monier. Le genre de porte coupe-feu avec une grosse barre horizontale à l'intérieur, de celles qu'on crochète si facilement de l'extérieur avec une plaque de métal souple qu'on se demande si les ingénieurs ne les ont pas inventées pour les cambrioleurs.

J'écoute, ce qui ne sert à rien, la porte est trop épaisse. Tant pis, un coup d'œil de chaque côté, glisser la plaque entre les deux battants, ouvrir, je tombe sur un couloir. Au bout, un autre couloir, quelques pas très assurés et volontairement bruyants pour le cas où je croiserais quelqu'un, et me voilà… au fond du hall, juste derrière le comptoir d'accueil. À croire que les hôpitaux n'ont pas été conçus pour les tueurs.

À main droite, le plan d'évacuation de l'étage. Le bâtiment est compliqué, fruit de nombreux ajouts, reconstructions, remaniements, un casse-tête pour la sécurité. D'autant que ces plans fixés au mur, personne ne les regarde jamais, il faudrait improviser un jour d'incendie, on aurait des regrets, mais quand on les voit, comme ça, à froid… Surtout dans un hôpital. On a l'impression que même si le personnel est débordé, on est en de bonnes mains alors qu'une bonne connaissance du plan d'évacuation, face à un type résolu et armé d'un Mossberg à canon scié, c'est autrement plus utile.

Peu importe.

Je sors mon portable, je flashe le plan. Tous les étages se ressemblent, à cause des ascenseurs et des colonnes d'eau on est prisonnier d'une certaine configuration.

Retour à la voiture. Réfléchir. Le risque mal calculé, c'est exactement ce qui peut vous faire échouer à quelques centimètres du but.

18 h 45

Dans la chambre d'Anne, Camille n'allume pas, il reste assis sur sa chaise dans la pénombre (dans les hôpitaux, les chaises sont très hautes), il tente de reprendre ses esprits. Tout va terriblement vite.

Anne ronfle. Elle a toujours ronflé un peu, ça dépend de sa position. Quand elle s'en rend compte, elle est confuse. Aujourd'hui, tout est recouvert par les hématomes mais en temps ordinaire, quand elle rougit, c'est très joli, elle a presque une peau de rousse, avec de minuscules taches très claires qui ne se révèlent que dans l'embarras et quelques autres circonstances.

Camille lui dit souvent :

– Tu ne ronfles pas, tu respires fort, ça n'a rien à voir.

Elle rosit en tripotant ses cheveux, pour prendre une contenance.

– Le jour où tu prendras mes défauts pour des défauts, dit-elle en souriant, il sera temps de tirer le rideau.

C'est habituel, de sa part, d'évoquer leur séparation. Elle parle sans distinction des moments où ils sont ensemble et de ceux où ils n'y seront plus comme s'il n'y avait, entre eux, qu'une question de nuance. Camille est rassuré par cette approche. Réflexe de veuf, de dépressif. Il ne sait pas s'il est encore dépressif, mais il reste veuf. Depuis Anne, les choses sont moins nettes, moins formelles. Ils avancent ensemble dans une durée dont ils ne savent rien, discontinue, incertaine et reconductible.

– Camille, je suis désolée…

Anne vient de rouvrir les yeux. Elle articule chaque mot avec volonté. Malgré les labiales lourdes, les dentales chuintantes, la main devant la bouche, Camille comprend tout, tout de suite.

– Mais désolée de quoi, mon cœur ? demande-t-il.

Elle désigne son corps allongé, la chambre, son geste englobe Camille, la chambre d'hôpital, leur vie, le monde.

– Tout ça…

Son regard perdu lui donne cette allure de rescapée qu'on voit chez les victimes d'attentat. Il lui prend la main, ses doigts tombent sur les attelles. Il faut que tu te reposes, il ne peut rien t'arriver, je suis là. Comme si ça changeait quelque chose. Bien qu'il soit bombardé par des sensations très personnelles, les réflexes professionnels remontent. Et la question qui le taraude, c'est tout de même la persévérance avec laquelle le tueur du passage Monier a voulu la tuer. Au point de s'y reprendre à quatre fois. La tension du hold-up, l'engrenage, bien sûr, mais tout de même…

– Là-bas, à la bijouterie, tu as vu ou entendu autre chose ? demande Camille.

Elle n'est pas certaine de bien comprendre la question. Elle articule :

– Autre chose… que quoi ?

Non, rien. Il tente de sourire, ce n'est pas très convaincant, il pose la main sur son bras. La laisser dormir maintenant. Mais le plus vite possible, il faut qu'elle lui parle. Qu'elle raconte tout, dans le détail, il y a peut-être quelque chose qui lui échappe. Savoir quoi, tout est là.

– Camille…

Il se penche.

– Je suis désolée…

– Mais…, répond-il avec gentillesse, arrête avec ça !

Avec ses bandages, ses chairs tuméfiées qui lui noircissent le visage, sa bouche creuse, dans la pénombre de la chambre, Anne est d'une laideur totale. Camille voit le temps défiler. Les hématomes, terriblement gonflés, passent insensiblement du noir au bleu, avec des nuances de violet, du jaunâtre. Il va falloir partir, qu'il le veuille ou non. Ce sont les larmes d'Anne qui lui font le plus de mal. Elles coulent comme d'une fontaine. Même quand elle dort.

Il se lève. Cette fois, il est décidé à partir.

Ici, de toute manière, il ne peut plus rien faire. Il ferme la porte de la chambre avec précaution, comme pour une chambre d'enfant.

18 h 50

La fille de l'accueil a souvent du boulot par-dessus la tête. Quand le rythme est un peu plus calme, elle va s'offrir quelques cigarettes. C'est normal, dans les hôpitaux, on considère le cancer comme un collègue de bureau. Elle croise les bras en fumant tristement.

L'occasion rêvée. Se faufiler le long du bâtiment, ouvrir la porte de secours, un regard pour vérifier que la standardiste n'est pas revenue à son poste, on la voit de dos, là-bas sur le parvis.

Trois pas, allonger le bras, le cahier des admissions. Il suffit de tendre la main.

Ici, les médicaments sont sous clé mais les fiches personnelles des patients restent à portée de main. Quand on est infirmière, on croit que le danger vient des maladies et des médicaments, c'est logique, on ne pense pas aux braqueurs de passage.

Prv : Passage Monier – Paris VIII
Int : SAMU LR-453
Heure d'arrivée : 10 h 44
Nom : Forestier Anne
Chambre : 224
Date de naissance : n.c.
Adresse : 26, rue de la Fontaine-au-Roi.
Transfert : n.c.
DPS : Scann. progr.
Prise en charge : En attente
Intervention : Gd-11.5

Retour au parking. La standardiste allume déjà une nouvelle cigarette, j'avais le temps de photocopier le cahier tout entier.

Chambre 224. Deuxième étage.

De retour à la voiture, je caresse, sur mes genoux, le canon du Mossberg, comme un animal de compagnie. J'espérais savoir si la patiente serait transférée dans un service spécialisé ou si elle allait rester ici, j'en suis pour mes frais.

S'il y a encore du fric à la clé, il y en a pas mal. C'est tout l'un ou tout l'autre, ce genre de truc. Et avec la préparation à laquelle il a fallu se livrer, je ne vais pas risquer maintenant de tout perdre par manque de concentration.

Sur mon téléphone, la photo du plan d'évacuation confirme que personne n'a plus aucune idée d'ensemble de ce que représente ce bâtiment, une sorte d'étoile dont certaines branches seraient pliées, en le prenant d'un côté vous avez un polygone, retournez-le, comme sur ces dessins d'enfant où il faut chercher le loup, vous découvrez une tête de mort. Pour un établissement hospitalier, ça n'est pas très délicat.

L'important n'est pas là. Si mes déductions sont justes, je dois pouvoir monter à la chambre 224 par l'escalier, une fois à l'étage, la chambre est à moins de dix mètres. Pour la sortie, il faut opter pour un parcours plus complexe, histoire de brouiller les pistes, monter d'un étage, traverser le couloir, remonter encore, après les chambres de neurochirurgie, trois portes battantes successives, on arrive à l'accueil par l'ascenseur opposé, à vingt pas de la sortie de secours, et ensuite le grand tour du parking jusqu'à la voiture. Quand vous avez fait votre petit effet, pour vous chercher ici, faut se lever tôt…

Reste la possibilité qu'elle soit transférée. Dans ce cas, il vaut mieux attendre ici. Je connais le nom de la patiente, le plus sûr maintenant est d'aller aux nouvelles.

Je cherche puis je compose le numéro de l'hôpital.

Taper 1, taper 2, c'est pénible. Le Mossberg est autrement plus rapide.

19 h 30

Comme il n'a pas mis les pieds au bureau de toute la journée, Camille appelle Louis pour faire le point des affaires en cours. En ce moment, ils ont un travesti étranglé, une touriste allemande qui s'est sans doute suicidée, un automobiliste poignardé par un autre automobiliste, un SDF vidé de son sang dans le sous-sol d'un gymnase, un jeune drogué repêché dans un égout du XIIIe arrondissement et un crime passionnel, le coupable vient de passer aux aveux, il a soixante et onze ans. Camille écoute, donne des instructions, approuve des mesures mais il n'est pas vraiment là. Louis, heureusement, continue de s'occuper du quotidien.

Lorsqu'il a terminé Camille n'a quasiment rien retenu.

S'il fait le bilan, le constat s'impose : quels dégâts !

Avec le recul, il prend la mesure de la situation. Il a mis le doigt dans un mécanisme difficile à maîtriser. Il a triché auprès de la commissaire divisionnaire en prétextant un indic qu'il n'a pas, il a menti à sa hiérarchie, donné un faux nom à la préfecture de Police dans le but d'être chargé d'une affaire à laquelle il est lié personnellement…

Pire, il est l'amant de la principale victime.

Qui se trouve être aussi le premier témoin dans une affaire de hold-up violent elle-même liée à un braquage mortel…

Quand il pense à cet enchaînement de circonstances, cette série catastrophique de décisions imbéciles, indignes même de son expérience, il est atterré. Il se sent prisonnier de lui-même. De ses emportements. Il est totalement idiot parce qu'il agit comme s'il n'avait confiance en personne, lui qui, justement, ne se fait aucune confiance. Au fond, incapable de se dépasser, il est réduit à ne faire que ce qu'il sait faire. L'intuition, qui fait parfois sa singularité, tourne cette fois à la passion, à la démesure, à l'aveuglement.

Son attitude est d'autant plus stupide que l'affaire n'est pas très compliquée à comprendre. Des types débarquent pour un braquage et tombent sur Anne qui voit leurs visages. Ils la frappent et la traînent jusque devant la bijouterie pour le cas où elle aurait la mauvaise idée de s'enfuir. Ce qu'elle finit d'ailleurs par tenter de faire. Le guetteur lui tire dessus, pris au dépourvu, il la manque, et lorsqu'il veut remettre le couvert, son complice s'interpose. Il est temps de quitter les lieux avec le butin. Dans la rue Flandrin, il a une dernière chance mais les complices s'emmêlent une nouvelle fois, ce qui sauve la vie à Anne.

L'acharnement de ce type fait terriblement peur mais il est indexé sur la tension de l'instant, il court après Anne parce qu'elle est à portée de fusil.

Maintenant, la messe est dite.

Les braqueurs doivent être loin. On les imagine mal rester dans le coin. Avec un pareil butin, ils peuvent aller n'importe où, ils n'ont que l'embarras du choix.

Leur arrestation repose sur la capacité d'Anne à en reconnaître au moins un. Ensuite, c'est classique. Avec les moyens dont on dispose et les affaires qui vont continuer de s'accumuler tous les jours, une chance sur trente de les retrouver rapidement, une sur cent de les retrouver dans un délai raisonnable, et une sur mille de les retrouver un jour par hasard ou par miracle. Dans tous les cas, d'une certaine manière, l'affaire est déjà froide. Il y a tellement de braquages aujourd'hui que lorsqu'on n'arrête pas les auteurs tout de suite, s'ils sont des professionnels, ils ont toutes les chances de rester introuvables.

Alors, se dit Camille, le mieux consiste à tout arrêter avant que cette histoire dépasse le niveau de Le Guen. Lui peut encore tout arranger, sans problème. Un petit mensonge de plus, pour lui, ce n'est rien, il est contrôleur général, mais si ça passe au-dessus de lui, là, plus rien à faire. Si Camille lui explique, Le Guen dira un mot à la divisionnaire Michard, qui sera ravie de gagner ainsi auprès de son chef un crédit dont elle aura forcément besoin un jour, elle le considérera même comme une sorte d'investissement. Il faut que tout s'arrête avant que le juge Pereira ne s'inquiète.

Camille plaidera la tentation, la colère, l'aveuglement, l'égarement, personne n'aura de mal à lui reconnaître toutes ces qualités.

Il est soulagé de sa décision.

Arrêter tout ça.

Que quelqu'un d'autre s'occupe de les retrouver, ces braqueurs, il a des collègues très compétents. Qu'il consacre son temps à aider Anne, à la soigner, c'est de cela qu'elle va avoir le plus besoin.

D'ailleurs, qu'est-ce qu'il ferait de mieux que les autres ?

– Dites voir…

Camille s'approche de la standardiste.

– Deux choses, dit-elle. Le formulaire de prise en charge, vous l'avez fourré dans votre poche. M'est avis que vous vous en foutez comme de l'an quarante mais ici l'administration est plus sourcilleuse, si vous voyez ce que je veux dire.

Camille exhume le formulaire. En l'absence de son numéro de sécurité sociale, la prise en charge administrative d'Anne n'a pas été faite. La fille désigne du doigt une affiche ternie dont les coins, collés au scotch sur la vitre, sont à demi déchirés et elle récite le slogan :

– « À l'hôpital, l'identité, c'est la clé du dossier. » On nous fait même suivre des formations sur le sujet, vous voyez l'importance du truc. Le manque à gagner, il paraît que ça se chiffre en millions.

Camille fait signe qu'il comprend, il va devoir aller chez Anne. Il fait oui de la tête, ce que ça peut l'emmerder ces choses-là…

– Autre chose, reprend la standardiste. (Elle fait une mine aguichante, un air de petite fille charmeuse, totalement raté.) Pour les contraventions, demande-t-elle, vous pouvez intervenir ou c'est trop demander ?

Putain de métier.

Camille, épuisé, tend la main, fataliste. La fille ne demande pas trois secondes, elle ouvre son tiroir. Il y a au moins quarante PV. Elle sourit, comme si elle lui montrait un trophée. Elle n'a pas deux dents de la même taille.

– Bon, dit-elle d'un ton cajoleur. Là, je fais la nuit mais… pas tous les jours.

– C'est noté, dit Camille.

Putain de métier.

Les contraventions ne tiennent pas toutes dans sa poche, il les répartit, à droite, à gauche. Chaque fois que les portes vitrées s'ouvrent, l'air de l'extérieur vient le gifler mais le réveille à peine.

Tellement fatigué, Camille.

Pas de transfert prévu. Rien avant un jour ou deux, dit la fille au téléphone. Je ne vais pas poireauter deux jours sur le parking. Il y a déjà suffisamment de temps que j'attends.

Il est presque vingt heures. Drôle d'horaire pour un flic. Il s'apprêtait à sortir mais il est devenu soudain tout pensif, absorbé par ses pensées, il regarde les portes vitrées comme si elles ne le concernaient pas. Dans quelques instants, il va quitter les lieux.

Le moment est venu.

Je démarre, je vais me garer à l'autre extrémité, personne ne se place à cet endroit, trop éloigné des entrées, juste contre le mur d'enceinte, à deux pas de la sortie de secours par laquelle je pourrai sortir si Dieu le veut. Et il a intérêt à vouloir parce que je ne me sens pas vraiment d'humeur…

Se glisser hors de la voiture, retraverser le parking en restant bien à l'abri derrière les véhicules stationnés, j'arrive rapidement à l'issue de secours.

Voici le couloir. Personne.

Au passage, j'aperçois, de loin, de dos, la silhouette du petit flic qui continue de remâcher ses pensées.

Il va bientôt avoir d'autres occasions de méditer, je vais le propulser dans la stratosphère, moi, ça va pas traîner.

19 h 45

Tandis qu'il pousse la porte vitrée conduisant au parking, Camille repense au coup de téléphone de la préfecture et prend soudain conscience que le hasard vient de le désigner comme l'être le plus proche d'Anne. Évidemment, ce n'est pas vrai, mais c'est lui qui a été prévenu, lui qui a la charge d'informer les autres.

Quels autres ? se demande-t-il. Il a beau fouiller, il ne connaît pas « les autres » dans la vie d'Anne. Il a croisé quelques-unes de ses collègues, il revoit notamment une femme d'une quarantaine d'années aux cheveux peu fournis, avec des grands yeux fatigués, marchant à pas mesurés, on dirait qu'elle grelotte. « Une collègue… », a dit Anne. Camille cherche son nom. Charras, Charron… Charroi, le nom lui revient. Ils traversaient le boulevard, elle portait un manteau bleu, elles se sont fait un petit signe de connivence, un sourire, Camille l'a trouvée touchante. Anne a détourné la tête. « Une vraie gale… », a-t-elle chuchoté en souriant.

Il appelle toujours Anne sur son portable. Avant de quitter l'hôpital, il cherche le numéro fixe de son travail. Il est vingt heures mais sait-on jamais. Une voix de femme :

– Wertig & Schwindel, bonjour. Nos bureaux…

Camille ressent une brusque poussée d'adrénaline. Sur le coup, il a cru que c'était la voix d'Anne. Il est bouleversé parce qu'il a vécu la même circonstance avec Irène. Un mois après sa mort, il a appelé par erreur son propre numéro, il est tombé sur la voix d'Irène : « Bonjour, vous êtes bien chez Camille et Irène Verhœven. Nous ne sommes pas là pour le... » Foudroyé, il a éclaté en sanglots.

Laisser un message. Il balbutie : je vous appelle au sujet d'Anne Forestier, elle est hospitalisée, elle ne pourra pas... (quoi ?) reprendre son travail... pas tout de suite, un accident... pas grave, enfin, si (comment dire ?), elle va vous rappeler rapidement... si elle le peut. Une prestation empêtrée, filandreuse. Il raccroche.

L'agacement de soi monte à la vitesse d'une marée galopante.

Il se retourne, la standardiste le regarde, l'air de se marrer.

20 h 00

Voici le deuxième étage.

À droite, l'escalier. Tout le monde préfère l'ascenseur, on ne voit jamais personne dans les escaliers. Surtout dans les hôpitaux, on se ménage.

Le Mossberg est équipé d'un canon de quarante-cinq centimètres et des poussières. Avec une poignée de pistolet, l'ensemble tient sans difficulté dans la grande poche intérieure de l'imperméable. Ça oblige à marcher un peu raide, une allure de robot, très guindée, parce qu'il faut tenir l'arme serrée contre la cuisse, mais impossible de faire autrement, on doit être prêt à tirer ou à détaler. Ou les deux. Quoi qu'on fasse, l'important est d'être précis. Et motivé.

Le petit flic est descendu, elle est seule dans sa chambre. S'il n'est pas encore parti, d'en bas il va entendre le raffut, il a intérêt à se remuer pour remonter sinon c'est la faute professionnelle. Je ne parie pas lourd sur son avenir.

Arrivée au premier. Le couloir. Traverser le bâtiment, voici l'escalier opposé. Monter au second.

L'avantage du service public : ils ont tellement de boulot, personne ne fait attention à vous. Dans le couloir, des familles angoissées, des amis impatients, on entre et on sort des chambres sur la pointe des pieds, comme dans une chapelle, l'institution intimide, on croise des infirmières affairées à qui on n'ose pas adresser la parole.

Le couloir est libre. Un vrai boulevard.

La chambre 224 est à l'extrémité opposée, idéalement située pour le repos maximal. Question repos, on va quand même donner un coup de main.

Quelques pas vers la chambre.

Il faut ouvrir la porte avec précaution, un fusil à canon scié qui chute brutalement sur le sol dans un couloir d'hôpital, ça inquiète tout de suite, les gens ne cherchent pas à comprendre. La poignée de la porte plie avec une douceur d'ange, le pied droit dans l'ouverture, le Mossberg passe d'une main dans l'autre, l'imperméable s'ouvre largement, elle est allongée dans le lit, du seuil j'aperçois ses pieds, comme des pieds de morte, immobiles, abandonnés, en me penchant légèrement voici le corps entier…

Merde, quelle tête !

Je l'ai vraiment bien arrangée.

Elle dort la tête sur le côté, elle bave, ses paupières sont gonflées comme des outres, pas le genre de fille qu'on a envie de séduire. Ce qui me revient, c'est l'expression « la tête au carré ». Très juste, très imagée. La sienne, on dirait un bloc, comme un carton à chaussures, ce sont les bandages sans doute, mais rien que la couleur de la peau, c'est impressionnant. Du parchemin. Ou de la bâche. Et toute boursouflée. Si elle avait des projets de sortie, il va falloir remettre à plus tard.

Rester sur le seuil et, surtout, bien montrer le fusil.

On n'est pas venu les mains vides.

Malgré la porte grande ouverte sur le couloir, elle continue de dormir. C'est bien la peine de se déplacer, pour être accueilli comme ça, merci bien. Habituellement, les grands blessés sont un peu comme les bêtes, ils sentent les choses. Elle va se réveiller, c'est une question de secondes. L'instinct de conservation. Ses yeux vont tomber sur le fusil, ils se connaissent bien, elle et lui, ils sont copains quasiment.

Dès qu'elle va nous voir, le Mossberg et moi, elle va être immédiatement terrifiée. Forcément. Elle va s'agiter, se redresser sur ses oreillers, la tête va battre de droite à gauche.

Et elle va commencer à beugler.

Normalement, avec ce qu'elle a pris dans les mâchoires, elle ne devrait pas être capable d'un discours bien construit. Tout ce qu'elle pourra bramer, ce sera « vouhou » peut-être ou « vouhon », enfin quelque chose de ce genre, mais à défaut d'être claire, elle va donner dans le volume, le hurlement à gorge déployée, de quoi attirer tout le personnel. Si ça arrive, avant de passer aux choses sérieuses, lui faire signe de se taire, chttttt, l'index collé aux lèvres, chtttt. Elle va continuer de hurler à la mort. Chtttt, on est dans un hôpital, merde !

– Monsieur ?

Dans le couloir, juste derrière moi.

Une voix, assez loin.

Ne pas se retourner, rester droit, raide.

– Vous cherchez… ?

Ici, personne ne fait attention à personne mais vous vous pointez avec un fusil de chasse, vous avez tout de suite une fonctionnaire zélée sur le dos.

Lever les yeux vers le numéro de la chambre, comme quelqu'un qui s'aperçoit de son erreur, l'infirmière n'est plus très loin. Sans se retourner, d'une voix balbutiante, articuler :

– Je me suis trompé…

Le sang-froid, voilà la clé de tout. Que vous fassiez un braquage ou que vous veniez rendre une visite de sympathie à une patiente aux urgences, le sang-froid est essentiel. Mentalement, je revois clairement le plan d'évacuation. Il faut gagner l'escalier puis monter d'un étage, ensuite c'est juste à gauche. Il vaudrait mieux accélérer parce que s'il faut se retourner maintenant, je devrai dégager le Mossberg, tirer et priver l'hôpital public d'une infirmière, comme s'il y avait suffisamment de personnel, donc allonger la foulée. Mais d'abord, armer. On ne sait jamais.

Or, pour faire monter une munition, il faut placer les deux mains devant soi. Et ça fait un bruit très spécial, une arme comme celle-ci, très métallique. Dans un couloir d'hôpital, ça résonne de manière très inquiétante.

– Les ascenseurs sont par là…

Au claquement de l'arme, la voix s'interrompt brutalement, laisse la place à un silence anxieux. Une voix jeune, fraîche mais troublée, comme saisie en plein vol.

– Monsieur !

Maintenant que le fusil est prêt à l'emploi, il suffit de prendre son temps, de rester méthodique. L'important est de bien rester de dos. L'imperméable laisse deviner la raideur du fusil, comme si je portais une jambe de bois. Je fais trois pas, l'imperméable s'entrouvre à peine, une fraction de seconde qui laisse apparaître l'extrémité du canon du Mossberg, c'est prodigieusement fugitif, comme une traînée de lumière ou un éclat de soleil sur un morceau de verre. Presque rien, indéfinissable, et quand on n'a vu des armes qu'au cinéma, il est très difficile de faire le rapprochement avec ce qu'on vient de voir. Pourtant, on a bien vu quelque chose, on hésite à se dire que oui, ça pourrait être ça, non, impossible, mais enfin, tout de même...

Le temps pour l'infirmière de réaliser...

Le monsieur s'est retourné, il avait la tête baissée, il a dit qu'il s'était trompé, il a resserré son imperméable, il a pris l'escalier... Au lieu de descendre, il est monté. Bah non, il ne fuyait pas, sinon il serait descendu. Et cette raideur... C'est bizarre. Difficile d'être sûre. C'était quoi ? Sur le coup, on aurait dit un fusil. Ici ? À l'hôpital ? Non. Elle n'y croit pas. Le temps de courir à l'escalier...

– Monsieur... monsieur ?

20 h 10

Il est l'heure de partir. Policier en mission, Camille ne peut pas se conduire comme un vulgaire amoureux. Imagine-t-on l'enquêteur passer la nuit au chevet de la victime ? Il a déjà fait suffisamment de conneries pour la journée.

Justement. Son portable vibre : commissaire divisionnaire Michard. Il renfourne l'appareil au fond de sa poche, se retourne vers la standardiste, lève la main en guise d'au revoir. Elle lui répond par un petit clin d'œil et un signe de l'index, elle l'invite, venez un peu par ici. Camille hésite à faire semblant de ne pas comprendre mais il s'approche quand même, c'est l'effet de la lassitude, plus beaucoup de résistance. Après les contraventions que va-t-elle demander ?

– Ça y est, on décolle ? Dites donc, on se couche pas tôt dans la police…

Il doit y avoir un sous-entendu parce qu'elle sourit de toutes ses dents inégales. Perdre du temps pour entendre ça. Il expire profondément, fait mine de sourire, lui aussi, il a besoin de dormir. Il a déjà fait trois pas quand :

– Il y a eu un appel, j'ai pensé que vous seriez content de l'apprendre…

– Quand ?

– Tout à l'heure… Vers sept heures.

Et avant que Camille pose la question :

– Son frère.

Nathan. Camille ne l'a jamais vu, il a entendu sa voix plusieurs fois sur le répondeur d'Anne, une voix fiévreuse, pressée, et jeune, ils ont plus de quinze ans de différence. Anne s'est beaucoup occupée de lui, elle en est très fière, il est chercheur dans un domaine impénétrable, la photonique, les nanosciences, quelque chose comme ça, le genre de discipline dont Camille ne comprend même pas l'intitulé.

– Et pour un frère, il n'est pas très aimable. À l'entendre, on ne regrette pas d'être fille unique.

La conclusion explose dans le cerveau de Camille : comment a-t-il su qu'elle est hospitalisée ?

Il est aussitôt réveillé, il se précipite jusqu'à la porte battante, la pousse, passe de l'autre côté du comptoir d'accueil, la standardiste n'a pas besoin qu'on lui pose la question pour répondre.

– Une voix d'homme et... (Ophélia roule des gros yeux.) plutôt direct ! « Forestier... Bah oui, comme Forestier, vous voulez l'écrire comment ? Avec deux *f* ? (Elle prend un ton désagréable, autoritaire.) Elle a quoi, exactement ? Les médecins, ils disent quoi ? (Son imitation tourne à la grossièreté.) Comment ça, on ne sait pas ? (La voix outrée, scandalisée presque.)... »

– Un accent ?

La standardiste fait non de la tête. Camille regarde autour de lui. La conclusion va émerger, il le sait, il attend que s'effectuent les connexions neuronales, ce n'est qu'une question de secondes...

– Une voix jeune ?

Elle fronce les sourcils.

– Pas jeune-jeune... Dans les quarante, je dirais. Pour moi, s...

Camille n'écoute pas la suite. Il se met aussitôt à courir, bouscule tout le monde sur son passage.

Voici l'escalier, il ouvre à la volée la porte du palier qui claque violemment derrière lui. Il est déjà en train de grimper, aussi vite que le lui permet la taille de ses jambes.

20 h 15

À entendre le bruit des pas, l'homme est monté d'un étage, se dit l'infirmière. Vingt-deux ans, le crâne presque rasé et un anneau dans la lèvre inférieure, l'air provocateur mais à l'intérieur rien de tout ça, tout est prêt à fondre, dans la vie elle est même presque trop sage, et gentille, pas croyable. Ensuite on entend la porte claquer, le temps de réfléchir, d'hésiter, il peut être n'importe où, cet homme, dans le couloir, à l'étage supérieur, il peut redescendre, ou au contraire traverser par la neurochirurgie et après, pour le localiser…

Que faire ? D'abord, il faudrait être sûre, on ne déclenche pas une alarme pour rien, je veux dire, quand on n'est pas sûre… Elle revient vers le bureau des infirmières. Non, ce n'est pas possible, on ne vient pas dans un hôpital avec un fusil. Qu'est-ce que ça pouvait être ? Une prothèse ? Certains visiteurs viennent avec des bouquets de glaïeuls longs comme le bras, c'est la saison des glaïeuls ? Il s'est trompé de chambre, c'est ce qu'il a dit.

Elle se méfie un peu. À l'école, elle a fait une option sur les femmes battues, elle sait que les maris sont pugnaces, tout à fait capables de poursuivre leurs épouses jusque dans un hôpital. Elle revient sur ses pas et jette un œil dans la chambre 224. Cette patiente ne fait que pleurer, tout le temps, chaque fois qu'on entre dans sa chambre, elle est en train de pleurer, elle n'arrête pas de passer ses doigts sur son visage, de suivre la ligne de ses lèvres, elle parle en masquant sa bouche avec le dos de sa main. Deux fois on l'a trouvée devant la glace de la salle de bain alors qu'elle tient à peine sur ses jambes.

Tout de même, se dit-elle en repartant (parce que ça la rend soucieuse), qu'est-ce qu'il pouvait avoir sous son imperméable, cet homme, qui faisait comme un manche à balai, et pendant le court instant où l'imper s'est entrouvert... comme de l'inox, du métal. Qu'est-ce qui peut ainsi ressembler à un canon de fusil ? Elle pense à une béquille.

Elle en est là de ses réflexions lorsque, de l'autre extrémité du couloir, surgit le policier, le petit, celui qui est là depuis le début de l'après-midi – fait pas un mètre soixante, chauve, un beau visage mais sévère, ne sourit pas –, il court comme un fou, presque à la bousculer, il ouvre la porte de la chambre à la volée, se précipite, on dirait qu'il va se vautrer sur le lit, il crie :

– Anne, Anne... !

Pour y comprendre quelque chose... Il est policier mais à le voir comme ça, on dirait son mari.

La patiente, elle, est très agitée. Elle tourne la tête en tous sens et devant le flot des questions, elle lève une main : arrête de crier. Le policier répète :

– Ça va ? Ça va ?

Je suis obligée de lui demander de se calmer. La patiente laisse retomber son bras sur le drap et me regarde. Ça va...

– Tu as vu quelqu'un ? demande le policier. Quelqu'un est entré ? Tu l'as vu ?

Sa voix est grave, angoissée. Il se retourne vers moi.

– Quelqu'un est entré ?

Dire oui, enfin, pas vraiment, non…

– Quelqu'un s'est trompé d'étage, un monsieur, il a ouvert la porte…

Il n'attend pas la réponse, se tourne de nouveau vers la patiente, la fixe intensément, elle hoche la tête, on dirait qu'elle perd le fil de sa pensée. Elle ne dit rien, fait simplement non de la tête. Elle n'a vu personne. Maintenant, elle se laisse couler dans le lit, remonte les draps jusque sous son menton, elle pleure. Forcément, le petit policier lui fait peur, avec ses questions. Il est excité comme une puce. J'interviens.

– Monsieur, vous êtes dans un hôpital !

Il fait signe que oui mais on voit bien qu'il pense à autre chose.

– D'ailleurs, les visites sont terminées.

Il se redresse :

– Il est parti par où ?

Et comme je ne réponds pas assez vite :

– Votre type, là, qui s'est trompé de chambre, il est parti par où ?

Je prends le pouls de la patiente. Je dis :

– L'escalier, là…

Vous parlez si je m'en fous maintenant, ce qui m'intéresse c'est la patiente. Les maris jaloux, c'est un autre métier.

Je n'ai pas fini ma phrase qu'il détale comme un lapin. Je l'entends, dans le couloir, qui se précipite sur la porte, qui prend l'escalier, j'écoute, impossible de savoir s'il monte ou s'il descend.

Et cette histoire de fusil, j'ai rêvé ou quoi ?

L'escalier en béton brut résonne comme dans une cathédrale. Camille attrape la rampe, dévale les premières marches. Et s'arrête.

Non. Ce serait lui, il monterait.

Demi-tour. Ce ne sont pas des marches normalisées, elles doivent faire chacune un demi-centimètre de plus que la normale, dix marches vous êtes fatigué, vingt vous êtes épuisé. Surtout Camille, avec ses petites jambes.

Il arrive à l'étage hors d'haleine, hésite, à sa place, je monterais encore un étage ? Oui ? Non ? Il se concentre, non, je sortirais là, sur ce palier. Dans le couloir, Camille percute un médecin qui crie aussitôt :

– Eh ben alors !

Juste le temps de l'apercevoir, pas d'âge, blouse repassée (on voit encore les plis), des cheveux uniformément blancs, il s'est arrêté, les deux poings dans ses poches, l'air effaré de voir surgir ce type aussi excité…

– Vous avez croisé quelqu'un ? hurle Camille.

Le médecin prend sa respiration, adopte une contenance de dignité, s'apprête à une repartie.

– Un homme, merde ! crie Camille. Vous avez croisé un homme ?

– Non… euh…

Camille, ça lui suffit amplement, il se retourne, ouvre la porte comme s'il voulait l'arracher, reprend l'escalier puis le couloir, d'abord à droite, puis à gauche, hors d'haleine, personne nulle part, il revient sur ses pas, il court, quelque chose lui dit (la fatigue peut-être) qu'il fait fausse route, dès que vous vous dites ça, vous commencez à courir moins vite, d'ailleurs ce serait impossible d'accélérer, voilà Camille à l'extrémité du couloir, un angle droit, il bute sur un mur avec une armoire électrique dont la porte, deux mètres de haut, est criblée de symboles indiquant tous : « Danger de mort ». Merci du renseignement.

Le grand art consiste à ressortir comme on est venu.

C'est le moins facile, il faut force, concentration, vigilance, lucidité, qualités rares chez un seul homme. Pour les braquages, c'est un peu pareil, c'est toujours vers la fin que ça risque de partir en torche, on arrive avec des résolutions pacifiques, on rencontre de la résistance et si on manque de calme, on se retrouve à arroser la foule au calibre 12 et on laisse derrière soi un carnage simplement dû à un petit manque de sang-froid.

Mais la voie a été libre jusqu'au bout. Hormis un toubib, planté dans l'escalier, à se demander ce qu'il foutait là et que j'ai esquivé, personne.

Au rez-de-chaussée, sortie à pas rapides. Les gens ici ont beau être pressés, l'hôpital n'est pas un lieu où on court, alors quand vous pressez le pas on vous suit des yeux, mais je suis dehors avant que quiconque ait eu le temps de réagir. D'ailleurs, réagir à quoi ?

Juste à droite, le parking. L'air frais fait du bien. Tenir le Mossberg bien droit sous l'imperméable, on ne va pas commencer à effrayer les patients, d'autant qu'aux urgences ils sont déjà mal en point. Et puis, l'ambiance ici est assez calme.

Là-haut, en revanche, ça doit s'exciter. Le mirmidon doit humer l'atmosphère, le museau en l'air comme les chiens de prairie, chercher à comprendre ce qui se passe.

La petite infirmière, elle, ne doit pas être bien certaine, un fusil… et quoi encore ?

Elle en parle à ses collègues, tu rigoles, un fusil, tu es sûre que c'était pas un canon de 70 ?

Et vas-y sur les blagues, qu'est-ce que tu bois pendant le service, tu fumes quoi en ce moment ?

Une autre dit : quand même, tu devrais en parler à…

Et tout ça, c'est plus de temps qu'il n'en faut pour traverser le parking, rejoindre la voiture, monter, démarrer tranquillement, prendre la file des véhicules qui quittent l'hôpital, en trois minutes je suis dans la rue, je tourne à droite, le feu rouge.

À cet endroit, il y aura une fenêtre de tir.

Et sinon, ce sera juste après.

Quand on est motivé…

Camille se sent battu mais il a tout de même accéléré le pas.

Il a choisi l'ascenseur, cette fois, le temps de reprendre haleine. Il serait seul, il taperait du poing sur la cloison. Il se contente d'une profonde respiration.

En débouchant dans le hall d'accueil, il confirme son analyse de la situation. La salle d'attente est pleine, des patients, du personnel, des ambulanciers ne cessent d'entrer et de sortir, sur sa droite un couloir donne vers des issues de secours, un autre sur la gauche débouche sur le parking.

Et ce n'est que l'une des sept ou huit possibilités pour quitter le bâtiment sans se faire remarquer.

Interroger qui ? Prendre des dépositions, des témoignages ? Les dépositions de qui ? Le temps de faire venir une équipe, les deux tiers des patients auront été remplacés par de nouveaux venus.

Il se donnerait des gifles.

Tout de même, il remonte à l'étage, se pointe à la porte du bureau des infirmières. La fille aux lèvres gonflées, Florence, est penchée sur un registre. Sa collègue ? Non, elle ne sait pas, elle dit cela sans lever les yeux. Mais devant l'insistance de Camille :

– Nous avons beaucoup de travail, dit-elle.

– Raison de plus, elle ne doit pas être bien loin…

Elle veut répondre mais il est déjà sorti. Il fait les cent pas dans le couloir, passe la tête dès que s'ouvre la porte d'une chambre, s'il le faut il ira visiter les toilettes des femmes, dans l'état où il est rien ne l'arrêtera, mais ce n'est pas la peine, la fille apparaît.

Elle a l'air contrarié, elle passe sa main sur son crâne rasé, Camille le dessine en pensée, très régulier, cette tonsure donne à son visage un aspect très fragile, on dirait qu'elle est impressionnée mais c'est trompeur, en fait elle est solide. Sa première réponse le confirme. Elle parle en marchant, Camille est obligé de courir à ses côtés :

– Le monsieur s'est trompé de chambre, il s'est excusé…

– Vous avez entendu sa voix ?

– Pas vraiment, je l'ai juste entendu s'excuser…

Mais courir comme ça, à côté d'une jeune fille dans un couloir d'hôpital pour tenter d'obtenir les informations dont il a absolument besoin pour sauver la vie de la femme qu'il aime, Camille, ça le fait exploser. Il attrape le bras de la fille, elle est contrainte de s'arrêter et de regarder vers le bas pour trouver son regard et elle est saisie par la détermination qu'elle y lit, d'autant qu'il lui parle d'une voix calme, sombre, orageuse :

– Je vais vous demander de vous concentrer, mademoiselle…

Camille lit le prénom inscrit sur son badge : « Cynthia ». Des parents nourris aux séries TV.

– Vous allez vous concentrer, Cynthia. Parce que j'ai absolument besoin de savoir…

Elle raconte, l'homme devant la porte ouverte qui se retourne, la tête baissée, la confusion sans doute, un imperméable, il a l'air de marcher un peu raide mais bon… Ensuite, il emprunte l'escalier et un homme qui s'enfuit ne monte pas, il descend, c'est l'évidence, non ?

Camille soupire et dit oui, bien sûr, c'est l'évidence.

21 h 30

– Elle va arriver…

Le responsable de la sécurité n'aime pas ça. D'abord, il est tard, il a fallu se rhabiller. Un soir de match, en plus. C'est un ancien gendarme, assez sourcilleux, tout en ventre, pas de cou, un sanguin, nourri au charolais. Pour visionner le travail des caméras, il faut une autorisation. Signée du juge. En bonne et due forme.

– Au téléphone, vous m'avez dit que vous l'aviez…

– Non, dit Camille avec assurance. Je vous ai dit que j'allais l'avoir.

– C'est pas ce que j'ai compris.

Genre têtu. Généralement, Camille négocie, mais cette fois, il n'a ni l'envie ni le temps de faire le tour.

– Et vous avez compris quoi ? demande-t-il.

– Bah, que vous aviez une comm…

– Non, coupe Camille, je ne vous parle pas de la commission rogatoire, je vous parle du type qui est entré dans votre hôpital avec un fusil de chasse, vous avez compris quoi ? Vous avez compris qu'il était monté au deuxième étage dans le but de dézinguer une de vos patientes ? Et que s'il avait trouvé du monde sur son chemin, il aurait sans doute tiré dans le tas ? Et que s'il revient et qu'il fait un massacre, vous allez plonger la tête la première et vous retrouver à la diète ?

De toute manière, ce sont les caméras qui couvrent l'entrée des urgences, il y a peu de chances que l'homme, s'il existe, soit passé par là, il n'est pas idiot. S'il existe.

D'ailleurs, sur la plage horaire où il pouvait être là, rien de particulier. Camille revérifie. Le responsable de la sécurité danse d'un pied sur l'autre et souffle fort pour manifester son exaspération. Camille se penche sur l'écran, le flot des ambulances, des véhicules du Samu et des particuliers, des gens qui entrent et sortent, blessés, pas blessés, marchant ou courant. Rien de saillant qui puisse aider Camille.

Il se lève et s'en va. Revient sur ses pas, appuie sur le bouton, éjecte le DVD, et s'en va.

– Vous me prenez pour un con ? s'égosille le responsable. Et le PV ?

Camille, d'un geste : on verra ça plus tard.

Il est déjà de retour sur le parking. Ce serait moi, se dit-il en observant les alentours, je passerais par le côté. L'issue de secours. Il se penche sur la porte pour y voir de près. Doit sortir ses lunettes. Pas de trace d'effraction.

– Quand vous allez fumer dehors, qui vous remplace ?

La question s'impose. Camille est revenu à l'accueil, il est allé au fond du hall et à main gauche il a trouvé, comme par hasard, le couloir qui conduit à une issue de secours.

Ophélia sourit de toutes ses dents jaunes.

– On n'a déjà pas de remplaçant pour les congés maternité, ils ne vont pas nous en donner pour les pauses-cancer !

Venu ? Pas venu ?

En regagnant sa voiture, il écoute ses messages.

– Michard ! (Ton cassant.) Rappelez-moi. N'importe quand, je n'ai pas d'heure. Dites-moi où vous en êtes. Et de toute manière, votre rapport demain matin à la première heure, n'est-ce pas ?

Camille se sent seul. Très seul.

23 h 00

La nuit, dans les hôpitaux, c'est quelque chose. Même le silence a l'air en sursis. Ici, aux urgences, les civières ne cessent de sillonner les couloirs, on perçoit des cris, parfois lointains, des éclats de voix, des pas précipités, des sonneries.

Anne parvient à s'endormir mais d'un sommeil agité, plein de coups, de sang, elle sent sous sa main le ciment du passage Monier, ressent avec une exactitude hyperréaliste la pluie de verre s'abattre sur elle, revit la chute contre la vitrine et le bruit des détonations dans son dos, elle halète, la petite infirmière avec l'anneau dans la lèvre hésite à la réveiller. Ça n'est d'ailleurs pas la peine, à la fin du film Anne se réveille toujours en sursaut, elle se redresse en hurlant. Devant elle, l'image de l'homme qui rabat sa cagoule sur son visage, suivie de la crosse de son fusil en gros plan qui s'apprête à s'écraser sur sa pommette.

Dans son sommeil, du bout des doigts, Anne touche son visage, rencontre des points de suture, puis ses lèvres, elle cherche ses dents, trouve les gencives, des morceaux de dents cassées qui dépassent, comme des chicots.

Il voulait la tuer.

Il va revenir. Il veut la tuer.

Jour 2

6 h 00

Rien dormi de la nuit. Quand il s'agit des émotions, Doudouche a des antennes.

Hier soir, Camille a dû repasser au bureau liquider tout ce qu'il n'avait pas eu le temps de faire dans la journée, il est rentré épuisé, s'est couché tout habillé sur le canapé, Doudouche est venue contre lui, ils n'ont plus bougé de la nuit. Il ne l'a pas nourrie, oublié, elle ne réclame rien, elle comprend qu'il est soucieux. Elle ronronne. Camille connaît par cœur les plus fines nuances de son ronronnement.

Il n'y a pas si longtemps encore, des nuits pareilles, blanches, tendues, nerveuses ou cafardeuses, étaient des nuits pour Irène. Avec elle. Il remuait leur vie passée, des images douloureuses. Il n'y avait pas de sujet plus important que la mort d'Irène. Il n'y en avait pas d'autre.

Camille se demande ce qui lui fait le plus mal aujourd'hui, son inquiétude pour Anne, le spectacle de son visage, ses douleurs ou justement ce glissement de toutes ses pensées vers elle, insensiblement, au fil des jours, des semaines. Il y a une forme de vulgarité dans le fait de passer ainsi d'une femme à l'autre, il se sent assujetti à une banalité. Refaire sa vie, il n'y a jamais pensé, mais sa vie est en train de se refaire toute seule, presque malgré lui. Et pourtant, ce qui est tenace, peut-être définitif, ce sont les images d'Irène, déchirantes. Elles résistent à tout, au temps, aux rencontres. Enfin… à la rencontre, parce qu'il n'en a pas fait d'autre.

Anne, il l'a acceptée parce qu'elle n'est, dit-elle, qu'une passagère. Elle a aussi ses propres deuils, elle ne veut pas de projet. Sauf que, même sans projet, elle campe aujourd'hui dans sa vie. Et dans la sempiternelle distinction entre celui qui aime et celui qui est aimé, Camille ne sait pas quelle place il tient.

Ils se sont rencontrés au printemps. Début mars. Il y avait quatre ans qu'il avait perdu Irène, deux ans qu'il était remonté à la surface, pas fringant mais en vie. Il menait l'existence sans risque et sans désir des hommes promis à la solitude. Un homme de sa taille ne trouve pas des femmes si facilement, peu importe, ça ne lui manquait plus.

Les rencontres sont toujours un peu des miracles.

Anne, qui n'est pas d'un naturel colérique, n'a fait un esclandre dans un restaurant qu'une seule fois dans sa vie (elle l'a juré la main sur le cœur avec un sourire fondant), il a fallu que ce soit ce jour-là, chez Fernand, que Camille finisse de dîner deux tables plus loin et que la dispute tourne à l'empoignade.

Il y a des dégâts, des insultes, de la vaisselle, des plats renversés, des couverts en gerbe sur le sol, les clients se lèvent, demandent leurs manteaux, on a appelé Police secours, le patron, Fernand, vocifère en chiffrant les dommages à des montants astronomiques. Anne, elle, s'est soudain arrêtée de hurler. Voyant la scène, elle est saisie d'un fou rire.

Son regard croise celui de Camille.

Camille ferme les yeux un court instant, prend sa respiration, se lève sans hâte, montre sa carte.

Se présente. Commandant Verhœven, Brigade criminelle.

Il semble sorti de nulle part. Anne ne rit plus, elle le regarde avec inquiétude.

– Ah, vous tombez bien ! hurle le patron.

Et puis il a un doute.

– Euh... comment ça, la Criminelle ?

Camille hoche la tête, grosse fatigue. Il attrape le bras du patron, lui fait faire quelques pas.

Et deux minutes plus tard, il quitte le restaurant en compagnie d'Anne qui ne sait plus si elle doit rire, se sentir soulagée, remercier, s'inquiéter. Elle est libre et, comme tout le monde, elle ne sait pas très bien quoi en faire de sa liberté. Camille comprend qu'à cet instant, comme n'importe quelle femme, elle s'interroge sur la nature de la dette qu'elle vient de contracter. Et sur la manière de rembourser.

– Vous lui avez dit quoi ? demande-t-elle enfin.

– Que vous étiez en état d'arrestation.

Il ment. En fait, il l'a menacé d'une descente de police par semaine. Jusqu'à fermeture de l'établissement par assèchement de la clientèle. Abus de pouvoir caractérisé. Il a honte mais le type n'avait qu'à faire des profiteroles acceptables.

Anne, elle, renifle le mensonge mais elle le trouve drôle.

Lorsque au bout de la rue, ils croisent le car de Police secours qui se précipite chez Fernand, elle offre son meilleur sourire, le ravageur, celui avec les fossettes qui se creusent un peu, qui plisse les minuscules ridules sous les yeux verts… Du coup, dans la tête de Camille, cette question de la dette se met à peser lourd. Alors, arrivé à la station, il tranche :

– Vous prenez le métro ?

Anne réfléchit.

– Je préfère le taxi.

Camille trouve ça parfait. Dans tous les cas, il aurait choisi l'inverse. Il se contente d'un petit signe de la main, au revoir, et il dégringole les marches avec une fausse lenteur, en réalité il fait le plus vite possible. Il disparaît.

Ils ont couché ensemble le lendemain.

Quand Camille a quitté la Brigade, en fin de journée, Anne était en bas, sur le trottoir. Il a fait mine de ne pas la voir, il a poursuivi son chemin jusqu'au métro et quand il s'est retourné, Anne était toujours à la même place, sereine. La manœuvre l'a fait sourire. Il était fait comme un rat.

Ils sont allés dîner. Soirée classique. Décevante même, si n'avait plané au-dessus d'eux ce fond d'ambiguïté qui tenait à cette question de la dette et qui rendait la circonstance à la fois excitante et navrante. Pour le reste, que se disent une femme et un homme de quarante et cinquante ans lorsqu'ils se rencontrent, ils tâchent de minimiser leurs échecs sans les masquer tout à fait, d'évoquer leurs plaies sans les exhiber, d'en dire le moins possible. Camille a raconté l'essentiel, en trois mots, sur Maud, sa mère…

– Je me disais aussi…, a dit Anne.

Et devant l'œil interrogatif de Camille :

– J'ai vu quelques-unes de ses toiles. (Elle a hésité.) Montréal ?

Camille a été surpris qu'elle connaisse l'œuvre de sa mère.

Anne, elle, a évoqué sa vie à Lyon, son divorce, elle avait tout quitté et il suffisait de la regarder pour comprendre que c'était loin d'être achevé. Camille aurait aimé en savoir plus. Quel homme ? Quel mari ? Quelle histoire ? L'éternelle curiosité des hommes sur l'intimité des femmes.

Il lui a demandé si elle voulait gifler le patron tout de suite ou s'il pouvait régler l'addition. Le rire d'Anne est certainement ce qui a tout fait basculer. Tellement féminin.

Camille, qui n'avait pas touché une femme depuis des temps immémoriaux, n'a rien eu à faire, Anne s'est couchée sur lui, le reste est venu tout seul, sans un mot, c'était à la fois très triste et très heureux. De l'amour, quoi.

Ils ne se sont pas revus. Mais un peu quand même, de temps en temps. Comme s'ils se touchaient du bout des doigts. Anne est contrôleur de gestion, elle passe la majorité de son temps à visiter des agences de voyages et à en vérifier l'organisation, les comptes, toutes ces choses auxquelles Camille ne comprend rien. Elle n'est jamais plus de deux jours par semaine à Paris. Ces départs, ces absences, ces retours donnaient à leurs rencontres une allure chaotique, imprévisible, l'impression de se retrouver toujours par hasard. Déjà, à ce moment, ils ne savaient pas à quoi ressemblait leur histoire, on verrait, on sortait, on dînait, on se couchait, ça montait, ça montait.

Camille cherche à quel moment il a pris conscience de la place que cette histoire prenait dans sa vie. Pas souvenir. Sauf que l'arrivée d'Anne a mis à distance la mort d'Irène, cette page incandescente. Il se demande si l'être nouveau capable de vivre sans Irène a enfin fait son apparition en lui. Oublier est inévitable. Mais oublier, ce n'est pas guérir.

Aujourd'hui il est électrisé par ce qui arrive à Anne. Il se sent responsable non pas de la circonstance, il n'y peut rien, mais du dénouement qui dépend de lui, de sa volonté, de sa détermination, de sa compétence, c'est écrasant.

Doudouche a cessé de ronronner pour dormir tout à fait. Camille se soulève, la chatte glisse sur le côté avec un soupir de mécontentement, il va jusqu'au secrétaire, un « carnet d'Irène » est là, il y en avait d'innombrables, il ne reste plus que celui-ci, le dernier, les autres ont été jetés un soir de colère, de découragement. Un carnet saturé d'images d'elle, Irène à une table, levant son verre en souriant, endormie, pensive, Irène ici et là. Il le repose. Ces quatre années sans elle auront sans doute été les plus éprouvantes, les plus malheureuses de sa vie, et il ne peut malgré tout s'empêcher de les considérer comme les plus intéressantes, les plus vibrantes. Il ne s'est pas éloigné de son passé. C'est ce passé qui est devenu (il cherche les mots) plus nuancé ? Plus discret ? Amorti ? Comme le reste dans une addition qu'il n'aurait pas effectuée. Anne n'a rien à voir avec Irène, ce sont deux galaxies différentes, à des années-lumière l'une de l'autre, mais qui convergent toutes deux vers le même point. Ce qui les sépare, c'est qu'Anne est là tandis qu'Irène est partie.

Camille se souvient qu'Anne aussi a failli partir mais elle est revenue. C'était en août. Il est très tard. Elle est debout devant la fenêtre, nue, pensive, les bras croisés, elle dit : « C'est fini, Camille », sans même se retourner vers lui. Puis elle s'habille sans un mot. Dans les romans, ça demande une minute. Dans la réalité, une femme nue qui se rhabille, ça prend un temps fou. Camille reste assis, ne bouge pas, on dirait un homme surpris par un orage, résigné.

Et elle part.

Camille n'a pas esquissé un geste, il comprend. Son départ ne provoque pas un cataclysme, mais un accablement profond et une douleur sourde. Il regrette cette fuite mais il la comprend parce qu'il la pensait inévitable. À cause de sa taille, il y a souvent chez lui des réflexes d'indignité. Il reste ainsi longtemps, puis enfin il bascule, s'allonge sur le canapé, il peut être minuit.

Il ne saura jamais ce qui se passe à cet instant-là.

Anne est partie depuis plus d'une heure, soudain il se lève, il va jusqu'à la porte, sans la moindre hésitation, poussé par une certitude inexplicable il ouvre. Anne est assise dans l'escalier, sur la première marche, dos à lui, les genoux entre ses bras.

Après quelques secondes, elle se lève, le contourne, entre dans l'appartement, se couche tout habillée sur le lit et se retourne contre le mur.

Elle pleure. Camille a connu ça autrefois avec Irène.

6 h 45

L'immeuble, de l'extérieur, n'a pas trop mauvaise mine mais dès l'entrée on sent à quel point il part à l'abandon. La rangée de boîtes aux lettres en aluminium prêtes à rendre l'âme semble gagnée par la désolation. La dernière boîte indique « Anne Forestier », sixième étage, écrit de sa main, de son écriture ravageuse, à l'extrémité de l'étiquette le *e* et le *r* sont pressés l'un contre l'autre, pour ne pas déborder, ils en deviennent illisibles.

Camille délaisse le minuscule ascenseur.

Il n'est pas sept heures lorsqu'il frappe trois coups discrets à la porte d'en face.

La voisine ouvre aussitôt, comme si elle attendait son arrivée, la main sur la poignée. Mme Roman, la propriétaire de l'appartement. Elle reconnaît Camille tout de suite. C'est l'avantage de sa taille, personne ne l'oublie. Il sert son mensonge.

– Anne a dû partir précipitamment… (Il imite le sourire bienveillant de l'ami lucide et patient, à la recherche d'une complicité.) Tellement vite que naturellement, elle en a oublié la moitié.

Le « naturellement », de facture très machiste, plaît beaucoup à la voisine. Mme Roman est une femme seule, proche de la retraite, au visage rond et poupin, on dirait une enfant prématurément vieillie. Elle boite un peu, une maladie de la hanche. Pour le peu que Camille en a vu, elle est effroyablement ordonnée, elle met de la méthode jusque dans le moindre détail.

Elle plisse immédiatement les yeux d'un air entendu, se détourne, tend la clé à Camille :

– Rien de grave, au moins ?

– Non, non, non… (Il sourit largement.) Rien de grave. (Il désigne la clé.) Je la conserve jusqu'à son retour…

Impossible de savoir si c'est une information, une question, une demande, la voisine hésite, Camille en profite pour faire un geste de remerciement.

La kitchenette est d'une propreté frappante. Dans le petit appartement, rien ne traîne. Les filles et la propreté, se dit Camille, cette obsession… Un double salon dont la seconde partie sert de chambre, le canapé se transforme en lit deux places, avec un grand trou au milieu, une fosse, on y roule toute la nuit, on finit par dormir l'un sur l'autre. Ça n'a pas que des inconvénients. Et une bibliothèque d'une centaine de livres de poche dont le choix échappe à toute logique, quelques bibelots que Camille la première fois a trouvés assez quelconques. L'ensemble lui a fait une impression un peu triste.

– J'avais très peu d'argent. Je ne m'en plains pas, a répondu Anne, pincée.

Il a voulu s'excuser. Elle lui a coupé l'herbe sous le pied.

– C'est la rançon du divorce.

Quand elle dit des choses graves, Anne vous regarde en face, avec un air de défi presque, on la dirait prête à n'importe quel affrontement.

– J'ai tout laissé quand j'ai quitté Lyon, j'ai tout acheté ici, les meubles, tout, d'occasion. Je ne voulais plus rien.

Je ne veux plus rien. Plus tard, peut-être, mais aujourd'hui, ça me convient très bien.

Ce lieu est transitoire. Le mot est d'Anne. L'appartement est transitoire, leur relation est transitoire. C'est certainement pour cela qu'ils sont bien ensemble. Elle dit aussi :

– Le plus long, après un divorce, c'est de nettoyer.

Toujours cette question de la propreté.

La tenue bleue des urgences ressemble à une camisole, Camille a décidé de lui rapporter quelques vêtements. Il pense que ce sera bon pour son moral. Il imagine même que si tout va bien, elle pourra faire quelques pas dans les couloirs, descendre à la maison de la presse du rez-de-chaussée.

Mentalement, il s'était fait une petite liste, maintenant qu'il est là, il ne se souvient plus de rien. Si, le survêtement violine. Du coup, la chaîne associative commence à se dérouler, des tennis, celles avec lesquelles elle court, sans doute celles-ci, usagées, il y a encore du sable sous les semelles. Ensuite, c'est plus difficile. Quoi prendre ?

Camille ouvre la petite penderie, pas tant de choses que ça d'ailleurs pour une fille. Un jean, se dit-il, quel jean ? Il en attrape un. Tee-shirt, chandail, tout devient compliqué. Il abandonne, il fourre ce qu'il a trouvé dans un sac de sport, des sous-vêtements, il ne choisit pas.

Et les papiers.

Camille s'avance jusqu'à la commode. Au-dessus, un miroir mural largement piqueté qui doit dater de la construction de l'immeuble et dans le coin duquel Anne a glissé une photo : Nathan, son frère. Il semble avoir vingt-cinq ans, un garçon au physique banal, souriant et réservé. Est-ce parce que Camille sait deux ou trois choses de lui, sur ce cliché il lui trouve un visage lunaire, comme dépassé par les événements. C'est un scientifique. Il paraît qu'il est très mal organisé, il fait même pas mal de dettes, Anne renfloue. Comme une mère, « d'ailleurs, c'est tout à fait ce que je suis », dit-elle. De tout temps, elle a toujours renfloué. Elle en sourit, comme d'une anecdote, mais on sent bien qu'il s'agit d'un souci. Le studio, les études, les loisirs, on dirait qu'Anne a subvenu à tout, il est difficile de savoir si elle s'en félicite ou s'en désole. Nathan est photographié sur une place, ça pourrait être l'Italie, il y a du soleil, des gens en chemise.

Camille ouvre la commode. Le tiroir de droite est vide. Dans celui de gauche, quelques enveloppes éventrées, une ou deux factures de vêtements, de restaurant, des prospectus surtout, portant le cachet de son agence de voyages, mais rien de ce qu'il cherche, ni carte Vitale ni carte de mutuelle, ce devait être dans son sac. En dessous, ce sont des affaires de sport. Il revient en arrière, il s'attendait à des feuilles de paie, des relevés de banque, des factures d'eau, de téléphone. Rien. Il se retourne. Son regard tombe sur la statuette, la cuillère à la nageuse, la jeune femme taillée dans un bois sombre, allongée sur le ventre, avec sa coiffure à pans triangulaires. Et un cul d'anthologie. Camille la lui a offerte. Musée du Louvre. Anne et lui étaient allés voir tout le Vinci disponible, Camille lui avait tout expliqué, il est intarissable sur le sujet, encyclopédique, et à la boutique, ils sont tombés sur cette jeune fille sortie intacte de la XVIIIe dynastie égyptienne avec son derrière d'un galbe mythologique.

– Je te jure, Anne, tu as le même, exactement.

Elle a souri, manière de dire je voudrais bien mais c'est gentil. Camille, lui, était certain. Elle s'est demandé s'il était sincère ou non. Il s'est penché vers elle, insistant.

– Je t'assure.

Avant qu'elle ait esquissé un geste, il l'a achetée. Le soir, il a procédé aux comparatifs, en connaisseur, Anne a beaucoup ri au début, puis elle a geint, ensuite, vous voyez. Après, Anne a pleuré, elle pleure parfois après l'amour. Camille se dit que ça doit être aussi pour nettoyer.

Et justement, collée contre le mur, la statuette semble punie, un espace vide la sépare des DVD qu'Anne range sur cette étagère. Le regard de Camille effectue un large arc de cercle. Il est un dessinateur exceptionnel grâce à son sens de l'observation et sa conclusion ne tarde pas.

L'appartement a été visité.

Retour au tiroir de droite, il est vide parce qu'il a été intégralement fouillé. Camille va se pencher sur la porte d'entrée, sur la serrure. Rien. Donc ce sont eux, ils ont trouvé l'adresse d'Anne et la clé de son appartement dans son sac, que le braqueur a emporté avec lui en quittant le passage Monier.

Est-ce le même homme que celui qui est venu à l'hôpital ou sont-ils plusieurs et se partagent-ils la tâche ?

La proportion que prend cette chasse a quelque chose d'absurde. Cet acharnement sur Anne semble démesuré par rapport à la circonstance. Quelque chose nous échappe, se répète Camille. Quelque chose que nous n'avons pas vu, pas compris.

Avec les documents personnels qu'ils ont saisis ici, ils savent probablement tout d'elle, où la trouver, ses points de chute éventuels, Lyon, Paris, le bureau où elle travaille, d'où elle vient, où elle peut aller pour se réfugier, ils savent tout.

La pister et la retrouver devient un jeu d'enfant.

La tuer un exercice de style.

Anne met un pas dehors, elle est morte.

Il ne peut pas parler de cette visite à la divisionnaire. Sauf à avouer qu'il connaît Anne intimement et qu'il a menti depuis le début. Hier, rien d'autre qu'un doute. Aujourd'hui, rien d'autre qu'une suspicion. Devant la hiérarchie, ce sera indéfendable. On peut faire venir les techniciens du laboratoire scientifique, avec des gars comme ceux qui sont entrés ici, on ne trouvera rien, pas de trace, rien.

De toute manière, Camille est entré dans l'appartement sans commission rogatoire, sans autorisation, il est entré parce qu'il avait le moyen d'obtenir la clé, parce qu'elle l'a chargé d'aller chercher ses papiers de sécurité sociale, la voisine peut témoigner qu'il vient régulièrement et depuis longtemps…

La somme de ses mensonges commence à s'allonger dangereusement. Mais ce n'est pas ce qui fait le plus peur à Camille.

C'est de savoir Anne en état de survie. Et lui tellement impuissant.

7 h 20

– On ne me dérange jamais.

Si quelqu'un avec qui vous travaillez vous répond une chose pareille au téléphone à sept heures du matin, ne vous posez aucune question, c'est un danger public. Surtout quand ce quelqu'un est commissaire divisionnaire.

Camille commence à raconter.

– Votre rapport... ? coupe la commissaire.

– C'est en cours.

– Et donc... ?

Camille reprend depuis le début, il cherche les mots, tâche de se montrer technique. Le témoin est hospitalisé et selon toute vraisemblance, le braqueur est allé à l'hôpital, il est monté à sa chambre et il a tenté de la dézinguer.

– Attendez, commandant, je ne comprends pas. (Elle surjoue chaque mot, comme si son intelligence se heurtait à un mur infranchissable.) Ce témoin, Mme Foresti, elle...

– Forestier.

– Si vous voulez. Elle dit qu'elle n'a vu personne entrer dans sa chambre, c'est ça ? (Elle ne lui laisse pas le temps de répondre, ce ne sont pas des questions.) L'infirmière, elle, prétend qu'elle a vu quelqu'un mais finalement elle n'est pas sûre, alors quoi ? D'abord « quelqu'un », c'est qui ? Et même si c'est le braqueur, en fin de compte, il est venu ou il n'est pas venu ?

Il n'y a pas de regret à avoir. Le Guen, à sa place, aurait eu la même réaction. Depuis que Camille a demandé cette affaire, tout semble tourner en sens contraire.

– Moi, affirme Camille, je vous dis qu'il est venu ! L'infirmière a aperçu un fusil.

– Oh, reprend la commissaire d'un ton admiratif. Formidable ! Elle a « aperçu »... Alors, dites-moi, l'hôpital a déposé plainte ?

Camille sait, depuis le début de la conversation, à quoi tout ça va aboutir. Il essaye quand même mais il ne veut pas trop se frotter à sa supérieure. Elle ne doit pas ses promotions au hasard. Et l'amitié de Le Guen, si elle lui a servi à obtenir cette affaire quasiment par effraction, ne va pas le protéger longtemps, elle va même le desservir.

Camille a des picotements aux tempes, un coup de chaud.

– Non, il n'y a pas de plainte. (Ne pas s'énerver, se montrer patient et pondéré, explicatif, convaincant.) Mais je vous dis, moi, que ce type est venu. Il n'a pas eu peur d'entrer dans l'hôpital avec un fusil. L'infirmière évoque une arme qui pourrait ressembler au fusil à pompe utilisé pendant le braquage et…

– « Qui pourrait ressembler »…

– Pourquoi vous ne voulez pas me croire ?

– Parce que sans plainte, sans élément tangible, sans témoignage, sans preuve, sans rien de palpable, j'ai un peu de mal à imaginer qu'un simple braqueur vienne assassiner un témoin dans un hôpital, voilà pourquoi !

– Un « simple » braqueur ? s'étrangle Camille.

– Oui, je reconnais, il semble assez brutal mais…

– « Assez » brutal ?

– Bon, commandant, vous n'allez pas répéter tout ce que je dis en ajoutant des guillemets ! Vous me demandez une protection policière pour ce témoin comme s'il s'agissait d'un repenti en partance pour le tribunal !

Camille ouvre la bouche. Trop tard.

– Je vous donne un képi. Deux jours.

La réponse est d'une rare bassesse. Ne donner personne, ce serait être dans son tort en cas d'incident. Et donner un képi pour arrêter un tueur armé, ça revient à proposer un paravent pour stopper un tsunami. Sauf que, vu de son côté, la divisionnaire a sacrément raison.

– Quel danger Mme Forestier peut bien représenter pour ces hommes, commandant Verhœven ? Elle a assisté à un braquage, que je sache, pas à un attentat ! Ils doivent savoir qu'ils l'ont blessée mais pas tuée et, à mon avis, ils doivent plutôt s'en féliciter.

C'est l'évidence depuis le début.

Qu'est-ce qui ne va pas ?

– Et votre indic, finalement, il dit quoi ?

L'éternel mystère : comment prenons-nous nos décisions ? À quel moment avons-nous conscience de ce que nous avons décidé ? Quelle part d'inconscient entre dans la réponse de Camille, impossible à dire, sauf qu'elle est immédiate.

– Mouloud Faraoui.

Même lui en est sidéré.

Comme dans un manège de foire, il ressent presque physiquement la trajectoire qu'en prononçant ce nom il vient d'emprunter, une courbe fulgurante qui conduit dans un mur.

– Il est en liberté ?

Et avant que Camille ait pu saisir la balle au bond :

– Et d'ailleurs, qu'est-ce qu'il fout là-dedans ?

Bonne question. Les gangsters ont tous leur spécialité. Les braqueurs, les dealers, les cambrioleurs, les faussaires, les arnaqueurs, les racketteurs, chacun vit dans sa sphère. Mouloud Faraoui, lui, son truc, c'est le proxénétisme et il est surprenant de voir surgir son nom dans une histoire de braquage.

C'est une connaissance vague de Camille, d'un calibre un peu trop élevé pour jouer les indics. Ils se sont croisés de temps à autre. Un type d'une rare violence, qui a gagné son territoire par la terreur, on lui attribue plusieurs meurtres. Il est habile, méchant et il est resté longtemps imprenable. Du moins jusqu'à ce qu'il tombe pour une histoire dans laquelle il n'était pour rien, un sale piège : trente kilos d'ecstasy découverts dans sa voiture, avec ses empreintes. Le genre de coup fourré qui ne pardonne pas. Il a eu beau plaider que ce sac lui servait justement pour aller à la salle de sport, il s'est retrouvé en cabane avec une colère à dévaster la Terre.

– Quoi ? demande Camille.

– Faraoui ! Qu'est-ce qu'il vient foutre dans votre histoire ? Et d'abord, c'est votre cousin ? Je ne savais pas...

– Non, ce n'est pas mon cousin... C'est plus compliqué, il s'agit d'un truc à trois bandes, vous voyez...

– Non, je ne vois pas très bien justement.

– Je m'en occupe et je vous dirai.

– Vous... vous en « occupez » ?

– Bon, vous n'allez pas répéter tout ce que je dis en ajoutant des guillemets !

– Vous vous foutez de moi !

Michard a crié puis elle a posé précipitamment sa main sur le récepteur, Camille perçoit un « Pardon, ma chérie » balbutiant, prononcé à voix basse, ce qui le plonge dans un gouffre. Elle a des enfants, cette femme-là ? De quel âge ? Une fille ? À sa voix, on ne dirait pas qu'elle s'adresse à une enfant ? La divisionnaire revient à la conversation de manière plus feutrée mais l'énervement y est d'autant plus palpable. Au souffle dans le téléphone, Camille comprend qu'elle est en train de changer de pièce. Jusqu'à présent elle était agacée par Camille, maintenant quelque chose de bouillant, trop longtemps contenu, explose dans sa voix mais les circonstances la contraignent à chuchoter :

– C'est quoi exactement votre histoire, commandant ?

– D'abord, ce n'est pas « mon » histoire. Et pour moi aussi il est sept heures du matin. Alors je ne demande pas mieux que de vous expliquer tout ça mais il faut me laisser le temps de…

– Commandant… (Silence.) Je ne sais pas ce que vous faites. Je ne comprends pas ce que vous faites. (Plus la moindre trace d'énervement, la commissaire a dit cela comme si elle venait de changer de sujet. Et c'est un peu le cas.) Mais je veux votre rapport ce soir, je suis claire ?

– Pas de problème.

Il fait très doux, pourtant Camille est en nage. Une sueur très spéciale, fiévreuse et froide lui coule dans le dos, qu'il n'a plus ressentie depuis ce jour où il s'est mis à courir après Irène, le jour où elle est morte. Ce jour-là il s'est entêté, il a pensé qu'il ferait mieux que n'importe qui… Non, il n'a même pas pensé. Il a agi comme s'il était seul à pouvoir le faire et il s'est trompé : quand il l'a retrouvée, Irène était morte.

Anne, aujourd'hui ?

On dit que les hommes qui sont quittés par des femmes le sont toujours de la même manière, voilà ce qui lui fait peur.

8 h 00

Ils ne savent pas ce qu'ils ont raté, les Turcs. Deux gros sacs de bijoux bien lourds. Même avec ce que le receleur va prendre au passage, ils pourraient peser deux fois moins mais peu importe. Tout est en bonne voie. Et si j'ai un peu de chance, j'espère bien en ramasser encore un paquet.

S'il en reste.

S'il n'en reste pas, ça va saigner.

Pour le savoir, en avoir le cœur net, il faut principalement de la méthode. De la constance.

En attendant... que les lumières s'allument : lecture !

Le Parisien. Page 3.

« Saint-Ouen : Incendie... »

Nickel ! Traversée de la rue. Le Balto. Un café, très noir. Cigarette. Café-clope, voilà la vraie vie. Le café ici est du très bas de gamme, on se croirait dans une gare, mais il est huit heures du matin, on ne va pas jouer les divas.

Ouverture du journal. Roulements de tambour.

SAINT-OUEN
Incendie spectaculaire et mystérieux : deux morts.

Un important incendie s'est déclaré hier, vers midi, dans la zone des Chartriers, à la suite d'une explosion d'une rare violence. Les casernes de Saint-Ouen sont rapidement venues à bout du sinistre qui a détruit plusieurs ateliers et garages. Rappelons que cette zone, destinée à accueillir la future ZAC, est maintenant désaffectée en quasi-totalité, raison pour laquelle un incendie de cette ampleur est aussitôt apparu mystérieux.

Dans les décombres de l'un des ateliers détruits par le feu, les enquêteurs ont retrouvé la carcasse d'un 4 × 4 Porsche Cayenne et deux corps largement carbonisés. C'est à cet endroit que l'explosion a eu lieu : les traces d'une forte charge de Semtex ont en effet été décelées. À partir des fragments de composants électroniques recueillis sur place, les spécialistes pensent que l'explosion pourrait avoir été commandée à distance par l'utilisation d'un téléphone portable.

Étant donné l'ampleur du sinistre, la reconnaissance des deux victimes s'annonce particulièrement difficile. Tous les éléments convergent vers un assassinat mûrement préparé de manière à empêcher toute identification. Les enquêteurs tenteront notamment de déterminer si les victimes étaient vivantes ou mortes au moment de l'explosion...

Affaire réglée.

« Les enquêteurs tenteront de déterminer... » De quoi se marrer ! Je prends les paris. Et si les flics remontent aux obscurs frères Yildiz qui ne figurent sur aucun fichier, je verse leur part aux Orphelins de la police.

L'heure approche, le périphérique, sortie porte Maillot, la contre-allée, Neuilly-sur-Seine.

Qu'est-ce que c'est beau chez les bourgeois. Ils seraient moins cons, ça donnerait presque envie d'en faire partie. Je me gare à deux pas du lycée, des filles de treize ans y portent des vêtements qui valent treize fois le SMIC. De temps en temps, on regrette que le Mossberg ne soit pas reconnu comme instrument d'égalisation sociale.

Je dépasse le lycée, je tourne à droite. La maison est moins grande que ses voisines, le parc est plus modeste et pourtant, entre les mains du propriétaire de ces lieux, il passe chaque année, en butin de braquages et de cambriolages, de quoi construire une tour à la Défense. C'est un type méfiant, onctueux, qui change sans cesse de protocole. Il a dû faire récolter les deux sacs de bijoux par un commissionnaire à la consigne de la gare du Nord.

Un endroit pour ramasser la came, un autre pour évaluer, un troisième pour négocier.

Il fait payer très cher la sécurité de la transaction.

9 h 30

Camille brûle de l'interroger. Qu'a-t-elle vu exactement, dans ce passage Monier ? Mais lui montrer son véritable degré d'inquiétude c'est admettre qu'elle est en danger, à l'apeurer, ajouter de l'angoisse à la douleur.

Quand même, il est bien obligé d'y revenir.

– Mais quoi ? hurle Anne. Vu quoi ? Quoi ?

Question repos, la nuit ne lui a servi à rien, elle en est sortie plus épuisée qu'en y entrant. Elle est extrêmement nerveuse, toujours au bord des larmes, on le perçoit au vibrato de sa voix, mais elle s'exprime avec un peu plus de netteté que la veille, les syllabes passent mieux.

– Je ne sais pas, dit Camille. Ça peut être n'importe quoi.

– Quoi ?

Camille écarte les mains.

– C'est juste pour être sûr, tu comprends ?

Non, Anne ne comprend pas. Mais elle accepte de chercher, elle penche la tête pour regarder Camille sous un autre angle. Lui ferme les yeux, calme-toi, aide-moi.

– Tu ne les as pas entendus parler ?

Anne ne bouge pas, il n'est pas certain qu'elle ait compris la question. Puis elle fait un geste évasif, impossible à interpréter, Camille se penche.

– Serbe, je crois…

Camille bondit.

– Comment ça, « serbe » ? Tu connais des mots serbes ?

Il est franchement sceptique. Lui, des Slovènes, Serbes, Bosniaques, Croates, Kosovars, il en croise de plus en plus, ils arrivent à Paris par vagues, mais depuis qu'il les rencontre, il n'a jamais été fichu de faire la différence entre leurs langues.

– Non, je ne suis pas sûre…

Puis elle renonce, elle abandonne et retombe lourdement sur ses oreillers.

– Attends, attends, insiste Camille, c'est important…

Anne rouvre les yeux et articule péniblement :

– *Kraj*… je crois.

Camille n'en revient pas, c'est comme s'il découvrait subitement que la greffière du juge Pereira parle couramment le japonais.

– *Kraj* ? C'est du serbe ?

Anne approuve mais elle ne semble pas bien sûre d'elle.

– Ça veut dire « stop ».

– Mais… Anne, comment tu sais ça ?

Anne ferme les yeux, l'air de dire qu'il est vraiment pénible, qu'il faut tout le temps lui répéter les choses.

– J'ai fait les pays de l'Est pendant trois ans…

Impardonnable. Elle lui a expliqué mille fois. Quinze ans d'expérience dans le voyage international. Avant de s'occuper de gestion, elle organisait des séjours sur quasiment toutes les destinations du monde. Et notamment tous les pays de l'Est sauf la Russie. De la Pologne à l'Albanie.

– Ils parlaient tous serbe ?

Anne se contente de faire non mais il faut expliquer, avec Camille, il faut toujours tout expliquer.

– J'ai entendu une seule voix… Dans les toilettes. L'autre, je sais pas… (Elle articule mal mais on comprend bien.) Camille, je ne suis pas sûre…

Mais pour lui, la configuration se confirme : celui qui hurle, qui rafle les bijoux, qui bouscule son complice, celui-là est serbe. Et celui qui se charge de la surveillance des lieux : Vincent Hafner.

C'est lui qui tabasse Anne, lui qui téléphone à l'hôpital, lui qui est monté jusque dans la chambre, sans doute lui qui est entré dans l'appartement d'Anne. Et lui, pas d'accent.

La standardiste est formelle.

Vincent Hafner.

À l'heure du scanner, Anne demande des béquilles. Déjà, pour comprendre ce qu'elle veut, il faut du temps. Camille traduit. Elle a décidé de s'y rendre à pied. Les infirmiers lèvent les yeux au plafond et s'apprêtent à l'emporter sans autre forme de procès, elle hurle, se dégage en force et s'assoit sur le lit les bras croisés. C'est non.

Cette fois, pas de doute, tout le monde comprend. L'infirmière de l'étage arrive, Florence, avec ses grosses lèvres de poisson, sûre d'elle, ça n'est pas raisonnable, madame Forestier, on va vous transporter jusqu'au scanner, à l'étage du dessous, ça ira très vite, elle repart sans attendre la réponse, toute sa conduite vise à montrer qu'elle a du travail par-dessus la tête et qu'on ne va pas commencer à l'emmerder avec des gamineries qui… Mais avant qu'elle soit à la porte de la chambre, elle entend la voix d'Anne, étonnamment claire, les syllabes ne sont que de l'à-peu-près mais le sens n'échappe à personne : pas question, j'y vais à pied ou je reste ici.

L'infirmière revient sur ses pas, Camille tente de plaider la cause d'Anne, l'infirmière le fusille du regard, c'est qui d'abord, celui-là ? Il se recule, s'adosse au mur, selon lui, elle vient de gâcher sa dernière chance de trouver une issue simple et pacifique. On va bien voir.

L'étage commence à vibrer, des têtes apparaissent aux portes des chambres, les infirmières tentent de rétablir l'ordre, rentrez dans vos chambres, il n'y a rien à voir, alors forcément l'interne arrive, l'Indien au nom de quatre-vingts lettres, il est là du soir au matin, il doit faire des services aussi longs que son patronyme, payé comme une femme de ménage, normal, il est indien. Il s'approche d'Anne. Il écoute attentivement et tandis qu'il penche la tête vers elle, il détaille ses écchymoses, cette patiente, dans cet état, est assez laide mais ce n'est rien à côté de ce qui l'attend dans quelques jours, les jours suivants, l'évolution d'hématomes de ce type, c'est carrément effroyable. Il tâche de la raisonner d'une voix douce. Avant tout, il l'ausculte, personne ne comprend ce qu'il fait, le scanner n'attend pas les patients, l'heure c'est l'heure. Lui, au contraire…

L'infirmière s'impatiente, les infirmiers rongent leur frein. L'interne, lui, termine son auscultation puis il sourit à Anne et demande des béquilles. Ses collègues ont le sentiment d'être trahis.

Camille regarde la silhouette d'Anne, tassée sur ses béquilles, tenue aux épaules par un infirmier de chaque côté.

Elle avance lentement mais elle avance. Debout.

10 h 00

– C'est pas l'annexe du commissariat, ici…

Un bureau dans un désordre indescriptible. Il est chirurgien, on espère que c'est mieux rangé dans sa tête.

Dainville, Hubert, chef du service traumatologie. Ils se sont croisés la veille dans l'escalier de secours alors que Camille courait après son fantôme. Aperçu rapidement, il n'avait pas d'âge. Aujourd'hui, il a cinquante ans. Facile. Ses cheveux blancs sont naturellement ondulés, on sent qu'ils sont une fierté, l'emblème irrésistible de sa virilité vieillissante, ce n'est plus une coiffure, c'est une conception du monde. Des mains manucurées. Le genre d'homme qui porte des chemises bleues à col blanc et qui met une pochette à ses costumes. Un vieux beau. Il a dû essayer de sauter la moitié de son personnel et doit attribuer à son charme des succès qui ne sont que statistiques. Sa blouse est toujours impeccablement repassée mais il n'a plus du tout l'air d'un abruti, comme à la sortie de l'escalier. Autoritaire au contraire. D'ailleurs, il parle à Camille en faisant autre chose, comme si l'affaire était réglée, pas de temps à perdre.

– Moi non plus, dit Camille.

– Quoi ?

Le docteur Dainville relève la tête, les sourcils froncés. Ne pas comprendre quelque chose, ça le blesse. Pas l'habitude. Il cesse de fourrager dans ses papiers.

– Je dis que moi non plus, je n'ai pas de temps à perdre, reprend Camille. Je vous vois très occupé, il se trouve que j'ai pas mal de boulot, moi aussi. Vous avez des responsabilités, moi aussi.

Dainville fait une moue. Pas très convaincu par l'argumentaire, il reprend ses fouilles administratives. Et comme le petit flic reste à la porte, qu'il n'a pas encore compris que l'entretien était terminé :

– Cette patiente a besoin de repos, lâche-t-il enfin. Elle a subi un traumatisme très violent. (Là, il fixe Camille.) Son état tient du miracle, elle pourrait être dans le coma. Elle pourrait être morte.

– Elle pourrait aussi être chez elle. Ou à son boulot. Tiens, elle pourrait même finir son shopping. Le problème, c'est qu'elle a croisé la route d'un type qui n'avait pas de temps à perdre, lui non plus. Un type comme vous. Qui pensait que ses raisons valent mieux que celles des autres.

Dainville relève brusquement les yeux sur Verhœven. Avec ce genre d'homme, vous êtes tout de suite dans la rivalité, c'est une chevelure blanche montée sur des ergots de coq. Pénible. Et pugnace. Il toise Camille.

– Je sais bien que la police s'estime partout chez elle mais nos chambres ne sont pas des salles d'interrogatoire, commandant. Ici, c'est un hôpital, pas un terrain de manœuvre. On vous voit cavaler comme un dératé à travers les couloirs, affoler le personnel…

– Vous pensez que je cours dans les couloirs pour faire de l'exercice ?

Dainville balaye l'argument.

– Si cette patiente représente un danger, pour elle ou pour l'établissement, vous la transférez dans un lieu plus sûr. Dans le cas contraire, vous nous foutez la paix et vous nous laissez travailler.

– Vous avez combien de places à la morgue ?

Dainville, surpris, fait un petit mouvement sec de la tête, toujours ce côté coq de basse-cour.

– Je vous demande ça, reprend Camille, parce que tant qu'on ne pourra pas interroger cette femme, le juge n'ordonnera aucun transfert. Vous n'opérez pas sans certitude, nous c'est pareil. Et notre problème ressemble beaucoup au vôtre. Plus on intervient tard, plus les dégâts sont importants.

– Je ne comprends rien à vos métaphores, commandant.

– Je vais être plus clair. Il est possible qu'un tueur soit à sa recherche. Si vous m'empêchez de travailler et qu'il vient faire un massacre dans votre hôpital, vous aurez un double problème. Pas assez de places à la morgue et, comme votre patiente est en état de répondre à nos questions, une inculpation pour entrave au travail de la police.

Il est curieux, ce Dainville, il fonctionne sur le modèle de l'interrupteur : le courant passe ou ne passe pas. Entre les deux, rien. Et là, d'un coup, il passe. Il regarde Camille, amusé, un sourire très sincère, avec des dents très égales, bien rangées, une porcelaine de bonne qualité. Et il aime la résistance, le docteur Dainville, il est bourru, hautain, malgracieux, mais il aime les complications. Agressif, belliqueux même, mais au fond, il aime être battu. Camille en a rencontré des tonnes de ces hommes-là. Ils vous laminent et quand vous êtes au sol, ils vous soignent.

Un côté féminin, c'est peut-être pour ça qu'il est médecin.

Ils se regardent. Dainville est un homme intelligent, il sent les choses.

– Bon, dit Camille calmement. Concrètement, on fait comment ?

10 h 45

– On ne m'opère pas, lâche-t-elle.

Il faut quelques secondes à Camille pour intégrer l'information. Il aimerait se réjouir mais il choisit la prudence.

– Bien…, dit-il d'un ton encourageant.

Les radios, le scanner confirment ce que le jeune interne lui a dit la veille. Il y aura de la chirurgie dentaire mais le reste va se remettre tout seul. Il restera sans doute un peu de cicatrices au niveau des lèvres, mais surtout de la joue gauche, ça veut dire quoi « un peu » ? Plusieurs ? Visibles ? Anne s'est scrutée dans la glace, ses lèvres ont tellement éclaté qu'il est difficile de savoir ce qui va rester ou disparaître. Quant à la cicatrice sur la joue, tant qu'elle est recouverte par les points de suture, impossible de se rendre compte.

Une affaire de temps, a dit l'interne.

Le visage d'Anne dit clairement que ce n'est pas du tout son avis. Et justement, du temps, Camille n'en a pas beaucoup non plus.

Il est venu pour faire passer un message essentiel. Ils sont seuls dans la chambre.

Il attend quelques secondes, puis il se lance :

– J'espère que tu pourras les reconnaître…

Anne fait un geste vague qui peut vouloir dire bien des choses.

– Celui qui t'a tiré dessus, tu m'as dit qu'il était assez grand… Il était comment ?

C'est ridicule d'essayer de la faire parler maintenant. L'Identité judiciaire va tout reprendre à zéro, insister de cette manière est même contre-productif. Pourtant :

– Séduisant, dit Anne.

Anne articule avec application. Camille se précipite :

– Quoi… comment ça, « séduisant » ?

Anne regarde autour d'elle. Camille n'en croit pas ses yeux : elle vient d'esquisser une sorte de sourire. Appelons cela un sourire, pour faire court, parce que ses lèvres se sont simplement retroussées sur trois dents cassées :

– Séduisant… comme toi…

Au cours de l'agonie d'Armand, Camille a ressenti cette impression à plusieurs reprises : au moindre mieux, on pousse le curseur du côté de l'optimisme le plus résolu. Anne esquisse une plaisanterie, pour un peu Camille se précipiterait à l'accueil pour exiger sa sortie. L'espoir est une saloperie.

Il voudrait répondre sur le même ton mais il est pris au dépourvu. Il bredouille, Anne a déjà refermé les yeux. Il est au moins certain qu'elle est lucide, qu'elle comprend ce qu'il dit. Il se lance mais il est interrompu par le portable d'Anne qui se met à vibrer sur la table de nuit. Camille le lui tend. Nathan.

– Ne t'inquiète pas, articule Anne d'emblée en fermant les yeux.

Elle a l'air patient de la grande sœur, légèrement excédée, qui prend sur elle. Camille perçoit la voix du frère, insistante, fébrile.

– Je t'ai tout dit dans mon message…

Anne fait beaucoup plus d'efforts pour parler normalement qu'avec Camille. Elle veut se faire comprendre mais surtout calmer son frère, le rassurer.

– Rien de plus à savoir, ajoute-t-elle, presque gaie. Et je ne suis pas seule, tu n'as pas à t'inquiéter.

Elle lève les yeux au ciel en direction de Camille, il a l'air pénible, le Nathan.

– Mais non ! Écoute, je dois aller à la radio, je te rappelle. Oui, moi aussi…

Elle éteint complètement son portable et le tend à Camille en soupirant.

Il en profite parce que leur intimité ne va pas durer longtemps. Son message essentiel :

– Anne… je ne devrais pas m'occuper de ton affaire, tu comprends ?

Elle comprend. Elle répond : « Mmm... », en dodelinant de la tête, ça veut dire oui.

– Tu comprends vraiment ?

Mmm... Mmm... Camille expire, évacuer la pression, pour lui, pour elle, pour eux deux.

– J'ai été un peu pris de vitesse, tu vois. Et après...

Il lui tient la main, la caresse du bout des doigts. Sa main à lui est plus petite mais masculine, fortement veinée, Camille a des mains très chaudes, toujours. Pour ne pas la terrifier, il doit trier dans ce qu'il peut lui dire.

Ne pas dire : le braqueur qui t'a passée à tabac s'appelle Vincent Hafner, il est très violent, il a tenté de te tuer et je suis certain qu'il va recommencer.

Dire plutôt : je suis là, tu es en sécurité.

Éviter : ma hiérarchie n'y croit pas mais si j'ai raison, il est dingue et il n'a peur de rien.

Préférer : on va le trouver très vite et tout sera terminé. Pour ça, il faut que tu nous aides à le reconnaître. Si tu peux.

Oublier : on va te mettre un képi à la porte pour la journée, c'est totalement vain parce que je t'assure, tant que ce gars-là sera en liberté, tu es en danger. Rien ne l'arrêtera.

Ne pas mentionner : la venue de ces types dans ton appartement, le vol de tes papiers, l'organisation qu'ils mettent en place pour te trouver. Ni les moyens dont dispose Camille, à peu près nuls. Par sa faute, en grande partie.

Dire : tout va très bien se passer, ne t'inquiète pas.

– Je sais...

– Tu vas m'aider, Anne, n'est-ce pas ? Tu vas m'aider ?

Anne hoche la tête.

– Tu ne dis à personne qu'on se connaît, d'accord ?

Anne dit oui. Il y a pourtant, dans son regard, une lueur circonspecte. Un nuage de malaise flotte au-dessus d'eux.

– L'agent, dehors, il est là pour quoi ?

Elle l'a aperçu dans le couloir quand Camille est entré. Il lève les sourcils. D'ordinaire, soit il ment avec un aplomb époustouflant, soit il s'y prend avec la maladresse d'un enfant de huit ans. Tout à fait le genre d'homme à passer du meilleur au pire sans transition.

– C'est…

Une seule syllabe suffit. Pour quelqu'un comme Anne, cette syllabe n'est même pas nécessaire. À quelque chose dans l'œil de Camille, à une milliseconde d'hésitation, elle saisit.

– Tu penses qu'il va venir ?

Camille n'a pas le temps de réagir :

– Tu me caches quelque chose ?

Camille hésite juste une seconde, lorsqu'il veut répondre non, Anne a déjà compris oui. Elle le regarde fixement. Il ressent son inutilité, leurs solitudes respectives dans ce moment où ils devraient s'étayer l'un sur l'autre. Anne dodeline de la tête, semble se demander : qu'est-ce que je vais devenir ?…

– Il est venu…, dit-elle enfin.

– Honnêtement, je n'en sais rien.

Ce n'est pas de cette manière que répond un homme qui, honnêtement, n'en sait rien. Aussitôt, Anne se met à trembler. Les épaules d'abord, les bras, son visage pâlit, elle regarde la porte, le décor de la chambre, comme si on venait de lui annoncer que ce lieu serait le dernier qu'elle connaîtrait, imaginez qu'on vous montre votre lit de mort. Maladroit comme jamais, Camille rajoute à la confusion :

– Tu es en sûreté.

C'est comme s'il l'avait insultée.

Elle tourne la tête vers la fenêtre et se met à pleurer.

Le plus urgent maintenant est qu'elle se repose. Qu'elle prenne des forces, toute l'énergie de Camille est tendue vers ce seul but. Si, sur les photos, elle ne reconnaît personne, l'enquête devient une route droite conduisant vers un ravin. Si elle donne un fil, juste le premier, Camille se sent assez fort pour tout rembobiner.

En finir. Vite.

Il en ressent des vertiges, comme s'il avait un peu bu, son épiderme grésille, le réel flotte un peu autour de lui.

Dans quoi est-il entré ?

Comment tout ça va-t-il finir ?

12 h 00

Le technicien de l'Identité a un nom polonais, les uns disent Krystkowiak, d'autres prononcent Krystoniak, il n'y a que Camille à bien le dire : Krysztofiak... Un type avec des rouflaquettes, un côté rocker nostalgique. Il porte son matériel dans une petite valise avec des coins en aluminium.

Le docteur Dainville leur a donné une heure, pensant que ça déborderait à deux. Camille sait que ce sera quatre. Le technicien, qui a un millier de séances à son actif, sait que ça peut prendre six heures. Et aller jusqu'à deux jours.

Il dispose d'un fichier de plusieurs centaines de clichés, il doit faire un tri sévère. Le but est de ne pas en montrer trop parce que au bout d'un moment toutes les têtes se ressemblent, l'épreuve devient totalement vaine. Il a noyé dans la masse celui de Vincent Hafner et de trois autres types dont on sait qu'ils ont été ses complices, on va bien voir. Et tout ce que le fichier connaît comme Serbes ou apparentés.

Il se penche vers Anne :

– Bonjour, madame…

Une jolie voix. Très douce. Des gestes lents, précis, sécurisants. Anne est redressée dans son lit, le visage tuméfié du haut en bas, une foule d'oreillers dans les reins, elle a dormi une heure. Pour montrer qu'elle y met du sien, elle esquisse une espèce de sourire, sans écarter les lèvres, à cause des dents cassées. En ouvrant sa valise pour installer son matériel, le technicien débite les phrases habituelles, parfaitement rodées. Depuis le temps.

– Ça peut aller très vite, des fois, on a de la chance !

Là, il sourit largement, pour encourager. Il essaye toujours de mettre une touche de légèreté dans la situation parce que lorsqu'il montre ses clichés à une personne, soit elle s'est fait démonter le portrait ou elle a assisté à une scène soudaine et violente, soit elle s'est fait violer, soit quelqu'un s'est fait assassiner sous ses yeux, ce genre de choses, donc l'atmosphère est rarement décontractée.

– Mais d'autres fois, poursuit-il avec une mine sérieuse, pondérée, il faut du temps. Alors, quand vous vous fatiguez, vous me le dites, d'accord ? On n'est pas pressés…

Anne hoche la tête. Son regard laiteux va vers Camille, elle comprend. Elle fait signe que oui.

C'est le signal, le technicien dit :

– OK, je vous explique comment on va procéder.

12 h 15

Sur le coup, et bien qu'il ne soit pas d'humeur, Camille pense à un gag ou à une provocation de la commissaire Michard, mais non, rien de plus sérieux. L'agent en uniforme qu'on lui a envoyé, c'est le képi qu'il a croisé la veille passage Monier, le type efflanqué avec des cernes bleus sous les yeux qui lui donnent l'air de sortir de la tombe. Camille, s'il était superstitieux, y verrait un sale présage. Or il est superstitieux. Le genre à se livrer à des gestes conjuratoires, il craint les mauvais signes et en voyant à la porte de la chambre d'Anne un flic à tête de mort, il a du mal à rester calme.

Le flic esquisse un salut de l'index vers la tempe, que Camille interrompt en cours de route.

– Verhœven, dit-il.

– Commandant…, répond tout de même le flic en lui tendant une main squelettique, froide.

Un mètre quatre-vingt-trois, évalue Camille.

Et organisé. Il a déjà rapatrié jusqu'au couloir la meilleure chaise de la salle d'attente. À côté de lui, posé contre le mur, un petit sac marin bleu. Sa femme doit lui préparer les sandwichs, le thermos, mais surtout Camille hume l'odeur de la cigarette. Il serait vingt heures et pas midi, il le foutrait à la porte à la seconde même parce qu'à la première cigarette le tueur embusqué observe son parcours, minute soigneusement son petit rituel, à la deuxième cigarette il vérifie le minutage, à la troisième il le laisse sortir et dès que le flic est à la distance maximale, il n'a plus qu'à monter dans la chambre et arroser Anne au fusil à pompe. On lui envoie le plus grand mais peut-être aussi le plus con. Rien de grave pour le moment. Camille imagine mal le tueur revenir aussi vite et en pleine journée.

C'est la relève de la nuit qui sera névralgique. On avisera. Camille insiste quand même.

– Vous ne bougez pas d'ici, vous m'entendez ?

– Pas de problème, commandant ! répond le flic avec enthousiasme.

Ce genre de réponse, ça fait vraiment peur.

12 h 45

À l'autre extrémité du couloir, il y a une petite salle d'attente où personne ne vient jamais, elle est très mal placée, on se demande ce qu'elle fait là, on a voulu la transformer en bureau mais c'est interdit, a expliqué Florence, l'infirmière qui veut embrasser la vie à pleine bouche. Il paraît qu'il y a des normes, on doit la garder telle quelle, inutile. C'est le règlement. C'est européen. Du coup, le personnel a commencé à y stocker des fournitures, on manque terriblement de place. Au passage de la commission de sécurité, on entrepose tout ça sur des chariots au sous-sol, après quoi on les remonte, la commission de sécurité est très satisfaite, elle tamponne le formulaire au bon endroit.

Camille repousse deux piles de cartons de pansements et tire deux chaises. Sur un coin de table basse, il fait le point avec Louis (costume Cifonelli anthracite, chemise blanche Swann & Oscar, chaussures Massaro, tout est fait sur mesure, Louis est le seul flic de la Criminelle à porter sur lui le montant de son salaire annuel). Louis tient Verhœven informé du développement des enquêtes en cours, la touriste allemande s'est effectivement suicidée, l'automobiliste au poignard est identifié, il est en fuite, on l'aura dans deux ou trois jours, le criminel de soixante et onze ans a avoué son mobile : la jalousie. Camille expédie les affaires, on en revient à ce qui le préoccupe.

– Si Mme Forestier confirme qu'il s'agit d'Hafner..., commence Louis.

– Même si elle ne le reconnaît pas, le coupe Camille, ça ne veut pas dire que ce n'est pas lui !

Louis prend une discrète respiration. Cette nervosité n'est pas dans les usages de son chef. Vraiment, quelque chose ne va pas. Et il ne sera pas facile de lui expliquer qu'on a compris de quoi il s'agit...

– Bien sûr, admet Louis. Même si elle ne le reconnaît pas, ce peut être Hafner tout de même. Reste qu'il avait totalement disparu de la circulation. J'ai contacté les collègues qui se sont occupés du braquage de janvier – ils se demandent, par parenthèse, pourquoi ils ne sont pas chargés de cette affaire-ci...

Camille balaye l'air devant lui, rien à foutre.

– Personne ne sait où il se trouvait depuis janvier, les rumeurs sont allées bon train, on a parlé de l'étranger, de la Côte. Avec un mort sur le dos, surtout en fin de carrière, on comprend qu'il se soit fait discret, mais même ses relations proches n'ont pas l'air de savoir…

– « Pas l'air »…

– Oui, je me suis dit la même chose, quelqu'un doit bien être au courant, on ne disparaît pas comme ça du jour au lendemain. Ce qui est étonnant, c'est ce retour soudain. On l'imaginait plutôt rester en planque.

– On a repéré des fuites ?

La question du renseignement est entièrement ouverte. Des malfrats qui attaquent des magasins et qui se servent, il y en a tous les jours, mais les vrais professionnels, eux, ne passent à l'action qu'avec de relatives certitudes, quand le butin espéré vaut la peine encourue en cas de problème. Et donc la source du renseignement est toujours la première à laquelle s'intéresse la police, la partie commence généralement là. Pour ce qui concerne le passage Monier, l'employée arrivée en retard a été mise hors de cause. Alors, bien sûr, ça tombe sous le sens :

– On demandera aussi à Mme Forestier ce qu'elle faisait passage Monier, dit Camille.

La question sera posée pour la forme, parce que au fond, elle suppose à peine une réponse. Il la posera parce qu'il doit la poser, parce que en temps normal c'est celle qu'il poserait, voilà tout. Il ne comprend jamais rien au planning d'Anne, quels jours elle est à Paris, quels jours elle n'y est pas, il peine à mémoriser ses déplacements, ses rendez-vous, et se contente de savoir si elle est là ce soir, ou demain, le jour d'après c'est la grande inconnue.

Or Louis Mariani est un très bon flic. Ordonné, intelligent, bien plus cultivé qu'il n'est nécessaire, intuitif, et… et… ? Et suspicieux. Bravo. Une qualité cardinale, pour un policier.

Par exemple, quand la divisionnaire Michard doute qu'Hafner soit entré à l'hôpital dans la chambre d'Anne avec un fusil, elle n'est que dubitative, mais quand elle demande à Camille ce qu'il fout et qu'elle exige son rapport journalier, elle est suspicieuse. Ou quand Camille se demande si Anne n'aurait pas vu autre chose que la tête des braqueurs, il est suspicieux.

Et quand Louis enquête sur une femme prise à partie dans un braquage, il s'interroge sur la raison qu'elle avait de se trouver à cet endroit, précisément à cet instant. Un jour de semaine où elle aurait dû travailler. À l'heure de l'ouverture des commerces. C'est-à-dire quand il n'y a quasiment pas d'autres passants, ni d'autres clients qu'elle. Il aurait pu le lui demander à elle mais de manière inexplicable, c'est toujours son chef qui l'interroge, cette femme, on pourrait presque croire à une chasse gardée.

Donc Louis ne l'a pas interrogée. Il a fait autrement.

Camille a posé le problème, formalité accomplie, il s'apprête à aborder le point suivant lorsqu'il est interrompu par le geste de Louis qui tend le bras vers le sol et fouille calmement dans sa sacoche. Il en sort un document. Depuis quelque temps, il met des lunettes pour lire. Généralement, se dit Camille, la presbytie arrive plus tard… Mais quel âge a-t-il donc, Louis ? C'est un peu comme s'il avait un fils, il est incapable de se rappeler son âge du premier coup, il le lui demande au moins trois fois par an.

Le document est une photocopie à l'en-tête de la bijouterie-joaillerie Desfossés. Camille à son tour chausse ses lunettes. Il lit « Anne Forestier ». Il s'agit du fac-similé d'un bon de commande pour une « montre de luxe », huit cents euros.

– Mme Forestier venait prendre livraison d'une commande effectuée dix jours plus tôt.

La bijouterie avait demandé ce délai pour faire exécuter la gravure. Le texte est indiqué sur le bon, en grandes lettres capitales parce qu'on ne peut pas faire d'erreur pour un cadeau de ce prix, une faute d'orthographe dans le nom, imaginez un peu la tête de la cliente… On lui demande même de l'écrire elle-même, de sa propre main, comme ça il n'y a pas de discussion possible en cas de pépin. Le document montre la grande écriture d'Anne.

Le nom à graver au dos de la montre : « Camille ».

Silence.

Les deux hommes retirent leurs lunettes. Leur synchronisme accentue la gêne. Camille ne lève pas les yeux, repousse légèrement la photocopie vers son adjoint.

– C'est… une amie.

Louis hoche la tête. Une amie. D'accord.

– Proche.

Proche. D'accord. Louis comprend qu'il a pas mal de retard. Que dans la vie de Verhœven, il a raté des épisodes. À la vitesse maximum, il fait le point de son handicap.

Il en est resté à Irène, il y a quatre ans. Ils se connaissaient bien, ils s'aimaient bien, Irène l'appelait « mon petit Lou-

lou », elle le faisait rougir jusqu'aux oreilles en l'interrogeant sur sa vie sexuelle. Puis, après la mort d'Irène, ce fut la clinique où il s'est rendu régulièrement jusqu'à ce que Camille lui dise qu'il préférait être seul. Ils se sont ensuite croisés, de loin en loin. Et des mois plus tard, il a fallu la manipulation du divisionnaire Le Guen pour que Camille revienne[1], contraint et forcé, sur des affaires « dures », affaires de meurtre, d'enlèvement, de séquestration, d'assassinat… et qu'il demande à Louis de venir le rejoindre de nouveau. Entre la clinique et aujourd'hui, Louis ne sait pas ce que Camille a fait de sa vie. Or, dans la vie d'un homme aussi réglé que Verhœven, l'irruption d'une femme devrait se voir à de multiples signes, à des petites modifications dans le comportement, dans l'organisation du temps, toutes choses auxquelles Louis est généralement très sensible. Et il n'a rien vu, rien perçu. Jusqu'à aujourd'hui, il aurait dit que la présence d'une femme dans la vie de Verhœven était purement contingente, parce qu'une relation amoureuse forte dans la vie d'un veuf à fond dépressif, c'est autrement spectaculaire. Et pourtant, cette exaltation aujourd'hui, cette fièvre… Il y a là une contradiction que Louis ne parvient pas à réduire.

Louis regarde ses lunettes, posées sur la table, comme s'il s'attendait à ce qu'elles lui permettent de mieux voir la situation : donc Camille a une « amie proche ». Elle s'appelle Anne Forestier. Camille s'éclaircit la gorge.

– Je ne te demande pas d'entrer là-dedans, Louis. Moi,

1. *Alex*, Albin Michel, 2011 ; Le Livre de poche, 2012.

j'y suis jusqu'au cou. Je n'ai pas besoin qu'on me rappelle que j'agis contre les règles, ça me regarde, moi seul. Et tu n'as pas à partager ce genre de risque. (Il fixe son adjoint.) Je ne te demande rien d'autre qu'un peu de temps, Louis. (Silence.) Il faut que je boucle cette affaire très vite. Avant que Michard apprenne que je lui ai menti pour me faire charger d'une enquête sur une personne très proche. Si on arrête les types rapidement, tout ça devient du passé. Du moins, on pourra s'arranger avec. Mais dans le cas contraire, si l'affaire traîne en longueur et qu'on me prend la main dans le sac, tu la connais, elle va foutre un bordel noir. Et il n'y a aucune raison pour que tu plonges avec moi.

Louis n'a pas l'air d'être présent, il reste pensif, regarde autour de lui, on dirait qu'il attend un serveur pour passer sa commande. Finalement, il sourit tristement et désigne la photocopie.

– Ça ne va pas nous aider beaucoup ! dit-il. (Il a le ton d'un homme qui espérait une trouvaille et qui est sacrément déçu.) Vous ne trouvez pas ? Camille, c'est un prénom très répandu. On ne sait même pas s'il désigne un homme ou une femme…

Et comme Camille ne répond pas :

– Qu'est-ce que vous voulez qu'on fasse de ça…, conclut-il.

Il remonte son nœud de cravate.

Et sa mèche, main gauche.

Il se lève en laissant le document sur la table. Camille le ramasse, le roule en boule, le met dans sa poche.

13 h 15

Le technicien de l'Identité vient de replier ses affaires et de partir. Il a dit :

– Merci, je crois qu'on a bien travaillé.

La phrase qu'il prononce habituellement, quel que soit le résultat.

Malgré les étourdissements que cela provoque, Anne s'est relevée, elle est retournée à la salle de bain. Elle ne peut pas résister au besoin de se regarder, de vérifier l'étendue des dégâts. Sans les pansements autour de la tête, on ne voit plus que ses cheveux courts et sales, ils ont été rasés en deux endroits pour poser des points de suture. Comme des trous dans la tête. Des points de suture aussi sous la mâchoire. Aujourd'hui, le visage semble plus volumineux encore, c'est comme ça les premiers jours, tout le monde lui répète ça, ça enfle, oui, je sais, vous me l'avez déjà dit, merde, mais personne ne lui a décrit l'effet réel. Ça gonfle comme une outre, le visage devient congestionné, comme celui d'une alcoolique. Le visage d'une femme battue évoque la déchéance, Anne ressent un violent sentiment d'injustice.

Elle touche du bout des doigts ses pommettes, c'est une douleur sourde, diffuse, sournoise, on la dirait installée là pour l'éternité.

Et ces dents, mon Dieu, ça lui fait un effet poignant, elle ne sait pas pourquoi, elle pense que c'est comme si on lui avait fait l'ablation d'un sein, elle se sent atteinte dans son intégrité. Elle n'est plus la même, plus entière, on va lui poser de fausses dents, elle ne se remettra jamais de cette épreuve.

Maintenant, voilà. Elle vient de procéder à la reconnaissance, des dizaines de photos ont défilé. Elle a fait comme on le lui a demandé, elle s'est montrée obéissante, disciplinée, elle a tendu l'index quand elle a reconnu sa photo.

Lui.

Comment tout ça va finir ?

Camille à lui seul est bien incapable de la protéger et pourtant, sur qui d'autre peut-elle compter face à un homme qui a décidé de la tuer ?

Qui, sans doute, veut en finir. Comme elle. Chacun essaye d'en finir, à sa manière.

Anne essuie ses larmes, cherche des mouchoirs en papier. Pour se moucher, c'est toute une affaire, avec une fracture du nez.

13 h 20

Grâce à mon expérience, je finis presque toujours par obtenir ce que je veux. En ce moment, j'ai recours aux grands moyens parce que je suis pressé mais aussi parce que c'est mon tempérament. Je suis comme ça, impatient et expéditif.

J'ai besoin d'argent et je ne veux pas perdre celui que j'ai durement gagné. Cet argent, pour moi, c'est comme des points de retraite mais en beaucoup plus sûr.

Et je ne vais pas laisser n'importe qui siphonner mes perspectives d'avenir.

Alors, je mets les bouchées doubles.

Vingt minutes d'observation attentive après avoir sillonné les environs à pied puis en voiture puis de nouveau à pied. Personne. Je prends encore une dizaine de minutes à observer les alentours à la jumelle. Je confirme ma venue par un SMS, je presse le pas, je traverse l'usine, m'approche du camion, ouvre la porte arrière, je monte et je referme aussitôt.

Le véhicule est garé sur une friche industrielle, ce type trouve toujours des endroits comme ça, je ne sais pas comment il fait, il aurait dû faire dans le cinéma plutôt que dans l'armement.

L'intérieur du camion est rangé comme le cerveau d'un informaticien, tout à sa place.

Le receleur m'a consenti une courte avance, quasiment le maximum autorisé par la situation. À un taux d'intérêt qui mériterait une balle entre les deux yeux mais je n'ai pas le choix, il faut solder cette affaire : j'abandonne momentanément l'usage du Mossberg et je choisis un fusil à six coups, un M40A3 calibre 7,62. Dans l'étui, l'équipement complet, le silencieux, la lunette Schmidt & Bender, deux boîtes de munitions pour le tir de loin, net et précis, six coups à enchaîner. Pour le pistolet, j'opte pour un Walther P99 compact à dix coups muni d'un silencieux épatant d'efficacité. En prime, je prends un poignard de chasse Buck Special de quinze centimètres, c'est toujours très utile.

La greluche a déjà eu un aperçu de mes capacités.

Maintenant, on va passer à la vitesse supérieure, elle a besoin de sensations fortes.

13 h 30

C'est bien Vincent Hafner.

– La fille est absolument formelle. (Krysztofiak, le technicien de l'Identité, a rejoint Camille et Louis dans la petite pièce.) Elle a une bonne mémoire, dit-il, satisfait.

– Pourtant, elle ne les a pas vus bien longtemps..., risque Louis.

– Ça peut suffire, ça dépend surtout des circonstances. Des témoins peuvent voir un sujet pendant des minutes entières sans être capables de les reconnaître une heure après. D'autres aperçoivent un sujet une minute mais ses traits se gravent, on ne sait pas pourquoi.

Camille ne réagit pas, on dirait qu'on parle de lui : lui, il attrape un visage dans le métro, deux mois plus tard il vous le restitue à la ride près.

– Parfois, poursuit Krysztofiak, les sujets refoulent leurs souvenirs, mais un type qui vous passe à tabac et qui vous tire dessus quasiment à bout portant depuis sa voiture, vous avez tendance à vous en souvenir assez bien.

S'il y a de l'humour là-dedans, personne ne le discerne clairement.

– On a élagué avec les tranches d'âge, les catégories physiques, etc. Aucun doute pour elle, c'est Hafner.

Il affiche sur son écran la photo d'un homme d'une

soixantaine d'années, grand, saisi en pied, lors d'une arrestation. Un mètre quatre-vingts, estime Camille.

– Quatre-vingt-un, précise Louis qui consulte la fiche signalétique et qui connaît son chef jusque dans ses silences.

Camille superpose mentalement l'homme dont il a l'image sous les yeux et le braqueur du passage Monier, cagoulé, armé, qui épaule et qui tire, qui avant a frappé à coups de crosse, à la tête, au ventre… Il avale sa salive.

La photo montre un homme large d'épaules, au visage anguleux, cheveux poivre et sel, sourcils blancs et minces qui accentuent un regard droit, sans intention. Un vieux de la vieille. Un farouche. Camille semble hypnotisé par la photographie. Louis observe les mains de son chef, elles tremblent.

– Les autres ? demande Louis, toujours volontaire pour les diversions.

Krysztofiak affiche sur son écran une trogne velue, photo prise de face, lumière anthropométrique, sourcils épais, regard noir.

– Mme Forestier a hésité un petit moment. On la comprend, pour nous ils se ressemblent pas mal, on s'y perd un peu. Elle a passé plusieurs clichés, elle est revenue sur celui-ci, elle a souhaité en voir d'autres mais elle reprenait toujours le même. On peut le tenir pour hautement probable. Il s'appelle Dušan Ravic. Il est serbe.

Camille relève la tête. On s'approche. Louis a déjà tapé la requête sur son clavier :

– Installé en France en 1997. (Il feuillette le dossier à toute allure.) Un type habile. (Il doit lire à la vitesse du son et il a encore le temps de synthétiser.) Arrêté deux fois, charges insuffisantes, relâché. Qu'il travaille avec Hafner n'est pas impensable. Les voyous pullulent mais les vrais professionnels sont rares, le milieu est assez petit.

– Et lui, il est où ?

Louis fait un geste évasif. Ça… Depuis janvier, plus de nouvelles, totalement disparu, il a un meurtre sur le dos, avec sa part du quadruple cambriolage il a les moyens de se planquer un bon moment. La réapparition du gang est évidemment étonnante, surtout dans la même configuration. Ils ont un meurtre sur les bras et ils remettent le couvert… Bizarre.

On revient à Anne.

– Quel est le degré de fiabilité de son témoignage ? demande Louis.

– Comme toujours, dégressif. Élevé pour le premier, fort pour le second, il y en aurait trois, ça continuerait de chuter.

Camille ne tient déjà plus en place. Louis fait traîner la conversation parce qu'il espère que son chef va retrouver son sang-froid mais au départ du technicien, il comprend que l'effort a été vain.

– Il me faut ces types, dit Camille en posant calmement ses mains bien à plat sur la table. Il me les faut tout de suite.

Geste passionnel. Louis acquiesce, réflexif : où est le moteur de cette énergie, de cet aveuglement ?

Camille, lui, regarde les deux profils.

– Celui-là, dit-il en désignant la photo d'Hafner, je vais le chercher en priorité. Le danger, c'est lui. Je m'en charge.

Il a prononcé ces mots avec une détermination telle que Louis, qui s'y connaît, sent approcher la catastrophe.

– Écoutez…, commence-t-il.

– Toi, le coupe Camille, tu t'occupes du Serbe. Je vais voir avec le juge et avec Michard et je vais obtenir les autorisations. En attendant, tu contactes tous les gars disponibles. Appelle Jourdan de ma part, demande-lui de nous prêter des hommes. Vois Hanol aussi, consulte tout le monde, je vais avoir besoin de personnel.

Devant l'avalanche de décisions toutes plus nébuleuses les unes que les autres, Louis remonte sa mèche, main gauche. Camille s'en aperçoit.

– Fais comme je te dis, dit-il d'une voix très douce. Je couvre, tu n'as aucune inquiétude à av…

– Je n'ai aucune inquiétude. Simplement, le travail est plus facile quand on comprend.

– Tu as déjà tout compris, Louis. Qu'est-ce que tu veux que je te dise de plus que tu ne sais pas déjà ?

Camille poursuit d'une voix basse, il faut presque tendre l'oreille. Il a posé sa main chaude sur celle de son adjoint. Je ne peux pas rater ça… tu comprends ? (Il est ému mais il reste contenu.) Alors, on secoue le réseau.

Louis fait signe de la tête, d'accord, je ne suis pas certain de tout comprendre mais je vais faire ce que vous me demandez.

– Les indics, poursuit Camille, les balances, les putes, mais avant tout, on tape dans les irréguliers.

Ce sont les sans-papiers connus et répertoriés et sur qui on ferme les yeux parce qu'ils constituent une source inégalée de renseignements en tous genres. L'info ou l'avion de retour, l'alternative est très féconde. Si le Serbe a conservé des liens avec sa communauté (et comment faire autrement), le loger n'est pas une question de jours mais d'heures.

Il a commis un casse spectaculaire vingt-quatre heures plus tôt... Si, après le quadruple braquage et avec un meurtre sur le dos, il n'a pas quitté la France, c'est qu'il a de bonnes raisons d'être resté.

Louis relève sa mèche, main droite.

– Tu prépares l'opération en urgence, conclut Camille. Dès que j'ai le feu vert, je t'appelle. Moi, j'arriverai en cours de route mais je reste joignable.

14 h 00

Camille devant son écran.

Dossier « Vincent Hafner ».

Soixante ans. Près de quatorze années de prison, toutes peines confondues. Jeune, il s'essaye à pas mal de choses (cambriolages, racket, proxénétisme) mais il trouve sa véritable vocation à vingt-cinq ans, en 1972, en braquant un fourgon blindé à Puteaux. Ça bave un peu, les flics débarquent, un blessé, condamnation à huit ans. Il en fait les deux tiers et tire la leçon de l'expérience : le job lui plaît vraiment. Il a seulement péché par imprudence, on ne l'y reprendra pas. En réalité, si, on l'y reprend à quelques reprises mais il n'écope que de condamnations mineures, deux ans ici, trois ans là. Globalement, ce qu'on appelle une belle carrière.

Et à partir de 1985, plus aucune arrestation. Hafner, dans la maturité, est parvenu au summum de son art. On le suspecte de onze braquages mais aucune arrestation, jamais mis en examen, aucune preuve, des dossiers et des alibis en béton, des témoignages en acier trempé. Un artiste.

Hafner est un patron, un vrai, et ses états de service le confirment, du genre qui ne plaisante pas. Il est parfaitement informé, ses coups sont méticuleusement préparés mais une fois dans l'action, il faut que ça pulse. Victimes blessées, frappées ou rouées de coups, séquelles parfois lourdes, on ne fait pas de morts mais les estropiés ne manquent pas. Après le passage d'Hafner, ça clopine, ça béquille, ça claudique, on ne compte pas les visages abîmés et les années cumulées de rééducation. La technique est simple : se faire respecter en amochant le premier venu, les autres comprennent aussitôt et tout va ensuite beaucoup mieux.

La première venue, hier, c'était Anne Forestier.

L'affaire du passage Monier est cohérente avec son profil. Camille crayonne des visages d'Hafner dans la marge de son bloc tout en feuilletant les interrogatoires d'anciennes affaires.

Pendant plusieurs années, Hafner s'appuie sur un vivier restreint d'une dizaine de gars, dans lequel il puise en fonction des besoins et des disponibilités. Camille calcule rapidement qu'il y a toujours en moyenne trois personnes sous les verrous, en préventive ou en conditionnelle. Hafner, lui, passe le plus souvent entre les gouttes. Mais dans le braquage comme dans toutes les entreprises, il est difficile de trouver du personnel stable et qualifié. Le déchet est même supérieur, dans ce domaine, à la moyenne de l'artisanat. En l'espace de quelques années pas moins de six membres historiques du « gang Hafner » se retrouvent dans la sciure. Deux prennent la perpétuité pour meurtre, deux se font descendre (des jumeaux, ils se seront suivis de bout en bout, ces deux-là), un cinquième est en fauteuil roulant à la suite d'une chute en moto, le dernier est porté disparu dans un accident de Cessna au large de la Corse. Série noire pour Hafner. D'ailleurs, pendant de nombreux mois, aucune nouvelle affaire ne lui est imputée. Tout le monde s'accorde sur la conclusion logique : Hafner, qui a dû en mettre pas mal à gauche, a enfin pris sa retraite. Les employés et clients de bijouterie peuvent se fendre d'une bougie à leur saint patron.

Ce quadruple braquage de janvier dernier constitue donc une surprise. D'autant qu'il est, par sa dimension, tout à fait exceptionnel dans la carrière d'Hafner. Le travail à la chaîne est rare chez les braqueurs. On imagine mal ce qu'un seul casse réclame de force physique, de dépense nerveuse, surtout avec des méthodes musclées comme celles d'Hafner. Il faut aussi une organisation à toute épreuve et quand on projette de braquer quatre établissements dans la même journée, il faut que les quatre cibles soient mûres aux mêmes heures, que les distances soient compatibles, que... Il faut la conjonction de tant de conditions positives, pas étonnant que ça se termine aussi mal.

Camille fait défiler les clichés des victimes.

Celle du deuxième braquage de la journée de janvier, d'abord. Le visage du jeune employé de la bijouterie de la rue de Rennes après le passage des grands professionnels. Vingt-cinq ans peut-être, amoché à un point... À côté de lui, Anne a presque l'air d'une communiante. Lui a fait quatre jours de coma.

Celle du troisième braquage. Un client. Si on veut. Il tient plus de la gueule cassée de 14-18 que d'un client du Louvre des Antiquaires. Le dossier précise d'emblée « état jugé sérieux ». Vu sa tête, difforme (il a reçu plusieurs coups de crosse au visage, autre point commun avec Anne), on ne peut qu'être d'accord, état sérieux.

Dernière victime. Celle-ci baigne dans son sang au milieu de sa boutique de la rue de Sèvres. Plus propre d'une certaine manière, deux balles en pleine poitrine.

Ce point aussi est rare dans la carrière d'Hafner. Jusqu'ici, ses affaires ne font pas de morts. Sauf que cette fois, plus d'équipe historique, il doit composer avec le personnel disponible sur le marché. Il a choisi des Serbes. Pas très inspiré. Ils sont courageux mais soupe au lait.

Camille regarde sa page de bloc. Au centre, le visage de Vincent Hafner, inspiré d'une photo anthropométrique, et tout autour, crayonnés à la va-vite, des instantanés de ses victimes, le plus frappant est celui d'Anne, recomposé de mémoire telle qu'il l'a aperçue la première fois en entrant dans sa chambre d'hôpital.

Camille déchire la page du bloc, la froisse et la jette dans la poubelle. Il note ensuite un mot qui résume son analyse de la situation.

« Urgence ».

Parce que Hafner ne renonce pas à sa retraite en janvier dernier – qui plus est avec une équipe de fortune – sans une raison impérieuse.

Hormis le besoin d'argent, on voit mal ce que ça peut être.

Urgence aussi parce qu'il ne se contente pas de revenir dans le circuit. Pour maximiser les profits, il se risque à un quadruple braquage dont le résultat est assez aléatoire.

Urgence enfin parce que après un butin exceptionnel en janvier, lui laissant une part personnelle de deux ou trois cent mille euros, six mois plus tard le voici de retour. *Hafner revival.* Et si, cette fois, il n'a pas ramassé autant qu'il espérait, il va remettre ça, il y a des innocents en sursis, il serait plus prudent de l'attraper avant.

N'importe qui reniflerait l'embrouille. Camille ne sait pas où elle se trouve mais elle est là. Quelque chose coince. Un événement, quelque part.

Il est suffisamment avisé pour savoir qu'un homme comme Hafner sera très difficile à loger. Et que, pour le moment, le plus rapide, le plus payant consiste à retrouver Ravic, son complice.

En espérant qu'on pourra, grâce à lui, tirer un fil, vers le haut.

Et pour qu'Anne reste en vie, il faut absolument que ce fil soit le bon.

14 h 15

– Ça vous semble… pertinent ? s'inquiète le juge Pereira au téléphone. (Le ton est assez perplexe.) En fait, c'est une rafle que vous voulez faire !

– Non, monsieur le juge, pas une rafle !

Pour un peu, Camille ferait mine d'éclater de rire. Il ne le fait pas parce que le juge est trop fin pour tomber dans le panneau. Mais il est aussi suffisamment occupé pour faire confiance aux policiers expérimentés lorsqu'ils proposent des solutions.

– Au contraire, plaide Camille, ce sera un coup de filet très ciblé, monsieur le juge. Nous connaissons les trois ou quatre contacts auxquels Ravic a pu demander de l'aide dans sa cavale après le meurtre de janvier, il s'agit simplement de secouer un peu le cocotier, rien de plus.

– Qu'en dit la divisionnaire Michard ? demande le juge.

– Elle est d'accord, tranche Camille.

Il ne lui en a pas encore parlé mais il se porte garant de son opinion. C'est la plus ancienne de toutes les méthodes administratives : dire à l'un que l'autre est d'accord et réciproquement. Comme toutes les techniques éculées, elle est très efficace. Bien utilisée, elle est même quasiment imparable.

– Bon eh bien, faites au mieux, commandant.

14 h 40

Le grand flic a poursuivi son jeu de patience sur son téléphone avant de se rendre compte que la personne qui vient de passer est celle qu'il a en charge de garder. Il se lève précipitamment, la suit en l'appelant, madame, il a oublié son nom, madame, elle ne se retourne pas, marque juste un court temps d'arrêt en passant devant le bureau des infirmières.

– Je m'en vais.

Ça sonne assez léger, comme au revoir, à demain. Le grand flic allonge le pas, élève la voix.

– Madame… !

C'est la jeune infirmière avec l'anneau dans la lèvre qui

est de garde. Celle qui croit avoir vu un fusil et puis finalement, non, mais tout de même. Elle se précipite sans un mot, dépasse le grand flic, manière de prendre l'affaire en main, on leur apprend aussi la fermeté à l'école, de toute manière, six mois dans un hôpital et vous savez tout faire dans la vie.

Arrivée à la hauteur d'Anne, elle lui prend le bras, très doucement. Anne, qui s'attendait à quelques difficultés, s'arrête et se retourne. Pour la jeune fille, c'est l'attitude de résolution de la patiente qui rend la circonstance délicate, elle est bien campée sur ses pieds. Pour Anne, c'est la capacité de persuasion de l'infirmière qui complique sa décision. Elle regarde l'anneau de la fille, son crâne rasé, ses traits disent une sorte de gentillesse, une fragilité, un visage banal mais des yeux d'animal domestique, du genre qui vous fait fondre, elle sait s'en servir.

Pas d'opposition frontale, ni de réprimande, pas de morale, d'emblée sur un autre registre.

– Si vous voulez partir, il faut que je vous retire vos points de suture.

Anne touche sa joue.

– Non, dit l'infirmière, pas ceux-là, c'est bien trop tôt. Non, ces deux-là.

Elle tend la main vers le crâne d'Anne et passe des doigts très délicats sur la zone, regard de professionnelle mais elle sourit et, considérant la proposition comme acceptée, d'une main elle la ramène vers sa chambre, le grand flic s'écarte, ne sachant s'il doit prévenir sa hiérarchie ou pas, il suit les deux femmes.

On s'arrête en cours de route, juste en face du bureau des infirmières dans une petite salle qui sert pour les soins en déambulatoire.

– Asseyez-vous… (L'infirmière cherche ses instruments. Elle insiste gentiment.) Asseyez-vous…

Le flic reste dehors, dans le couloir, et détourne pudiquement le regard, comme si les deux femmes étaient aux toilettes.

– Chhhhhh…

Anne a sursauté immédiatement. La jeune fille n'a pourtant qu'effleuré sa cicatrice du bout des doigts.

– Ça vous fait mal ?

L'air inquiet : ça n'est pas normal, et si j'appuie là, et là, pour retirer les points de suture, il vaudrait mieux attendre, voir le médecin, il va peut-être demander une nouvelle radio, vous n'avez pas de fièvre ? Elle touche le front d'Anne, pas de mal de tête ? Anne se rend compte qu'elle se retrouve là où l'infirmière voulait la conduire, assise, dépendante, prête à réintégrer sa chambre. D'où sa révolte.

– Non, pas de médecin, pas de radio, je m'en vais, dit-elle en se levant.

Le grand flic met la main sur son téléphone de service, dans tous les cas, quoi qu'il arrive, il appelle son chef pour demander des instructions. Le tueur surgirait à l'autre bout du couloir armé jusqu'aux dents, il ferait la même chose.

– Ce n'est pas prudent, dit l'infirmière, préoccupée. S'il y a une infection…

Anne ne sait pas ce qu'il faut comprendre, si le danger est réel ou si la phrase est simplement destinée à l'impressionner.

– Oh, et à propos (l'infirmière saute du coq à l'âne), votre prise en charge n'est toujours pas faite ? Vous avez demandé qu'on vous rapporte vos papiers ? Je vais insister pour que le médecin passe ou qu'on vous fasse la radio très vite, que vous puissiez partir dès que possible.

Le ton est simple, conciliant, la proposition apparaît comme la bonne solution, la solution raisonnable.

Anne est épuisée, elle dit oui, se dirige vers sa chambre, d'un pas lourd, près de tourner de l'œil, elle se fatigue vite, mais elle a autre chose en tête, qui vient de lui revenir. Qui ne concerne ni la radio ni la prise en charge. Elle s'arrête, se retourne :

– C'est vous qui avez vu l'homme avec un fusil ?

– J'ai vu un homme, répond la fille du tac au tac, pas un fusil.

Elle attendait la question. La réponse est une formalité. Depuis le début de la négociation, elle sent que cette patiente hurle de peur à l'intérieur. Elle ne veut pas partir, elle s'enfuit.

– Si j'avais vu un fusil, je l'aurais dit. Et je pense que vous ne seriez plus ici, on n'est pas un hôpital de campagne.

Jeune mais très professionnelle. Anne n'en croit pas un mot.

– Non, dit-elle en la regardant fixement, comme si elle pouvait deviner ses pensées. Vous n'en êtes pas certaine, c'est tout.

Elle rentre tout de même dans sa chambre, la tête lui tourne, elle a présumé de ses forces, elle est épuisée, besoin de s'allonger. De dormir.

L'infirmière referme la porte. Pensive. Quand même, ce visiteur, ce truc, sous son imperméable, long, encombrant… qu'est-ce que ça pouvait être ?

14 h 45

La divisionnaire Michard passe une grande part de son temps en réunion. Camille a consulté son agenda, les rendez-vous s'enchaînent, elle va d'une réunion à l'autre, la configuration est idéale. Camille a laissé sept messages sur son portable en moins d'une heure. « Important ». « Pressé ». « Prioritaire ». « Impératif ». Dans ses messages, il a quasiment épuisé le lexique de l'urgence, mis la pression maximale, il s'attend à une tonalité agressive. La divisionnaire se montre au contraire très patiente, très mesurée. Elle est encore plus fine qu'on ne l'imagine. Au téléphone, elle chuchote, elle a dû sortir dans un couloir quelques minutes.

– Et le juge est d'accord pour des descentes de police ?

– Oui, assure Camille. Justement parce que ce ne sont pas des « descentes », je veux dire, au sens strict, on v…

– Commandant, vous avez combien de cibles exactement ?

– Trois. Mais vous savez ce que c'est, une cible en amène une autre, il faut battre le fer pendant qu'il est chaud.

Lorsque Camille recourt à un proverbe, n'importe lequel, on peut dire qu'il est en bout de course.

– Ah, le « fer »…, soupèse la divisionnaire.

– J'ai besoin d'un peu de monde.

On en vient toujours aux mêmes choses, la question des moyens. Michard souffle longuement. C'est ce que vous n'avez pas qu'on vous demande le plus souvent.

– Pas longtemps, plaide Camille. Trois ou quatre heures.

– Pour trois cibles ?

– Non, pour...

– Je sais, pour « battre le fer »... mais dites-moi, commandant, vous ne craignez pas les effets pervers ?

Michard connaît bien la musique, la battue fait du bruit, la cible s'enfuit, plus vous cherchez, plus vos chances diminuent.

– C'est pour cela qu'il me faut du monde.

La conversation peut durer des heures. En fait, que Verhœven conduise une rafle, la divisionnaire s'en moque totalement. Sa démarche consiste uniquement à résister suffisamment pour avoir le droit de dire ensuite : je vous l'avais dit.

– Si le juge est d'accord..., lâche-t-elle. Voyez avec vos collègues. Si vous y arrivez.

Le métier de braqueur ressemble beaucoup à celui d'acteur de cinéma, on passe son temps à attendre et ensuite on fait sa journée en quelques minutes.

Donc j'attends. Et je calcule, j'anticipe, je fais appel à mon expérience.

Si son état de santé le permet, les flics ont dû soumettre la fille à une épreuve de reconnaissance. Si ce n'est pas aujourd'hui, ce sera demain, ce n'est qu'une affaire d'heures, on lui passe des photos, si elle est une bonne citoyenne et qu'elle a un peu de mémoire, ils vont se lancer aussitôt sur le sentier de la guerre. Le plus facile pour eux, dans l'immédiat, ce sera de courir après Ravic. Je serais eux, c'est ce que je ferais. Parce que cette technique est la plus simple parmi les plus sûres, on place des pièges à rat dans les couloirs et on balance un bon coup de bélier dans la porte. On fait du bruit, on menace, c'est aussi vieux que la police elle-même.

Et le meilleur observatoire se trouve chez Luka. Rue de Tanger. Un haut lieu de rendez-vous de la communauté serbe. Ce sont des parrains de pacotille, ils passent leur temps à jouer aux cartes, aux courses et à fumer un tabac d'une épaisseur folle, on dirait des apiculteurs à l'heure du traitement des ruches. Ils aiment être informés. Quand survient quelque chose de notable, l'onde atteint le bistro à la vitesse du téléphone.

15 h 15

Verhœven a dit de lâcher les chiens. De mettre tout le monde sur le pont. C'est même un peu démesuré.

Fort de l'accord de la divisionnaire, Camille a élargi à tout le personnel momentanément disponible, il passe des coups de fil sous l'œil inquiet de Louis, il demande un coup de main aux copains, on lui prête ici un gars, là deux, ça tient du bricolage mais ça finit par faire beaucoup, personne ne sait très bien à quel titre il est là mais on se pose peu de questions, Camille donne ses instructions avec une telle autorité et puis, il faut bien le dire, c'est marrant à faire, on colle les gyrophares sur le toit des voitures, on traverse la ville à grande vitesse, on va secouer du monde, bousculer des dealers, des pickpockets, des tauliers, des proxénètes, c'est aussi pour jouer aux cow-boys qu'on est entré dans la police, merde. Camille a dit que c'était juste pour quelques heures. On fout un grand coup de pompe dans le tas et on rentre à la maison.

Il y a ici et là des collègues dubitatifs, Camille est assez nerveux, il fournit des tonnes de raisons mais peu d'explications. Ce qu'il prépare, ce n'est pas exactement ce qu'on avait compris, on pensait qu'il s'agissait simplement de fondre sur trois cibles au même moment, rien d'autre, au lieu de quoi Camille organise une opération aussi foudroyante mais bien plus vaste, il veut toujours plus de monde, personne n'arrive à savoir combien il en a déjà trouvé, on s'inquiète.

– Si on trouve le type qu'on cherche, a expliqué Camille, tout va rentrer dans l'ordre, les supérieurs vont se rengorger, on va distribuer la médaille du mérite à tous les chefs d'équipe. Et puis, quoi, c'est l'affaire d'une grosse paire d'heures, si on bosse bien, avant que les chefs se demandent dans quel bistro vous prenez l'apéro, on est de retour au bureau.

Il n'en faut pas plus pour que les copains cèdent, donnent un peu de monde, les flics montent dans les voitures, Camille en tête de ligne, Louis s'installe au téléphone.

Question discrétion, l'opération Verhœven ne sera pas un modèle du genre. Et c'est exactement le but.

Une heure plus tard il n'y a plus, à Paris, un seul malfrat né entre Zagreb et Mostar qui n'est pas au courant de la recherche fébrile concernant Ravic. Il est planqué quelque part, on enfume tous les couloirs, les tunnels, on secoue les prostituées, on rafle tout ce qui dépasse avec une préférence marquée pour les sans-papiers.

Traitement de choc.

Les sirènes hurlent, les gyrophares arrosent les façades, dans le XVIIIe arrondissement une rue est bloquée aux deux bouts, trois hommes détalent et se font cueillir, Camille, debout près d'une voiture, regarde la scène en s'entretenant au téléphone avec l'équipe qui est en train d'investir un hôtel borgne dans le XXe.

S'il y pensait, Camille pourrait ressentir des nostalgies. Autrefois, dans ce genre de circonstance – on évoque là le temps de la Grande Équipe, de la brigade Verhœven –, Armand s'enfermait aux archives et remplissait de grandes feuilles quadrillées avec les centaines de noms extraits des affaires connexes puis, deux jours plus tard, vous ressortait les deux seuls qui avaient une chance de vous faire avancer d'une case. Et pendant ce temps-là, dès que Louis avait le dos tourné, Maleval bottait le cul de tout ce qui bougeait, foutait des filles à poil à coups de beignes et quand vous étiez prêt à le lui reprocher, il plaidait l'efficacité et vous exhibait un témoignage décisif qui vous faisait gagner trois jours.

Camille n'y pense pas. Il est concentré sur la tâche.

Il grimpe quatre à quatre les escaliers d'hôtels crapoteux accompagné de flics qui font irruption pendant les passes, délogent des maris honteux, la queue à la main, relèvent les prostituées qui sont allongées dessous, on cherche Dušan Ravic, lui, sa famille, n'importe qui, même un cousin fera l'affaire, mais non, ça ne leur dit rien, on continue de les interroger tandis que les clients remettent précipitamment leur pantalon et espèrent sortir sans être vus, la peur de leur vie, les filles ont les seins nus, très petits, minuscules, on voit les os des hanches, Ravic, ça ne leur dit rien. Dušan ? fait répéter l'une d'elles comme si elle ne connaissait même pas ce prénom, elles ont peur quand même, ça se voit. Camille dit : on embarque. Il veut faire peur à tout le monde et il n'a pas beaucoup de temps pour ça. Deux heures. Trois, si tout va bien.

Plus loin, au nord, devant un pavillon de banlieue, quatre flics vérifient une adresse par téléphone auprès de Louis puis ils entrent sans frapper, arme au poing, on fout tout en l'air, on trouve deux cents grammes de cannabis. Dušan Ravic, personne ne connaît, on emmène la famille entière, sauf les vieillards, ça fait quand même du monde.

Camille, dont la voiture hurlante est conduite par un as qui ne descend jamais au-dessous de la quatrième, ne lâche pas son portable, il est en ligne constante avec Louis. À force d'ordres et de pression sur les équipes, le commandant a communiqué sa fièvre à tout le personnel.

On ramène trois jeunes Kosovars au commissariat du XIVe, Dušan Ravic, ils font signe que non, on verra, en attendant on va les remuer un peu, histoire qu'ils annoncent la Bonne Nouvelle : les flics cherchent Ravic.

Camille est informé que deux voleurs à la tire venant de Požarevac sont retenus au commissariat du XVe, il consulte Louis qui consulte sa carte de la Serbie. Požarevac est au nord-est, Ravic est d'Elemir, tout au nord, mais on ne sait jamais. Camille fait signe, on embarque. Faire peur. Impressionner.

Au téléphone, Louis répond à tout le monde, parfaitement calme, son cerveau a cartographié le plan de Paris, classé les lieux, hiérarchisé les populations susceptibles de fournir des informations.

Quelqu'un pose la question à Camille, une idée comme ça, il réfléchit un quart de seconde, il répond oui, alors on fait aussi emballer les accordéonistes du métro, on les prend jusque dans les wagons, on les fait descendre des rames à coups de pied au cul, ils serrent dans leurs poches les petits sacs en toile où cliquette la monnaie. Dušan Ravic ? Regards hébétés, un flic en saisit un par la manche. Dušan Ravic, le type fait non de la tête, il cligne des yeux, celui-là vous me le livrez à domicile, dit Camille qui remonte à l'air libre parce que en bas le portable ne passe pas, et qu'il veut savoir tout ce qui se passe, il regarde sa montre avec inquiétude mais ne dit rien. Il se demande dans combien de temps la divisionnaire Michard va lui tomber sur le poil.

Il y a une heure, les flics ont débarqué chez Luka sans crier gare. Ils ont embarqué un gars sur trois, on voit mal sur quel critère, ils ne le savent peut-être pas eux-mêmes. Le but est d'effrayer. Et ce n'est que le début. Mes calculs sont exacts, dans moins d'une heure la communauté tout entière va être retournée comme une chaussette, les rats vont commencer à cavaler dans tous les sens, chercher des issues.

Moi, un seul rat m'irait bien. Dušan Ravic.

Maintenant que l'opération est commencée, pas de temps à perdre. Le temps de traverser Paris, j'y suis.

Une petite rue du XIIIe arrondissement, entre les rues Charpier et Ferdinand-Conseil, presque une venelle. Un immeuble dont les fenêtres du rez-de-chaussée ont été murées, la porte d'origine est partie en fumée depuis des lustres, remplacée par une planche de contreplaqué rongée par la pluie, sans serrure, sans poignée, elle ne cesse de claquer toute la journée, toute la nuit, jusqu'à ce que quelqu'un se décide à la caler, ça tient ce que ça tient, à l'entrée du visiteur ou de l'occupant suivant elle recommence à battre de manière obsédante. Le défilé est permanent ici, les drogués, les dealers, les travailleurs irréguliers, des familles entières. J'ai passé des jours et des jours (et pas mal de nuits aussi) à planquer ici pour rien, je connais la rue comme ma poche. Je la hais tellement que je pourrais la faire sauter d'un bout à l'autre à l'explosif de chantier sans une seconde d'hésitation.

C'est là que j'ai ramené Ravic, le gros Dušan, un soir de janvier, pendant la préparation du Grand Braquage historique. En arrivant devant l'immeuble, il m'a souri, de ses grosses lèvres rouges.

– Quand j'ai une poule, je l'amène ici.

Une « poule »… Quel con. Un Français n'oserait plus dire un truc pareil, il faut être serbe.

– Une poule…, j'ai dit. Quelle poule ?

En demandant ça, je regardais les lieux, on imagine tout de suite le genre de fille qu'on peut amener ici, d'où elle vient et ce qu'on peut faire avec, du Ravic tout craché.

– Pas *une* poule, a dit Ravic.

Il était content de passer pour un tombeur. De pouvoir donner des précisions. Ce qu'il fallait comprendre était assez simple : ce crétin des Balkans utilisait un pucier de cet immeuble délabré et squatté pour sauter les grues qu'il avait les moyens de se payer.

Sa vie sexuelle n'a pas dû s'épanouir beaucoup ces derniers temps parce que Ravic n'a pas mis les pieds ici depuis un bail – j'ai assez planqué pour le savoir – et n'a sans doute aucune envie d'y revenir. On ne vient pas dans ce genre d'endroit pour le simple plaisir, poule mise à part, on y vient quand on ne peut pas faire autrement. Et justement, si j'ai un peu de chance et que les flics font convenablement leur boulot, il ne va pas pouvoir faire autrement.

S'ils remuent bien le cocotier, Ravic va hésiter mais il va vite saisir qu'il n'y a plus guère que dans cette planque infâme que personne ne viendra le chercher.

J'ai dévissé le silencieux pour placer le Walther P99 dans la boîte à gants, je peux aller boire quelques cafés mais dans moins d'une demi-heure, je dois être sur le pied de guerre parce que s'il doit revenir ici, le Ravic, je veux être le premier à l'accueillir.

C'est le moins que je lui dois.

On a assis un grand type dans une salle du commissariat, ses papiers disent qu'il est de Bujanovac, Louis vérifie, c'est tout au sud du pays. Dušan Ravic, ou son frère, ou sa sœur ? On n'est pas regardant, tout ce qui nous aidera à le trouver sera le bienvenu, le grand type ne comprend même pas ce qu'on lui demande, on s'en fout, un flic lui colle un pain dans la gueule. Dušan Ravic ? Il comprend mieux cette fois mais il fait signe qu'il ne connaît pas, on lui en recolle un second, Camille dit : laissez tomber, il ne sait rien. Quinze minutes plus tard, elles sont trois, dont deux sœurs, c'est d'une tristesse, elles n'ont pas dix-sept ans, pas de papiers, elles font des pipes porte de la Chapelle, sans capote si on paie le double, elles sont maigres, juste la peau sur les os. Dušan Ravic ? Elles répondent qu'elles ne connaissent pas, pas grave, décide Camille, il leur explique, on va les garder le maximum de temps autorisé par la loi, elles pincent les lèvres, elles savent que leurs macs vont leur foutre une trempe proportionnelle à la durée de leur arrestation, on n'aime pas perdre de l'argent, le capital est fait pour circuler, pour arpenter le bitume, elles se mettent à trembler. Dušan Ravic ? Elles font de nouveau signe que non, elles suivent le mouvement jusqu'au car de police… Dans leur dos, Camille fait discrètement signe au collègue, relâche-les.

Dans les commissariats, on entend des vociférations dans les couloirs, des plaintes, ceux qui parlent un peu le français menacent d'appeler le consulat, l'ambassade, tu parles si on s'en fout. Peuvent bien appeler le pape s'il est serbe.

Louis, toujours le téléphone à l'oreille, distribue les consignes, informe Verhœven, fait déplacer les équipes. Sa cartographie mentale allume des clignotants, surtout vers le nord, le nord-est. Louis centralise, renseigne, dispatche. Camille remonte en voiture. Pas de trace de Ravic. Pas encore.

Les filles, elles sont toutes maigres ? Non, pas vraiment. Dans un immeuble en démolition du XIe arrondissement, celle-ci est même énorme, la trentaine, les mômes pleurent, ils sont au moins huit, le père, en maillot de corps, mince comme un haricot, pas grand mais il regarde quand même Camille de haut, il porte une moustache, ils ont tous une moustache, il va chercher ses papiers dans un tiroir de la commode, tout le monde vient de Prokuplje, au téléphone Louis dit que ça se trouve au centre du pays. Dušan Ravic ? L'homme ne dit rien, il cherche, non, vraiment, on l'embarque, les mômes s'accrochent à ses basques, le mélodrame est un peu leur métier, dans une heure ils seront dans la rue, ils font la manche entre l'église Saint-Martin et la rue Blavière avec un carton écrit au feutre et des fautes d'orthographe.

Et les joueurs de cartes, côté information, on trouve difficilement mieux. Ils passent leurs journées à jacter pendant que les femmes triment, les plus jeunes tapinent, les autres gardent les enfants. Camille débarque avec trois gars, ils jettent leurs cartes sur la table, geste de lassitude, c'est la quatrième fois en un mois qu'on les dérange, mais cette fois il y a le nain, serré dans son manteau, son chapeau sur la tête, il regarde les joueurs un à un dans les yeux, ça vous vrille la rétine, l'air sauvage et résolu, on dirait qu'il cherche pour lui. Ravic ? Oui, on connaît mais vaguement, on se regarde, toi tu l'as vu ? Non, petites moues de désolation, on voudrait bien aider, c'est ça, dit Camille, il prend le plus jeune à part, un type tout en longueur, on dirait qu'il a justement choisi le plus grand et c'est exactement le cas parce qu'il suffit qu'il tende le bras pour lui attraper les couilles, il regarde ailleurs pendant que le grand type se plie sur ses genoux en hurlant. Ravic ? Celui-là, s'il ne dit rien c'est qu'il ne sait rien. Ou que ses couilles ne fonctionnent plus, risque un collègue. On se marre. Camille non, il quitte l'établissement, on embarque tout le monde.

Une heure plus tard, les flics baissent la tête en descendant l'escalier, le plafond est très bas pour accéder à la cave, grande comme un entrepôt mais pas plus d'un mètre soixante de hauteur, vingt-quatre machines à coudre, vingt-quatre irréguliers. Il doit faire trente degrés là-dedans, ils travaillent tous torse nu, aucun n'a plus de vingt ans. Dans les cartons sont empilés des centaines de polos estampillés Lacoste, le patron veut expliquer, on lui coupe la parole. Dušan Ravic ? Cet artisanat local est toléré, on ferme les yeux parce que le patron donne beaucoup de renseignements, cette fois, il plisse les yeux, fait mine de chercher, attendez, attendez, un flic dit qu'il vaudrait mieux appeler le commandant Verhœven.

Le temps que Camille arrive les flics ont renversé tous les cartons, saisi les rares papiers, on épelle, pour Louis, les noms de famille, les jeunes ouvriers se collent contre le mur comme pour se fondre dans la pierre. Vingt minutes après la descente de police, une telle chaleur là-dedans, on les a fait remonter, ils sont maintenant alignés dans la rue, fatalistes ou terrorisés.

Camille est là quelques minutes plus tard. Il est le seul qui n'a pas besoin de baisser la tête pour descendre l'escalier. Le patron est de Zrenjanin, tout au nord, pas loin d'Elemir, la ville de Ravic. Ravic ? Connais pas, dit-il. T'es sûr ? demande Camille.

On sent que ça le démange.

16 h 15

Je ne me suis pas éloigné bien longtemps, trop peur de manquer l'arrivée de mon ami. J'ai aussi trop l'habitude des planques pour faire l'erreur de fumer ou d'ouvrir la fenêtre pour aérer l'habitacle, mais si le gros Ravic doit se réfugier ici, il ferait mieux de rappliquer rapidement parce que son vieux copain va crever de fatigue.

Les flics sont en train de remuer ciel et terre, ça ne devrait pas tarder à le ramener dans les parages.

Et voilà-t-y pas qu'à peine son nom évoqué, qu'est-ce qu'on voit se dessiner à l'angle de la rue ? La silhouette de mon ami Dušan, reconnaissable entre toutes, large comme une cheminée, pas de cou et les pieds à dix heures dix, comme les clowns.

Je suis garé à une trentaine de mètres de l'entrée, à une cinquantaine de l'endroit où il vient de déboucher. Je peux le détailler tandis qu'il marche, légèrement courbé. Je ne sais pas s'il y a une poule au poulailler mais le coq, lui, fait grise mine.

Rien d'héroïque.

Vu ses vêtements (il porte un duffle-coat qui a bien dix ans) et ses chaussures éculées, il ne faut pas être devin pour comprendre qu'il n'a pas un rond.

Et c'est très mauvais signe.

Parce que normalement, avec le butin du braquage de janvier, il a eu les moyens de se rhabiller de neuf. Avec un paquet de pognon, je le vois bien du genre à acheter des costards métallisés, des chemises hawaïennes et des pompes en lézard. Le retrouver en clodo est très inquiétant.

Pour se planquer après le meurtre et les quatre braquages, il en est réduit aux expédients. Dont sa poule était l'un des plus criants. Pour être contraint de se réfugier ici, il faut carrément être au bout du rouleau.

C'est que, selon toute vraisemblance, il s'est fait doubler lui aussi. Tout comme moi. C'était assez prévisible mais c'est assez démoralisant. Je vais devoir faire avec.

Sans hésitation, Ravic pousse la porte en contreplaqué qui rebondit violemment, ce n'est pas un délicat, Dušan, il est même impulsif.

C'est d'ailleurs à cause de sa fougue qu'on en est là, s'il n'avait pas tiré deux balles de 9 mm dans la poitrine du joaillier en janvier dernier…

Je sors discrètement, j'arrive à l'entrée quelques secondes après lui, j'entends ses pas lourds, quelque part sur la droite. Il n'y a plus de plafonnier, le couloir est vaguement éclairé par taches à la hauteur des appartements dont la porte ne ferme plus. Je monte à sa suite, sur la pointe des pieds, un étage, deux, trois, terrible ce que ça pue dans cet endroit, l'urine, le hamburger, le shit. Je l'entends qui frappe, je reste sur le palier du dessous. Je me doutais bien qu'il y aurait du monde, le contact ne va pas en être simplifié, tout dépend combien ils sont.

Au-dessus de moi, une porte s'ouvre, se referme, je monte, elle est équipée d'une vraie serrure mais d'un modèle ancien, qui se crochète facilement. Avant, je colle l'oreille et je perçois la voix de Ravic, rauque à force de tabac, ça me fait drôle de l'entendre de nouveau. Il en a fallu des efforts pour le trouver, le faire sortir de sa tanière.

Ravic, en revanche, n'a pas l'air content. Dans la pièce, il y a du remue-ménage. Et enfin une voix de fille, jeune, elle parle doucement, l'air de se plaindre mais pas fort, de geindre plutôt.

Je guette, de nouveau la voix de Ravic, j'aimerais être certain qu'ils ne sont que deux, je reste ainsi de longues minutes, à n'entendre d'abord que mon cœur qui cogne, selon moi il n'y en a que deux, bon, j'enfile mon bonnet, je ramène bien les cheveux dessous, j'enfile une paire de gants en caoutchouc, je sors le Walther, j'arme, je le prends dans la main gauche le temps de crocheter la porte et quand je perçois le bruit significatif du pêne qui glisse, je reprends le pistolet dans la bonne main, je pousse la porte, je les vois tous les deux de dos, penchés sur je ne sais quoi, quand ils décèlent une présence derrière eux, ils se relèvent brusquement, se retournent, la fille doit avoir dans les vingt-cinq ans, laide, brune.

Et morte. Parce que je lui colle aussitôt une balle au milieu du front. Elle arrondit les yeux, l'air scandalisé, comme si on lui proposait un prix très au-dessous de son tarif ou qu'elle venait de voir entrer le Père Noël en caleçon.

Le gros Ravic, lui, fourre précipitamment sa main dans sa poche, à lui je lui colle une balle dans la cheville gauche, d'abord il saute en l'air, danse d'un pied sur l'autre comme s'il se tenait sur un plancher incandescent puis il s'effondre en retenant un hurlement.

Maintenant qu'on a fêté les retrouvailles, on va pouvoir discuter.

L'appartement n'est composé que d'une seule pièce, assez vaste somme toute, avec un coin cuisine, une salle de bain, mais tout a l'air déglingué et, surtout, ce que ça peut être sale là-dedans.

– Dis donc, mon gros, elle n'était pas soigneuse ta poule.

Au premier coup d'œil j'ai remarqué la petite table sur laquelle gisent seringues, cuillères, papier aluminium... J'espère que tout le pognon de Ravic n'est pas passé dans l'héroïne.

À réception de la balle de 9 mm, la fille s'est écroulée sur le matelas qui est posé directement sur le sol. Elle exhibe des bras maigres piquetés aux veines. Je n'ai eu qu'à lui soulever les jambes pour qu'elle se retrouve allongée sur un beau lit de mort. Le bordel des vêtements et des couvertures en dessous d'elle, ça fait comme du patchwork, c'est très original. Elle a gardé les yeux ouverts mais son air scandalisé de tout à l'heure est devenu plus serein, elle semble en avoir pris son parti.

Ravic, lui, continue de hurler. Il est assis par terre, sur une seule fesse, la jambe allongée, les bras tendus vers sa cheville en compote qui pisse le sang et il gueule des « Ah putain, ah putain... ». Le bruit, ici, tout le monde s'en fout, il y a des télés partout, des couples qui s'engueulent, des mômes qui hurlent et certainement des mecs qui jouent de la batterie à trois heures du matin quand ils sont défoncés comme des terrains de manœuvre... Mais quand même, ne serait-ce que pour discuter, il vaut mieux que mon Serbe préféré se concentre un peu.

Je lui colle un coup de crosse du Walther en pleine gueule, histoire d'attirer son attention sur la conversation, il est un peu calmé, il se tient la jambe mais en retenant ses cris, il geint la bouche fermée. Il est en progrès. Pour autant, je ne suis pas certain que je puisse compter sur lui, sur sa délicatesse, ce n'est déjà pas un garçon bien réservé au naturel, il serait plutôt du genre à bramer. Je roule en boule un tee-shirt qui traîne là et je le lui enfonce dans la bouche. Et pour avoir vraiment la paix, je lui attache une main dans le dos. Avec l'autre, il tente toujours d'attraper sa cheville qui dégouline de sang, il a les bras trop courts, il replie sa jambe sous lui, se contorsionne, il souffre vraiment beaucoup, la cheville, on ne dirait pas mais c'est très sensible, plein de petits os dans tous les sens, déjà, en soi, c'est assez fragile, vous vous tordez le pied sur une marche vous souffrez tout de suite le martyre mais explosée au 9 mm, quand elle n'est plus rattachée à la jambe que par quelques ligaments, un petit bout de muscle et une purée d'os écrasés, c'est carrément atroce. Et très handicapant. D'ailleurs quand je shoote dans ce qui reste de la cheville, je vois bien qu'il en bave, que ça n'est pas du chiqué.

– Dis donc, heureusement qu'elle est morte ta poule parce que ça lui ferait une drôle de peine de te voir dans cet état.

Mais Ravic, allez savoir pourquoi, peut-être qu'il n'y tenait pas tant que ça à sa poule, il n'a pas l'air de se soucier d'elle. On dirait qu'il ne pense qu'à lui. L'atmosphère devient difficilement respirable, l'odeur du sang, l'odeur de poudre, je vais entrouvrir la fenêtre. J'espère qu'il ne paye pas cher, la vue donne sur un mur.

Je reviens, me penche sur lui, il est en nage, le Serbe, forcément, il ne peut pas rester en place, il se tortille dans tous les sens, il presse sa main libre sur sa jambe. Il saigne du crâne. Malgré le bâillon, il parvient à baver aux commissures des lèvres. Je le saisis par les cheveux, seule manière d'attirer son attention.

– Écoute-moi bien, mon gros, je ne vais pas passer la nuit ici. Je vais te donner l'occasion de t'exprimer et je te conseille de te montrer coopératif, à cette heure-ci, je ne suis pas d'un naturel patient. Il y a deux jours que je n'ai pas dormi et si tu as de l'affection pour moi, tu vas répondre à mes questions rapidement et comme ça tout le monde va tranquillement au lit, ta poule, toi, moi, tout le monde, OK ?

Ravic n'a jamais parlé un très bon français, sa conversation est souvent émaillée de tout un tas d'erreurs de syntaxe, de fautes de vocabulaire, il faut toujours s'exprimer clairement avec lui. Trouver des mots simples, des gestes convaincants. Par exemple, à l'appui de ces bonnes paroles, je lui plante le couteau de chasse dans ce qui reste de la cheville, la lame traverse tout, et à l'autre bout se fiche dans le plancher. À tous les coups, un trou dans le plancher, ça lui sera retiré de la caution quand il rendra l'appartement, peu importe. Il parvient à hurler malgré le bâillon, se tord dans tous les sens, comme un ver, de sa main libre il bat l'air à la manière d'un papillon.

Maintenant, je pense qu'il a compris l'essentiel. Je laisse décanter un peu l'information le temps de réfléchir à la situation. Puis enfin j'explique :

– Mon avis, c'est qu'au début, tu t'étais mis d'accord avec Hafner pour me doubler. Toi aussi tu devais penser que trois, c'est beaucoup, qu'on est mieux à deux. Bah oui, ça fait des plus grosses parts, c'est sûr.

Ravic me regarde à travers un rideau de larmes, ce n'est pas le chagrin, c'est la douleur, mais je sens que j'ai tapé juste.

– Mais comme tu es con comme un balai… Ah si, Dušan ! T'es un vrai con ! Tu crois qu'il t'a choisi pourquoi, Hafner, si c'est pas pour ta connerie ? Ah, tu vois !

Il grimace, cette histoire de cheville a vraiment l'air de le turlupiner.

– Et donc tu aides Hafner à me doubler… et tu te fais doubler à ton tour. Ce qui nous ramène à mon diagnostic : tu es con comme un balai.

La mesure de son QI ne semble pas être sa préoccupation principale. Ravic, en ce moment, se soucie plutôt de sa santé, il numérote ses abattis. Et il a bien raison parce que, rien que d'en parler, je vois bien que je m'énerve.

– Je pense que tu n'as pas couru après Hafner. Beaucoup trop dangereux, ce type, tu ne t'es pas senti de taille à aller lui réclamer des comptes, tu n'es pas de taille et tu le sais. Et puis tu avais un meurtre sur le dos, tu as préféré te planquer. Mais moi, Hafner, j'en ai besoin. Alors tu vas m'expliquer tout ce que tu sais pour m'aider à le retrouver : ce qui était convenu entre vous, comment les choses se sont passées, tu vas me dire tout ce que tu sais, d'accord ?

Ma proposition semble raisonnable. Je lui retire son bâillon mais son caractère volcanique reprend aussitôt le dessus, il hurle quelque chose que je ne comprends pas. Il attrape mon col de sa main valide, il a une poigne de paysan, ce con-là, très puissante, je lui échappe par miracle. Voilà ce que c'est que de faire confiance.

Et il me crache dessus.

Dans le contexte, on peut comprendre cette réaction, il n'empêche, c'est inamical.

Je me rends compte que je m'y prends mal. Somme toute, j'ai voulu me montrer bien élevé, mais Ravic est un rustique, si vous faites dans la dentelle, ça lui passe au-dessus. Il souffre trop pour exercer une véritable résistance, il est velléitaire en somme, je l'allonge par terre de deux coups de pied dans le crâne et tandis qu'il tâche de se libérer du couteau qui lui maintient la cheville au sol, je cherche ce qu'il me faut.

Sa poule est dessus. Tant pis, j'attrape la couette (faut pas être dégoûté pour dormir là-dessus) et je tire un grand coup, la fille roule sur elle-même et se retrouve sur le ventre, sa jupe à moitié relevée, elle a des jambes maigres et blanches. Elle se piquait aussi derrière les genoux. De toute manière, son temps était compté.

Je me retourne, à l'instant où mon Ravic parvient à retirer le couteau fiché dans sa cheville. Il a une force de cheval, ce type.

Je lui tire une balle dans le genou, sa réaction est explosive, si je puis dire. Il se soulève littéralement du sol, hurle, mais avant qu'il reprenne ses esprits, je le retourne et je le couvre de la couette sur laquelle je m'assois. Je cherche ma position, je ne veux pas qu'il s'étouffe, j'ai besoin de lui, mais je veux qu'il se concentre sur mes questions. Et qu'il arrête de hurler.

Je tire son bras vers moi, c'est drôle d'être assis sur lui, ça tangue, comme à la fête foraine ou au rodéo, je saisis mon couteau de chasse, je pose sa main à plat sur le plancher, ce qu'il est remuant, cet animal, c'est comme si je faisais de la pêche au gros et que j'étais en train de retirer un poisson de deux cents livres.

Je lui découpe d'abord le petit doigt. Au niveau de la seconde phalange. Normalement on prend le temps de désosser proprement mais avec Ravic, tout ce qui est un peu délicat lui échappe. Je me contente de découper, ce qui est éprouvant quand on est un esthète.

Je suis prêt à prendre les paris que dans moins d'un quart d'heure, mon Ravic va me dire tout ce que j'ai besoin de savoir. Je l'interroge mais pour la forme, parce qu'il n'est pas encore suffisamment concentré et qu'avec la couette et moi dessus, sans compter la cheville, le genou, ça n'est pas facile pour lui de s'exprimer en français.

Je poursuis mon petit boulot, j'attaque l'index, ce qu'il peut remuer, c'est pas croyable, et je repense à ma visite à l'hôpital.

Si mon intuition ne me trompe pas, dans un petit moment, mon Serbe va m'annoncer de très mauvaises nouvelles.

Et la solution devra alors passer par cette fille. Ça me semble vraiment inévitable. Logiquement, maintenant, elle devrait se montrer coopérative.

J'espère pour elle.

17 h 00

– Verhœven ?

Même pas de « commandant ». Trop excédée. Ni de préliminaires, de politesses inutiles. La divisionnaire Michard ne sait plus par où commencer, trop à dire. Alors, vieux réflexe :

– Vous allez devoir rendre des comptes…

La hiérarchie sert toujours de recours aux êtres sans imagination.

– Vous avez parlé au juge d'une « opération ciblée », vous me vendez votre sauce avec « trois cibles » et vous ratissez cinq arrondissements, vous vous foutez de ma gueule ?

Camille ouvre la bouche. Comme si elle le voyait, elle lui coupe la parole aussitôt :

– De toute manière, vous pouvez arrêter votre démonstration de force, commandant, c'est devenu inutile.

Raté. Camille ferme les yeux. Il a entamé une course de vitesse et il vient de se faire doubler à quelques mètres du poteau.

Louis, à côté, regarde alentour en plissant les lèvres. Lui aussi a compris. Camille, d'un doigt, lui confirme que l'affaire est dans le lac, de la main il lui fait signe de congédier tout le monde, Louis compose aussitôt les numéros sur son portable. Le seul visage du commandant Verhœven suffit à comprendre. Près de lui, les collègues baissent la tête, faussement déçus, on va se faire engueuler mais on s'est quand même bien marrés, certains, en partant vers leur voiture, lui adressent un signe de connivence, Camille leur répond d'un geste vaguement fataliste.

La commissaire divisionnaire lui laisse le temps de digérer l'information mais ce silence n'est qu'une pause théâtrale, insidieuse, saturée de sous-entendus.

Anne est de nouveau devant le miroir lorsque l'infirmière fait son entrée. La plus âgée, Florence. Enfin, plus âgée… Elle est sans doute plus jeune qu'Anne, moins de quarante ans, mais elle voudrait tellement en faire dix de moins que ça la vieillit.

– Tout va bien ?

Leurs regards se croisent dans la glace. En notant l'heure sur la tablette fixée au pied du lit, l'infirmière lui sourit. Même avec ces lèvres-là, je n'aurai plus jamais ce sourire, se dit Anne.

– Tout va bien ?

Quelle question ! Elle ne veut pas parler, surtout pas avec elle. Jamais elle n'aurait dû céder à l'autre infirmière, la plus jeune. Elle aurait dû partir, elle se sent en danger ici. En même temps, elle ne parvient pas non plus à s'y résoudre, elle trouve autant de raisons de partir que de rester.

Et puis, il y a Camille.

Dès qu'elle pense à lui, elle est saisie de tremblements, il est seul, impuissant, il n'y arrivera jamais. Et s'il y arrive, ce sera trop tard.

Rue Jambier, au 45, la commissaire dit qu'elle s'y rend tout de suite. C'est dans le XIIIe. Camille sera sur place en moins d'un quart d'heure.

D'une certaine manière, la rafle a porté ses fruits même si ce ne sont pas les bons. La communauté serbe s'est mobilisée pour retrouver la paix, la discrétion dont elle a besoin pour prospérer, pour vivre, ou simplement survivre, elle a fait marcher ses réseaux, elle a isolé Ravic, un jeu d'enfant, et un appel anonyme a signalé son corps, rue Jambier. Camille espérait un corps vivant, c'est raté.

À l'annonce de l'arrivée de la police, l'immeuble s'est vidé en un clin d'œil, plus un chat, il n'y aura personne à interroger, pas un témoin, personne pour avoir entendu ou vu quoi que ce soit. Enquête dans le désert. On a juste laissé les enfants, avec eux rien à craindre, tout à gagner, ils raconteront tout ce qu'on aura besoin de savoir au retour, pour le moment les flics en uniforme les maintiennent au plus loin, sur le trottoir, ils sont turbulents, rieurs, ils s'interpellent, pour eux qui ne vont pas à l'école, un double meurtre c'est l'équivalent d'une récréation.

Là-haut, sur le seuil de l'appartement, la commissaire se tient les mains croisées devant elle, comme à la messe. En attendant l'arrivée des techniciens de l'Identité, elle ne laissera entrer que Verhœven, personne d'autre, précaution sans conviction et certainement improductive, il a dû passer tellement de monde sur le galetas de cette fille qu'on recueillera, au bas mot, une cinquantaine d'empreintes, de cheveux et de poils de provenances différentes, on va le faire mais bon, par respect du protocole.

Lorsque Camille arrive, la commissaire ne le regarde même pas, ne se retourne pas, elle s'avance seulement dans la pièce, d'un pas très mesuré, attentif, précautionneux, Camille met ses pas dans les siens. Silencieusement, chacun procède à son analyse, dresse la liste des évidences. La fille – drogue et prostitution – est morte en premier. À la voir couchée sur le ventre, dans une position presque boudeuse, on devine que la couverture qui recouvre pudiquement le corps de Ravic a été tirée de sous elle, la rejetant brutalement contre la cloison. Il n'y aurait que ce corps blafard, mille fois vu et revu, saisi par la rigidité cadavérique, il n'y aurait pas grand-chose à dire, overdose ou meurtre, elles meurent toutes à peu près dans la même position, mais il y a l'autre corps, une tout autre histoire.

La commissaire avance d'un pas très court, reste assez loin de la mare de sang qui s'est figée sur le parquet sale. La cheville, un amas d'os qui n'est plus retenu à la jambe que par quelques lambeaux de peau. Cisaillée ? Détachée ? Camille sort ses lunettes, s'accroupit, détaille, cherche des yeux sur le sol, isole un peu plus loin l'impact de la balle, revient à la cheville, les os portent la trace d'un couteau, d'un poignard, il se penche très bas, à la manière d'un Indien qui guetterait l'approche d'un ennemi, il repère la marque nette d'une pointe de poignard dans le parquet, lorsqu'il se relève il tente de recomposer cette partie de la scène. Dans l'ordre, la cheville, ensuite les doigts.

La divisionnaire fait l'inventaire. Cinq doigts. Le compte est bon mais pas l'ordre, l'index ici, le majeur là, le pouce un peu plus loin, chacun coupé au niveau de la deuxième phalange. Le moignon de la main pend, exsangue, le long du lit. La couverture est imbibée de sang noir. De l'extrémité de son stylo, la commissaire la soulève. Apparaît le faciès de Ravic, qui en dit long sur ce qu'il a subi.

Tout ça s'est terminé d'une balle dans la nuque.

– Alors alors ? demande la divisionnaire.

Un ton presque joyeux, elle veut des bonnes nouvelles.

– Selon moi, commence Camille, les types entrent…

– Épargnez-moi vos salades, commandant, on voit très bien ce qui s'est passé ! Non, moi ce qui m'intéresse, c'est ce que vous faites, vous !

Qu'est-ce que fait Camille ? se demande Anne.

L'infirmière est repartie, elles ont échangé trois mots, Anne a été agressive, l'autre a fait comme si elle ne le remarquait pas.

– Vous n'avez besoin de rien ?

Non, rien, juste un hochement de tête, Anne était déjà ailleurs. Comme chaque fois, les regards dans la glace lui ont ruiné le moral et en même temps, elle ne peut pas s'en empêcher. Elle y retourne, se recouche, se relève. Maintenant qu'elle a le résultat des radios, du scanner, elle ne tient plus en place, cette chambre l'obsède et la déprime.

Fuir. C'est décidé.

Elle retrouve la force de ses réflexes de petite fille pour s'enfuir, se cacher. Il y a ça aussi de commun avec le viol, elle a honte. Honte de ce qu'elle est devenue maintenant, c'est cela aussi qu'elle a vu tout à l'heure dans la glace.

Qu'est-ce que fait Camille ? se demande-t-elle.

La divisionnaire Michard s'est reculée pour quitter la pièce, au millimètre près elle repose ses pieds à l'endroit exact où elle les a posés pour entrer. Comme dans un ballet bien réglé, leur sortie est coordonnée avec l'arrivée des techniciens. La divisionnaire parcourt un bout de couloir en crabe, à cause de son derrière, s'arrête enfin sur le palier. Se tourne vers Camille, croise les bras et sourit. Racontez-moi ça.

– Le quadruple braquage de janvier était l'œuvre d'un gang conduit par Vincent Hafner et auquel participait Ravic.

Il désigne du pouce l'emplacement de la chambre qui s'éclaire violemment de la lueur des projecteurs de l'Identité, la commissaire hoche la tête, on sait déjà tout ça mais continuez.

– Le gang a repris de l'activité et s'est attaqué hier à la joaillerie du passage Monier. L'opération s'est bien déroulée, mais il y a eu un problème, la présence de cette cliente, Anne Forestier. Je ne sais pas ce qu'elle a vu, hormis leurs visages, mais il s'est passé quelque chose. On continue de l'interroger, autant que son état le permet, on ne comprend pas encore. En tout cas, c'est suffisamment important pour qu'Hafner ait cherché à la tuer à plusieurs reprises. Et jusqu'à l'hôpital… (il lève les deux mains en l'air) je sais ! Même si nous n'avons aucune preuve de sa venue !

– Le juge a demandé une reconstitution du braquage ?

Depuis sa visite passage Monier, Camille n'a informé le juge de rien du tout. Ce qu'il va devoir lui dire va faire beaucoup d'un seul coup, il a intérêt à prendre son élan.

– Pas encore, dit-il d'un ton assuré. Mais vu la tournure de cette histoire, dès que le témoin sera en mesure de le faire…

– Et ici ? On est venu soulager Ravic de sa part du butin ?

– En tout cas, on est venu le faire parler. Du butin, c'est possible…

– Cette affaire pose de nombreuses questions, commandant Verhœven, mais, à la limite, elle en pose moins que votre attitude personnelle.

Camille tente un sourire, il aura vraiment tout essayé.

– Je me suis peut-être montré un peu empressé…

– « Empressé » ? Vous agissez contre toutes les règles, vous prétendez organiser une petite opération, en fait vous raflez tout le XIIIe, le XVIIIe, le XIXe et la moitié du XVe sans demander l'avis de qui que ce soit.

Elle ménage son effet.

– Vous outrepassez clairement l'autorisation du juge.

Il fallait bien que ça tombe mais c'est toujours trop tôt.

– Et celle de votre hiérarchie. J'attends encore votre première ligne de rapport, vous agissez comme un électron libre. Pour qui vous prenez-vous, commandant Verhœven ?

– Je fais mon boulot.

– Quel boulot ?

– « Protéger et servir ». Pro-té-ger !

Camille s'éloigne de trois pas, il aimerait lui sauter à la gorge. Il prend sur lui :

– Vous avez sous-estimé l'affaire, dit-il. Ce n'est pas simplement celle d'une fille salement passée à tabac. Les braqueurs sont des récidivistes, ils ont fait un premier mort en janvier dernier à l'occasion d'un quadruple braquage. Le patron, Vincent Hafner, est un vrai méchant et il est accompagné de Serbes qui ne font pas non plus dans la dentelle. Je ne sais pas encore pour quelle raison mais Hafner veut tuer cette fille, et bien que vous ne vouliez pas l'entendre, ma conviction est qu'il est allé à l'hôpital armé d'un fusil. Si notre témoin se fait descendre, on devra expliquer pourquoi, vous la première !

– D'accord, cette fille est d'une importance stratégique incommensurable et pour anticiper sur un risque que vous ne pouvez pas démontrer, vous raflez dans Paris tout ce qui est né entre Belgrade et Sarajevo.

– Sarajevo, c'est en Bosnie, pas en Serbie.

– Pardon ?

Camille ferme les yeux.

– D'accord, concède-t-il, j'ai manqué de méthode, mon rapport, je v...

– Nous n'en sommes plus là, commandant.

Verhœven fronce les sourcils, son alarme interne clignote fébrilement. Il sait parfaitement où la divisionnaire peut en venir si elle le souhaite. Elle désigne de la tête la pièce où gît le corps de Ravic.

– Vous l'avez contraint à sortir du bois en faisant beaucoup de bruit, commandant. En fait, vous avez facilité la tâche de son tueur.

– Rien ne le dit.

– Non mais la question est légitime. Et a minima, une opération brutale de ratissage exclusivement centrée sur une population étrangère, organisée sans l'aval de votre hiérarchie et en transgressant les autorisations du juge, cela porte un nom, commandant.

Honnêtement, cette approche-là, Camille ne l'a pas anticipée, il blêmit.

– Ça s'appelle une ratonnade.

Il ferme les yeux. C'est une catastrophe.

Qu'est-ce que fait Camille ? Anne n'a pas touché au plateau-repas, la femme de service, une Martiniquaise, l'a remporté tel quel, faut manger, faut pas se laisser aller, si c'est pas pitié de voir des choses pareilles, Anne se sent agressive, tout de suite, avec tout le monde. Avec l'infirmière, tout à l'heure, qui lui disait :

– Tout ira bien, vous verrez...

– Je vois déjà très bien ! a répondu Anne.

L'infirmière était sincère, elle voulait vraiment aider, c'était une mauvaise action que de décourager ainsi sa bonne volonté, son envie de faire du bien. Mais comme elle tentait le grand classique, le coup de la patience, Anne a répliqué :

– Vous avez déjà été passée à tabac, vous ? On a déjà essayé de vous tuer à coups de crosse de fusil, à coups de pied ? On vous a souvent tiré dessus au fusil de chasse ? Allez, racontez-moi ça, ça va bien m'aider, je le sens...

Quand Florence est sortie, Anne l'a rappelée en pleurant, elle a dit : excusez-moi, je suis désolée, l'infirmière a fait un petit signe, pas de souci.

On a l'impression qu'on peut tout leur dire à ces femmes-là.

– Vous avez voulu et demandé cette affaire, en prétextant un indic que vous êtes incapable de produire. D'ailleurs, comment avez-vous eu connaissance de ce braquage, commandant ?

– Guérin.

C'est sorti comme ça. Le premier copain dont le nom lui est venu à l'esprit. En cherchant, il n'a pas trouvé de solution, il s'en est remis à la providence, mais la providence c'est comme l'homéopathie, si on n'y croit pas… Le résultat est catastrophique. Guérin, il va falloir l'appeler mais il n'aidera Camille que s'il ne risque pas trop gros. La divisionnaire est pensive.

– Et Guérin, il l'a su comment ?

Elle se reprend :

– Je veux dire, pourquoi il vous en a parlé à vous ?

La perspective qui se rapproche contraint Verhœven à surenchérir, ce qu'il fait sans cesse, depuis le début.

– Ça s'est trouvé comme ça…

Il est totalement à court d'idées. La commissaire, visiblement, s'intéresse de plus en plus à cette affaire. Il va être dessaisi. Pire, peut-être. La menace d'une information au parquet, d'une enquête de l'Inspection générale des services, se profile avec netteté.

Pendant une fraction de seconde, l'image des cinq doigts coupés s'interpose entre la commissaire et lui, ce sont les doigts d'Anne, il les reconnaît parfaitement. Le tueur est sur la route.

La divisionnaire Michard pousse son gros derrière jusqu'au palier, abandonnant Camille à ses réflexions.

Il pense la même chose qu'elle : il ne peut pas exclure d'avoir aidé le tueur à trouver Ravic mais il n'avait guère d'autre solution s'il voulait faire vite. Hafner veut se débarrasser de tous les témoins et acteurs du hold-up du passage Monier : Ravic, Anne, bientôt peut-être le dernier comparse, le chauffeur…

Dans tous les cas, il est la clé du problème, le patron de toute cette histoire.

IGS, divisionnaire, juge, on verra, se dit Camille. Pour lui, l'urgence absolue, c'est de protéger Anne.

Il se souvient de l'avoir appris à l'école de conduite, quand vous ratez un virage, il y a deux solutions. La mauvaise réaction consiste à freiner, vous avez toutes les chances de partir dans le décor. Paradoxalement, accélérer est plus efficace mais pour y parvenir, il faut lutter contre un réflexe de conservation qui pousse à tout arrêter.

Camille décide d'accélérer.

C'est la seule façon de sortir du virage dangereux. Il ne veut pas penser que c'est aussi celle qu'il faut adopter quand on veut se précipiter dans le ravin.

Et il n'y a pas trente-six manières de faire…

18 h 00

Chaque fois qu'il le voit, Camille se dit que Mouloud Faraoui n'a pas grand-chose à voir avec quelqu'un qui s'appellerait Mouloud Faraoui. Les traces de ses racines marocaines sont encore présentes dans son patronyme mais côté physique, tout s'est dilué en trois générations au gré des unions inattendues, des couplages de rencontre, un brassage cacophonique dont le résultat est surprenant. Le visage de ce garçon, c'est du condensé d'histoire. Châtain très clair, presque blond, un nez assez long, un menton carré traversé par une cicatrice qui a dû faire sacrément mal et qui lui donne un genre mauvais, des yeux d'un bleu-vert glaçant. Son âge doit se situer entre trente et quarante, impossible à dire. Pour en avoir le cœur net, il faut lire son dossier, dans lequel on découvre des états de service qui confirment une rare et précoce maturité. En fait, il a trente-sept ans.

Il est calme, presque nonchalant, économe de gestes et de paroles. Il s'installe en face de Camille sans le quitter des yeux, tendu, comme s'il s'attendait à ce que le commandant dégaine son arme de service. Il est méfiant. Pas assez sans doute, puisque au lieu d'être tranquillement chez lui, il est là, au parloir de la Maison centrale : il risquait vingt ans, il en a pris dix, il en fera sept, il est là depuis deux ans. Malgré ses grands airs, Camille sent, à le voir, que le temps est terriblement long.

Face à un flic, visite inattendue, la méfiance de Faraoui passe au rouge clignotant. Il s'assoit très droit, croise les bras. Entre les deux hommes, il ne s'est toujours rien dit mais le nombre de messages qui se sont déjà échangés est proprement hallucinant.

La seule visite du commandant Verhœven est en soi un message sacrément complexe.

Dans une prison tout se sait. Le détenu n'est pas seulement entré dans le parloir que la nouvelle court déjà à travers les coursives. Qu'est-ce qu'un flic de la Criminelle peut vouloir à un proxénète du calibre de Faraoui, c'est toute la question et, au fond, peu importe la teneur de l'entretien, les rumeurs vont sillonner la Maison, les hypothèses, des plus rationnelles aux plus folles, vont se heurter les unes aux autres comme dans un gigantesque flipper au gré des intérêts de chacun, du poids respectif des gangs en présence, et l'écheveau va se dérouler tout seul.

Voilà pourquoi Camille est là, assis dans le parloir, les mains croisées devant lui, et qu'il se contente de regarder Faraoui. Rien d'autre. Le travail se fait, il n'a même pas à lever le petit doigt.

Mais le silence est vraiment lourd.

Faraoui, toujours assis, attend et guette, sans un mot. Camille ne bouge pas. Il pense à la manière dont le nom de ce malfrat lui est venu à l'esprit lorsque la divisionnaire l'a interrogé. Son inconscient savait déjà ce qu'il allait en faire mais Camille ne l'a compris que plus tard : c'est la voie la plus rapide vers Vincent Hafner.

Pour aller au bout du chemin qu'il vient d'emprunter, ce tunnel, Camille va devoir en traverser des moments difficiles, l'angoisse monte en lui comme l'eau du bain, il ne serait pas observé aussi intensément par Faraoui, il se lèverait, ouvrirait la fenêtre. Déjà, rien que d'entrer dans la Maison centrale, ça lui a fichu un sacré coup.

Respirer. Respirer encore. Et il va même falloir y revenir…

Il repense aussi à la manière dont il a annoncé « un truc à trois bandes ». Son cerveau fonctionne plus vite que lui, il ne comprend qu'après ce qu'il a décidé. Il le comprend maintenant.

L'horloge compte les secondes, bientôt les minutes, dans l'espace du parloir fermé, les non-dits fusent à la vitesse des vibrations.

Faraoui s'est d'abord mépris, il a cru qu'il s'agissait de l'épreuve du silence, celle où chacun attend que l'autre parle, une sorte de bras de fer tout en inertie, une technique assez vulgaire, et il est surpris, il connaît le commandant Verhœven de réputation, ce n'est pas le genre de flic à s'abaisser à ce type de pratique. Donc il y a autre chose, Camille le voit baisser la tête, penser aussi vite qu'il le peut. Et comme il est intelligent, il arrive à la seule conclusion possible, il s'apprête à se lever.

Camille anticipe, tsst tsst tst… sans le regarder. Faraoui, qui a un excellent sens de ses intérêts, décide de jouer le jeu. Le temps continue à courir.

On attend. Dix minutes. Puis un quart d'heure. Vingt minutes.

Camille donne alors le signal. Il décroise les mains.

– Bon. C'est pas que je m'ennuie…

Il se lève. Faraoui, lui, reste assis. Sourire discret, à peine perceptible, il se coule même contre le dossier de sa chaise comme s'il voulait s'allonger.

– Vous me prenez pour le facteur ?

Camille est à la porte. Il frappe du plat de la main pour qu'on vienne lui ouvrir, se retourne.

– En quelque sorte, oui.

– Et ça me rapporte quoi ?

Camille prend un air scandalisé.

– Mais… tu as aidé la justice de ton pays ! C'est pas rien quand même, merde !

La porte s'ouvre, le gardien s'écarte pour laisser passer Camille qui demeure un instant à la porte.

– Dis-moi, Mouloud, à propos… Le type qui t'a balancé, là, euh, comment il s'appelle déjà… Ah merde, j'ai son nom sur le bout de la langue…

Faraoui n'a jamais su qui l'avait balancé, il a tout fait pour le savoir, rien trouvé, il donnerait quatre ans de prison pour ça, tout le monde est au courant. Et personne n'est capable d'imaginer réellement ce que Faraoui fera de ce type le jour où il va le trouver.

Il sourit et hoche la tête. D'accord.

C'est le premier message de Camille.

Rencontrer Faraoui revient à dire à quelqu'un : je viens de passer un marché avec un tueur.

Si je lui donne le nom de celui qui l'a balancé, il ne pourra rien me refuser.

En échange de ce nom, je peux le lancer à tes trousses, il sera dans ton dos avant que tu aies le temps de prendre ta respiration.

À partir de maintenant, tu peux compter les secondes.

19 h 30

Camille s'assied à son bureau, des collègues passent la tête, font un signe de la main, tout le monde a entendu parler de son affaire, forcément, il est au centre de toutes les conversations. Sans compter ceux qui ont participé à la « ratonnade », ils ne seront pas inquiétés mais le mot circule, la divisionnaire a commencé son travail de sape. Une sale histoire. Mais qu'est-ce qu'il fout, Camille ? Personne n'en sait rien. Même à Louis, il n'a quasiment rien dit, et donc la rumeur va déjà bon train, un flic de ce niveau, on dirait qu'il a des trucs à se reprocher, certains sont surpris, d'autres étonnés, on sait que la divisionnaire, elle, est furieuse, et ça n'est rien à côté du juge, il va convoquer tout le monde. Depuis cet après-midi, le contrôleur général Le Guen lui-même n'est pas à prendre avec des pincettes et surprise, quand on passe la tête dans son bureau, on voit Verhœven qui tape son rapport, tranquille comme Baptiste, comme si de rien n'était ou que cette histoire de braquage avec une équipe de tueurs était son carré personnel. J'y comprends rien et toi ? Moi pareil. C'est bizarre quand même. Mais on ne s'arrête pas davantage, on est déjà aspiré ailleurs, on entend du remue-ménage là-bas, dans les couloirs, des éclats de voix. On travaille jour et nuit, ici, jamais de repos.

Camille doit s'attaquer à ce rapport, tenter de circonscrire le désastre qui s'annonce. Ce qu'il lui faut, c'est un peu de temps, très peu, si sa stratégie est payante, il va trouver Hafner rapidement.

Un jour ou deux.

C'est l'objectif de son rapport. Gagner deux jours.

Dès qu'Hafner est logé, arrêté, tout s'explique, les brouillards de cette affaire se dissipent, Camille se justifie, il s'excuse, il reçoit la lettre recommandée avec l'avertissement de l'administration, la mise à pied peut-être, sa promotion bloquée jusqu'à la fin de sa carrière, il devra peut-être même demander – ou accepter – un changement d'affectation, peu importe : Hafner sous les verrous, Anne est à l'abri. Le reste…

Au moment de se mettre à cette rédaction délicate (déjà, les rapports, lui…), il se souvient de la page de bloc qu'il a jetée dans la corbeille, plus tôt dans l'après-midi. Il se lève, l'exhume. Le visage de Vincent Hafner, celui d'Anne sur son lit d'hôpital. Tandis qu'il lisse la feuille froissée sur son bureau du plat de la main, de l'autre il rappelle Guérin, pour lui laisser un message, le troisième de la journée. Si Guérin ne lui répond pas rapidement, c'est qu'il ne veut pas. Le contrôleur général Le Guen, lui, en revanche, court après Camille depuis plusieurs heures, tout le monde court après tout le monde. Quatre messages successifs : « Qu'est-ce que tu fous, Camille ! Rappelle-moi ! », il est aux cent coups. Et il y a vraiment de quoi. D'ailleurs Camille entame à peine les premières lignes de son rapport que son téléphone vibre à nouveau. Le Guen. Cette fois, il décroche et ferme les yeux, attend l'avalanche.

Au contraire, Le Guen parle d'une voix basse, calme.

– Tu ne penses pas qu'on devrait se voir, Camille ?

Camille peut dire oui, ou dire non. Le Guen est un ami, le seul qui lui reste de tous ses naufrages, le seul capable de modifier la trajectoire dans laquelle il est engagé. Mais Camille ne dit rien.

Il se trouve dans un de ces moments décisifs qui peut, ou non, sauver votre vie et il se tait.

Ne pensez pas qu'il soit devenu subitement masochiste ou suicidaire. Au contraire, il se sent très lucide. En trois traits, dans un coin resté vierge, il esquisse le profil d'Anne.

Il faisait la même chose avec Irène, dès qu'il avait une seconde devant lui, comme d'autres se rongent les ongles.

Le Guen tente de le raisonner, de son ton le plus persuasif, le plus appliqué :

– Tu as remué la merde tout l'après-midi, tout le monde se demande si on cherche des terroristes internationaux, tu romps tous les équilibres. Les indics hurlent qu'on les prend en traître. Tu te fous à dos tous les collègues qui bossent toute l'année sur ces populations. En trois heures, tu ruines leur boulot pour un an et avec le meurtre de ce Serbe, là, le Ravic, ça devient même très compliqué. Maintenant il faut que tu me dises exactement ce qui se passe.

Camille n'est pas entré dans la conversation, il regarde son dessin. Ça aurait pu être une autre femme, se dit-il, et c'est elle. Anne. Dans sa vie comme au passage Monier. Pourquoi elle et pas une autre ? Mystère. En reprenant, sur le dessin, la forme des lèvres d'Anne, Camille pourrait presque en ressentir le fondant, il souligne un trait, cet endroit, juste sous la mâchoire, qu'il trouve si émouvant.

– Camille, tu m'écoutes ? demande Le Guen.

– Oui, Jean, je t'écoute.

– Je ne suis pas certain que je puisse encore te sauver la mise, tu sais ? J'ai beaucoup de mal à calmer le juge. C'est un type intelligent et, justement, il ne faut pas le prendre pour un con. Et naturellement la direction m'est tombée dessus il y a moins d'une heure mais je pense qu'on peut limiter les dégâts.

Camille pose son crayon, penche la tête, à force de vouloir le corriger, le portrait d'Anne est complètement gâché. C'est toujours comme ça, il faut que ça vienne d'un jet, si on commence à s'y reprendre, c'est cuit.

Et Camille est soudain assailli par une idée neuve, totalement inédite, une question, si surprenant que cela paraisse, qu'il ne s'est pas encore posée : qu'est-ce que je vais devenir, après ? Qu'est-ce que je veux ? Et comme parfois dans les dialogues de sourds, alors qu'ils ne parviennent ni à s'écouter ni à s'entendre, étonnamment les deux hommes arrivent à la même conclusion :

– C'est une affaire personnelle, Camille ? demande Jean. Tu connais cette fille ? Personnellement ?

– Mais non, Jean, qu'est-ce que tu vas chercher…

Le Guen laisse flotter un silence douloureux. Puis il hausse les épaules.

– S'il y a des dégâts, on va fouiller…

Camille comprend soudain que toute cette histoire n'est peut-être pas seulement une question d'amour, que c'est autre chose. Il a commencé à parcourir un chemin obscur et ondoyant, il ne sait pas du tout où ça le mène mais il sent, il sait qu'il n'est pas porté par une passion aveugle pour Anne.

Autre chose le pousse à continuer, quoi qu'il en coûte.

Au fond, il fait avec sa vie ce qu'il a toujours fait avec ses enquêtes, il poursuit jusqu'au bout pour comprendre comment on en est arrivé là.

– Si tu ne t'expliques pas tout de suite, reprend Le Guen, si tu ne le fais pas là, maintenant, la divisionnaire Michard va informer le parquet, Camille. On ne pourra pas éviter une enquête interne…

– Mais… sur quoi, une enquête interne ?

Nouveau haussement d'épaules de Le Guen.

– D'accord. Comme tu veux.

20 h 15

Camille frappe doucement à la porte de la chambre, pas de réponse, il ouvre, Anne est allongée, les yeux au plafond, il s'assoit près d'elle.

Ils ne se parlent pas. Il lui prend simplement la main, elle se laisse faire, tout en elle dit un abandon terrible, comme une démission. Pourtant, après quelques minutes, comme un simple constat :

– Je veux sortir…

Elle se redresse lentement dans son lit, s'appuyant sur les coudes.

– Puisqu'ils ne t'opèrent pas, dit Camille, tu vas pouvoir rentrer rapidement. C'est l'affaire d'un jour ou deux.

– Non, Camille. (Elle parle lentement.) Je veux sortir tout de suite, là, maintenant.

Il fronce les sourcils. Anne tourne la tête de droite et de gauche et répète :

– Maintenant.

– On ne fait pas de sortie comme ça, en pleine nuit. Et puis il faut un avis médical, des prescriptions, et…

– Non ! Je veux partir, Camille, tu m'entends ?

Camille quitte sa chaise, il faut la calmer, elle est en train de s'énerver. Mais elle l'a devancé, elle a passé les jambes par-dessus le lit, elle se met debout.

– Je ne veux pas rester ici, personne ne peut m'y obliger !

– Mais personne ne veut t'obl…

Elle a présumé de ses forces, un étourdissement la saisit, elle se retient à Camille, s'assoit sur le lit, baisse la tête.

– Je suis certaine qu'il est venu ici, Camille, il veut me tuer, il ne va pas en rester là, je le sais, je le sens.

– Tu ne sais rien, tu ne sens rien ! dit Camille.

Passer en force n'est pas la bonne stratégie parce que ce qui conduit Anne, c'est une peur panique, inaccessible à la raison ou à l'autorité. Elle s'est remise à trembler.

– Il y a un gardien à ta porte, il ne peut rien t'arriver…

– Arrête, Camille ! Quand il n'est pas aux toilettes, il fait des réussites sur son téléphone ! Quand je quitte la chambre, il ne s'en aperçoit même pas…

– Je vais demander quelqu'un d'autre. La nuit…

– Quoi, la nuit ?

Elle tente de se moucher mais son nez la fait souffrir.

– Tu sais bien… La nuit, on a peur de tout mais je t'assure…

– Non, tu ne m'assures de rien. Justement…

Ce mot, à lui seul, leur fait un mal terrible, à l'un comme à l'autre. Elle veut partir *justement* parce qu'il ne peut pas garantir sa sécurité. Tout est sa faute. Elle jette le mouchoir par terre, de rage. Camille essaye de l'aider mais elle ne veut rien, laisse-moi, elle dit qu'elle va se débrouiller toute seule…

– Comment ça, « toute seule » ?

– Laisse-moi maintenant, Camille, je n'ai plus besoin de toi.

Mais disant cela elle se recouche, tenir debout n'est pas simple, la fatigue déjà la terrasse, il remonte le drap. Laisse-moi.

Alors il la laisse, se rassoit, essaye de lui prendre la main, mais c'est une main froide, molle.

Sa position dans le lit est comme une insulte.

– Tu peux t'en aller..., dit-elle.

Elle ne le regarde pas. Le visage tourné vers la fenêtre.

Jour 3

7 h 15

Camille n'a quasiment pas dormi depuis deux jours. En se chauffant les mains autour de son mug de café, il regarde la forêt à travers la grande baie vitrée de l'atelier. C'est ici, à Montfort, que sa mère a peint pendant de longues années, jusqu'à sa mort quasiment. Après quoi le lieu a sombré dans l'abandon, squatté, saccagé, Camille ne s'en est pas préoccupé mais il ne l'a jamais vendu, sans très bien savoir pourquoi.

Puis un jour, après la mort d'Irène, il a choisi de ne plus rien conserver de sa mère, aucune œuvre, un très vieux compte à régler avec elle, c'est à cause de son tabagisme qu'il mesure un mètre quarante-cinq.

Certaines toiles sont dans des musées étrangers. Il s'était promis aussi de se débarrasser de l'argent ainsi récolté et, bien évidemment, il n'en a rien fait. Ou plutôt si. Lorsqu'il a repris une vie sociale, après la mort d'Irène, il a reconstruit et réaménagé cet atelier en bordure de la forêt de Clamart, l'ancien pavillon de gardien d'une propriété maintenant disparue. Autrefois, l'endroit était plus isolé encore qu'aujourd'hui où les premières maisons ne sont plus qu'à trois cents mètres, mais ce sont trois cents mètres de forêt dense. Le chemin ne conduit pas plus loin, il se termine là.

Camille a tout remis à neuf, fait poser une tomette rouge pour remplacer celle qui branlait sous chaque pas, créé une vraie salle de bain, monté une mezzanine sur laquelle il a fait sa chambre, tout le bas est un vaste salon, avec une cuisine américaine, dont toute la largeur est constituée d'une grande baie vitrée donnant sur l'orée de la forêt.

Comme lorsqu'il était enfant, qu'il venait passer des après-midi à regarder sa mère travailler, cette forêt continue à le terrifier. C'est aujourd'hui une terreur adulte qui a quelque chose de régressif, de délicieux et douloureux. La seule pointe de nostalgie qu'il s'est autorisée est condensée dans cet énorme poêle à bois, en fonte brillante, planté au centre de la pièce, qui remplace celui que sa mère avait installé et qui a été volé quand la maison était ouverte à tous les vents.

Si on s'y prend mal, la chaleur ne fait que monter, la chambre du haut souffre de la canicule tandis qu'en bas on a les pieds gelés, mais ce mode de chauffage, rustique, lui plaît parce qu'il faut savoir le mériter, il nécessite autant d'attention que d'expérience. Camille sait le charger et le régler pour qu'il tienne toute la nuit. Au plus froid de l'hiver l'atmosphère, le matin, est fraîche mais il considère cette première épreuve, charger et relancer le poêle, comme une petite liturgie.

Il a aussi fait remplacer une large partie de la toiture par des vitres, on voit le ciel en permanence, les nuages et la pluie semblent vous tomber dessus quand vous levez les yeux. Quand il neige, c'est presque inquiétant. Cette ouverture vers le haut ne sert à rien, elle apporte de la lumière mais enfin, la maison n'en manquait pas. Lorsqu'il l'a visitée, Le Guen, homme pratique s'est évidemment interrogé. Camille a dit :

– Qu'est-ce que tu veux, j'ai une taille de caniche mais des aspirations cosmiques.

Il vient ici dès qu'il le peut. Il y vient pour ses congés, ses week-ends, il y invite peu. D'ailleurs, dans sa vie, il n'y a pas grand monde. Louis et Le Guen sont venus, Armand aussi, il ne l'a pas décidé mais ce lieu reste assez secret, il y passe son temps à dessiner, toujours de mémoire. Dans les piles de croquis, dans les centaines de carnets qui s'entassent dans le grand salon, on trouve les portraits de tous ceux qu'il a arrêtés, de tous les morts qu'il a vus et sur lesquels il a enquêté, des juges pour qui il a travaillé, des collègues qu'il a croisés, avec une prédilection marquée pour les témoins qu'il a interrogés, ces silhouettes arrivées et reparties, des passants traumatisés, hébétés, des spectateurs catégoriques, des femmes bousculées par les événements, des jeunes filles submergées par l'émotion, des hommes encore fébriles d'avoir frôlé la mort, ils sont quasiment tous là, deux mille croquis, trois mille peut-être, une gigantesque galerie de portraits sans équivalent : le quotidien d'un policier de la Criminelle, interprété par l'artiste qu'il n'est jamais devenu. Camille est un dessinateur comme il y en a peu, foudroyant de justesse, il dit parfois que ses dessins sont plus intelligents que lui, ce qui est assez vrai. Au point que même les photographies paraissent moins fidèles, moins justes. Lors d'une visite à l'hôtel Salé, Anne lui a semblé si jolie qu'il lui a dit : ne bouge pas, il a sorti son téléphone portable, il a fait une photo d'elle, une seule, pour qu'elle s'affiche quand elle appelle, et puis finalement il a dû photographier un de ses propres croquis, plus juste, plus vrai, plus évocateur.

On est en septembre, il ne fait pas encore froid, Camille s'est contenté, en arrivant cette nuit, d'allumer dans le poêle ce qu'il nomme un feu de confort.

Il faudrait que son chat vienne vivre ici, Doudouche, mais elle n'aime pas la campagne, elle veut Paris ou rien, elle est ainsi. Elle aussi, il l'a beaucoup dessinée. Et Louis. Et Jean. Et Maleval, autrefois. Hier soir, juste avant d'aller se coucher, il a exhumé tous les portraits qu'il a faits d'Armand, il a même trouvé le croquis réalisé le jour de sa mort, Armand allongé sur son lit, avec cette figure longue et enfin calme qui fait que tous les morts se ressemblent peu ou prou.

Devant la maison, à cinquante mètres, à l'extrémité de ce qui fait office de cour, commence la forêt. L'humidité tombe avec la nuit, ce matin sa voiture est couverte d'eau.

Il a très souvent dessiné cette forêt, il s'est même risqué à l'aquareller, il n'est pourtant pas doué pour la couleur. Lui, son truc, c'est l'émotion, le mouvement, le vif du sujet, mais il n'est pas un coloriste. Sa mère, oui. Lui, non.

Son portable vibre à sept heures et quart exactement.

Sans poser son mug de café, il le saisit. Louis s'excuse.

– Non, répond Camille, vas-y…

– Mme Forestier n'est plus à l'hôpital.

Court silence. Si on devait écrire la biographie de Camille Verhœven, la plus grande partie serait consacrée à l'histoire de ses silences. Louis, qui le sait, continue de s'interroger. Cette femme disparue, quelle place occupe-t-elle réellement dans sa vie ? Est-elle la vraie, la seule raison de son comportement ? Quelle part d'exorcisme intervient dans l'attitude de Camille ? En tout cas, le silence du commandant Verhœven dit suffisamment combien sa vie est bousculée.

– Disparue depuis quand ? demande-t-il.

– On ne sait pas, cette nuit. L'infirmière est passée vers vingt-deux heures, elle a parlé avec elle, elle semblait calme, mais il y a une heure, sa remplaçante a trouvé la chambre vide. Elle a laissé l'essentiel de ses vêtements dans la penderie pour faire croire qu'elle s'était simplement absentée. Du coup, ils ont mis un peu de temps avant de se rendre compte qu'elle avait vraiment disparu.

– Le planton ?

– Il dit qu'il a des problèmes de prostate, quand il s'absente ça peut durer assez longtemps.

Camille avale une gorgée de café.

– Tu envoies tout de suite quelqu'un à son appartement.

– Je l'ai fait moi-même avant de vous appeler, dit Louis. Personne ne l'a vue...

Camille fixe l'orée de la forêt, comme s'il en attendait du secours.

– Vous savez si elle a de la famille ? demande Louis.

Camille dit non, je ne sais pas. En fait, si, elle a une fille aux États-Unis. Il cherche le prénom. Agathe. Mais il n'en parle pas.

– Si elle est allée à l'hôtel, reprend Louis, ce sera plus long pour la retrouver mais elle a pu aussi demander du secours à une connaissance. Je vais aller voir du côté de son travail.

Camille soupire :

– Non, laisse, dit-il, je vais le faire. Toi, tu restes concentré sur Hafner. On a quelque chose ?

– Rien pour le moment, il semble avoir disparu pour de bon. Dernier domicile connu, personne. Lieux habituels, pas de trace. Relations connues, on ne l'a pas vu depuis le début de l'année…

– Depuis le braquage de janvier ?

– À peu près, oui.

– Il s'est taillé loin…

– C'est ce que tout le monde pense. Quelques-uns supposent même qu'il est mort mais ça ne tient sur rien. On dit aussi qu'il est malade, l'information revient fréquemment, mais à voir sa prestation passage Monier, je le trouve plutôt fringant, moi. On continue de chercher mais je n'y crois pas beaucoup…

– Et les résultats du labo sur la mort de Ravic, on les aura quand ?

– Rien avant au moins demain.

Louis laisse filer un silence délicat, dans sa culture c'est une qualité de silence très spéciale, réservée aux questions difficiles. Il se lance :

– Pour Mme Forestier, qui prévient la divisionnaire, vous ou moi ?

– Je vais le faire.

La réponse a fusé. Trop vite. Camille repose son mug sur l'évier. Louis, toujours intuitif, attend la suite, qui ne tarde pas.

– Écoute, Louis… je préférerais la chercher moi-même.

On sent que Louis hoche prudemment la tête.

– Je pense que je peux la retrouver… assez vite.

– Pas de problème, décide Louis.

Le message veut clairement dire qu'on n'en parle pas à la divisionnaire Michard.

– J'arrive, Louis. Très vite. Avant, j'ai un rendez-vous mais juste après j'arrive.

La pointe de sueur froide que Camille sent le long de son dos n'a rien à voir avec la température de la pièce.

7 h 20

Il termine de s'habiller rapidement, mais il ne peut pas partir comme ça, c'est plus fort que lui, il faut qu'il s'assure que tout est sécurisé, cette impression agaçante que tout dépend toujours de lui.

Il monte à la mezzanine, marche sur la pointe des pieds.

– Je ne dors pas…

Il s'avance alors plus franchement, s'assoit sur le bord du lit.

– J'ai ronflé ? demande Anne sans se retourner.

– Avec une fracture du nez, c'est inévitable.

Il est soudain frappé par cette position. Déjà à l'hôpital, toujours le visage de l'autre côté, vers la fenêtre, elle ne veut plus me voir, elle me sent incapable de la protéger.

– Tu es en sécurité ici, il ne peut rien t'arriver.

Anne hoche la tête, difficile de savoir si c'est oui, si c'est non.

C'est non.

– Il va trouver. Il va venir.

Elle se retourne alors sur le dos et le regarde. Elle arriverait presque à le faire douter.

– C'est impossible, Anne. Personne ne peut savoir que tu es là.

Anne se contente de hocher encore la tête. On ne peut pas hésiter sur la signification : tu peux dire ce que tu veux, il va me trouver, il va venir me tuer. L'histoire tourne à l'obsession, devient incontrôlable. Camille lui prend la main.

– Après ce qui t'est arrivé, il est normal d'avoir peur. Mais je t'assure…

Cette fois, le hochement de tête peut vouloir dire : comment t'expliquer ? Ou : laisse tomber.

– Je vais devoir y aller, dit Camille en consultant sa montre. Tu as tout ce qu'il faut en bas, je t'ai montré…

Oui. D'un signe. Elle est encore très fatiguée. Même la pénombre de la pièce est incapable de masquer les ravages des hématomes et des meurtrissures.

Il lui a tout montré, le café, la salle de bain, la pharmacie pour les soins. Lui ne voulait pas qu'elle quitte l'hôpital, qui va veiller à l'évolution de son état, retirer les points de suture ? Mais rien à faire, frénétique, nerveuse, elle ne voulait plus de l'hôpital, elle menaçait de rentrer chez elle. Il ne pouvait pas lui dire qu'elle y était attendue, c'était le piège, comment faire, quoi faire, où l'emmener, si ce n'est ici, au bout du monde ?

Alors voilà. Anne est ici.

Aucune femme n'y est jamais venue. Camille chasse cette idée parce que en fait, c'est en bas, près de la porte qu'Irène a été tuée. Depuis quatre ans, tout a changé, il a tout refait mais en même temps tout est pareil. Lui aussi a « nettoyé ». À sa manière, ce n'est jamais très bien fait, des lambeaux de vie restent accrochés ici et là, s'il regarde autour de lui il en voit partout.

– Tu fais comme je t'ai dit, reprend-il, tu ferm…

Anne pose sa main sur la sienne. Avec les attelles aux doigts, le geste n'a rien de romantique. Elle veut dire : tu m'as déjà dit tout cela, j'ai compris, sauve-toi.

Camille se sauve. Il descend les marches de la mezzanine, sort, ferme à clé, monte en voiture.

Sa situation à lui est devenue beaucoup plus compliquée mais celle d'Anne beaucoup plus sûre. Prendre sur lui, tenir le monde sur ses épaules. Il serait d'une taille normale, est-ce qu'il se sentirait autant de devoir ?

8 h 00

La forêt me déprime, j'ai toujours détesté. Celle-ci est pire que les autres. Clamart, Meudon, autant dire nulle part. Triste comme un dimanche au paradis. Une pancarte annonce un faubourg, on ne sait pas ce que c'est, des pavillons, des propriétés de faux riches, ce n'est ni la ville, ni un village, ni la banlieue. C'est la périphérie. La périphérie de quoi, on se demande. À voir le soin qu'ils apportent à leurs jardins, à leurs terrasses, on ne sait pas ce qui est le plus consternant, de la désolation du lieu ou de la satisfaction qu'elle semble procurer aux habitants.

Passé ces alignements de pavillons, plus rien d'autre que cette forêt à perte de vue, la rue du Pavé-de-Meudon que le GPS met deux plombes à repérer, et à gauche cette rue de la Morte-Bouteille, qui a inventé ce nom-là ? Sans compter qu'il est carrément impossible de se garer discrètement, il faut remonter jusqu'au diable vauvert et continuer à pied.

Je suis à cran, je ne mange pas assez, je suis fatigué, je veux tout faire en même temps. Et je n'aime pas marcher. Dans la forêt en plus…

Elle n'a qu'à bien se tenir, la donzelle, je vais lui faire une explication de gravure, moi, ça va pas traîner. Je suis équipé pour m'expliquer clairement. Et quand j'en aurai fini avec tout ça, j'irai dans un endroit où la forêt est interdite. Je ne veux pas un arbre à moins de cent kilomètres à la ronde, je veux une plage, des cocktails d'enfer, quelques bonnes mains au poker et me remettre de mes émotions. J'ai l'âge. Quand tout sera fini, je veux profiter pendant qu'il est encore temps. Pour ça, il faut retrouver son sang-froid, marcher dans cette forêt à la con en faisant attention à tout ce qui passe, on ne dirait pas mais c'est fou ce qu'il peut y avoir comme monde dans un endroit aussi désert, des jeunes, des vieux, des couples, ça crapahute dès les premières heures de la journée, ça se balade, ça fait de l'exercice. J'en ai même croisé à cheval.

Cela dit, plus j'avance, moins il y a foule. La maison est située assez loin en retrait, à plus de trois cents mètres, et le chemin ne conduit que là, après plus rien, c'est la forêt.

Se déplacer ici avec un fusil à lunette, même dans un étui, ça ne faisait pas très couleur locale, je l'ai fourré dans un sac de sport. D'autant que je n'ai pas vraiment le style du gars qui cherche des champignons.

Depuis quelques minutes, je ne vois plus personne, le GPS est perdu mais pas d'autres chemins que celui-là.

On va être tranquille. On va bien travailler.

8 h 30

Chaque porte qui claque, chaque mètre de couloir, chaque regard vers le grillage, tout lui coûte et lui pèse. Parce que au fond, Camille a peur. Lorsqu'il y a longtemps la certitude de venir un jour ici s'est imposée, il l'a aussitôt rejetée. Mais elle est remontée à la surface, elle a continué à s'agiter, comme un gros poisson de vase, à lui chuchoter que le grand rendez-vous aurait lieu, tôt ou tard. Il ne manquait qu'une occasion pour y venir, pour céder à ce besoin irrépressible sans avoir à rougir de soi.

Les lourdes portes métalliques de la Maison centrale s'ouvrent et se ferment, devant, derrière, tout autour.

En avançant, de son petit pas de moineau, si léger, Camille retient une envie de vomir, la tête lui tourne.

Le gardien qui l'escorte se montre déférent, presque précautionneux, comme s'il connaissait la situation et que Camille avait droit, pour cette circonstance exceptionnelle, à des égards particuliers. Camille voit des signes partout.

Une salle, une autre et voici le parloir. On ouvre la porte. Il entre, s'assoit devant la table de fer rivée au sol, son cœur bat à une cadence hallucinante, sa gorge est sèche. Il attend. Pose ses mains à plat, il les voit trembler, il les remet sous la table.

Puis la seconde porte s'ouvre, celle du fond de la pièce.

Il ne voit d'abord que les chaussures, posées à plat sur le rebord métallique du fauteuil roulant, des chaussures en cuir noir, excessivement brillantes, puis le fauteuil glisse, très lentement, donnant une impression d'inquiétude ou de méfiance. Apparaissent alors deux jambes dont les genoux, arrondissant le tissu, disent la corpulence et le fauteuil s'arrête là, à mi-chemin, au seuil de la pièce, ne laissant voir que deux mains potelées, blanches, sans veines, serrées sur les grandes roues caoutchoutées. Encore un mètre et enfin voici l'homme.

Il marque un temps d'arrêt. Dès qu'il entre, il fixe Camille dans les yeux et ne le quitte plus. Le gardien passe devant, écarte de la table la chaise métallique pour laisser place au fauteuil et, sur un signe de Camille, il sort.

Le fauteuil s'avance, tourne sur lui-même avec une légèreté inattendue.

Voilà. Ils sont face à face.

Camille Verhœven, commandant de police judiciaire, se retrouve, pour la première fois depuis quatre ans, face à l'assassin de sa femme.

Il a connu naguère un homme grand, encore mince mais guetté par l'embonpoint, d'une élégance dépassée, un peu fin de race, d'une sensualité presque gênante, surtout la bouche. Le détenu qu'il a devant lui est replet et négligé.

Ses traits sont parfaitement identiques à ceux d'autrefois mais noyés dans un ensemble dont toutes les proportions ont changé. Seul son visage ancien demeure, comme un masque finement dessiné posé sur une tête d'obèse. Ses cheveux sont trop longs, gras. Son regard est le même exactement, cauteleux, sournois.

– C'était écrit, dit Buisson. (Sa voix tremble, trop haute, trop forte.) Et c'est maintenant, conclut-il comme si l'entretien venait de s'achever.

Du temps de sa splendeur, déjà, il aimait faire des phrases. En réalité, c'est même ce qui a fait de lui un sextuple meurtrier, ce goût pour la grandiloquence, cette arrogance prétentieuse. Camille et lui se sont tout de suite haïs, dès qu'ils se sont rencontrés. Ensuite, l'histoire, ça arrive, a confirmé que leurs intuitions avaient fait les bons choix. Ce n'est pas le moment de remonter au déluge.

– Oui, répond Camille simplement, c'est maintenant.

Sa voix à lui ne tremble pas. Il est plus calme maintenant qu'il est face à Buisson. Il a beaucoup d'expérience dans le face-à-face et il a compris qu'il n'exploserait pas. Cet homme dont il a si souvent rêvé la mort, la torture, les souffrances, n'est plus le même et en le découvrant ainsi, des années plus tard, Camille comprend qu'il peut maintenant s'abandonner à une rancune sereine, définitive parce qu'il n'y a plus d'urgence. Pendant toutes ces années, il a déposé sur l'assassin d'Irène toute sa détestation, sa violence et son ressentiment, mais c'est de l'histoire ancienne.

Buisson, c'est terminé.

La propre histoire de Camille, elle, en revanche, ne l'est pas.

Sa faute personnelle dans la mort d'Irène continuera à lui livrer bataille. Il n'en finira jamais avec elle, voilà le constat, la certitude qui éclaire tout. Tout le reste, c'est de la fuite.

Lorsqu'il prend conscience de cela, Camille lève la tête vers le plafond et laisse monter des larmes qui le rapprochent aussitôt d'une Irène intacte, ravissante, comme éternellement jeune, pour lui seul. Lui vieillit, elle, plus radieuse que jamais, ne changera plus, ce que Buisson lui a fait n'a plus aucune prise sur son souvenir, ce faisceau intime d'images, de réminiscences, de sensations qui condensent l'amour que Camille a voué à Irène.

Et dont sa vie porte la trace comme une cicatrice sur une joue, discrète mais inaltérable.

Buisson ne bouge pas. Depuis le début de l'entretien, il a peur.

L'émotion de Camille, brève, vite maîtrisée, n'a créé aucun embarras entre les deux hommes. Les mots vont venir, il fallait d'abord que le silence prenne sa place. Camille s'ébroue, il ne veut pas que Buisson voie, dans ce trouble impromptu et leurs silences à tous deux, une sorte de communion muette. Il ne veut rien partager de tel avec lui. Il se mouche, enfonce le mouchoir dans sa poche, pose ses coudes sur la table, croise les mains sous son menton et fixe Buisson.

Depuis hier, Buisson redoute ce moment. Depuis qu'il a appris – et ça n'a pas traîné – que Verhœven avait rendu visite à Mouloud Faraoui, il a compris que son heure avait enfin sonné. Il est resté éveillé toute la nuit, s'est tourné, retourné dans son lit, il n'arrivait pas à y croire que ce soit maintenant. Sa mort ne fait plus l'ombre d'un doute. Le gang de Faraoui, à la Centrale, est omniprésent, il ne permettrait même pas à un cafard de se cacher. Si Camille a trouvé de quoi s'offrir les services de Faraoui – par exemple, le nom de celui qui l'a balancé –, dans une heure, dans deux jours, Buisson va se faire planter un poinçon dans la gorge à la sortie du réfectoire, se faire étrangler par-derrière avec un fil de fer tandis que deux culturistes lui tiendront les bras. Il va se faire catapulter avec son fauteuil par-dessus la rambarde du troisième étage. Ou se faire étouffer sous son matelas. Tout dépendra de la commande, Verhœven peut même, s'il le veut, exiger une mort très longue, Buisson peut agoniser une nuit entière bâillonné dans les toilettes puantes, se vider de son sang goutte à goutte ligoté dans le placard d'une salle de travail…

Buisson a peur de mourir.

Il ne croyait plus que Camille se vengerait. Cette peur, qui l'avait quitté depuis tout ce temps, revient d'autant plus violente, plus effrayante qu'elle lui semble aujourd'hui moins méritée. Ces années de prison, avec tout ce qui lui est arrivé ici, la place qu'il a su se construire, le respect qu'il a su inspirer, le pouvoir qu'il y a acquis, ont fabriqué dans son esprit une sorte de péremption que Verhœven a ruinée en quelques heures. Il lui a suffi de venir rendre visite à Faraoui pour que tout le monde comprenne que la prescription n'était qu'apparente, que Buisson était entré dans ses dernières heures de sursis. On a beaucoup parlé de ça dans les couloirs, Faraoui a largement répandu la nouvelle, ça devait faire partie du deal avec Verhœven, d'effrayer Buisson. Certains matons le savent, les détenus n'ont plus la même tête qu'avant quand ils le regardent.

Pourquoi maintenant, voilà toute la question.

– Il paraît que tu es devenu un caïd…

Buisson se demande si ce constat est la réponse. Mais non. Camille a simplement posé un diagnostic. Buisson est un homme très intelligent. Lors de sa fuite, Louis lui a tiré une balle dans le dos qui l'a cloué dans ce fauteuil, mais avant cela, il avait donné beaucoup de fil à retordre à la police. Il est arrivé en prison précédé d'une flatteuse réputation, il était même devenu une sorte de vedette pour avoir su tenir si longtemps la dragée haute à la Police criminelle, petit capital de sympathie qu'il a su faire fructifier avec beaucoup de talent auprès des autres détenus, en parvenant à se hisser hors des guerres de clans, rendant service aux uns et aux autres : un intellectuel ici, un homme qui sait des choses, est une rareté. Il a tissé, au fil des années, un réseau très serré de relations d'abord ici, puis dehors, grâce aux détenus sortis à qui il a continué de rendre des services, il a fait des présentations, ménagé des entretiens, présidé à des rencontres. L'an dernier, il est même arrivé à intervenir dans une lutte fratricide entre deux gangs de la banlieue ouest, à calmer le jeu, il a proposé les termes de l'accord, il a négocié, un travail d'orfèvre. Il ne trempe dans aucun trafic interne mais il les connaît tous. Et pour ce qui est de l'extérieur de la prison, en matière de délinquance et pourvu qu'elle soit d'assez bon niveau, Buisson sait tout ce qu'il y a à savoir, il est remarquablement informé et donc un homme puissant.

Pour autant, maintenant que Camille l'a décidé, demain peut-être, ou dans une heure, il sera un homme mort.

– Tu as l'air inquiet…, dit Camille.

– J'attends.

Buisson regrette aussitôt ce qui ressemble à une provocation, donc à une défaite. Camille lève la main, pas de problème, il comprend.

– Vous allez m'expliquer…

– Non, dit Camille, je n'explique rien. Je te dis simplement comment les choses vont se passer, voilà tout.

Buisson est très pâle. Le détachement dont fait preuve Verhœven lui apparaît comme une menace supplémentaire. Ça le révolte.

– J'ai droit à une explication ! hurle Buisson.

Physiquement il est aujourd'hui quelqu'un d'autre mais à l'intérieur rien de changé. Toujours cet ego démesuré. Camille fouille dans sa poche. Et pose sur la table une photo.

– Vincent Hafner. C'est…

– Je sais qui c'est…

La réflexion a jailli comme s'il avait été insulté. Elle est aussi l'effet d'un soulagement. En une fraction de seconde, Buisson a compris qu'il tenait sa chance.

Camille a surpris une sorte d'euphorie spontanée et involontaire dans sa voix mais il ne s'y arrête pas. C'était prévisible. Buisson tente aussitôt d'allumer un contre-feu, de noyer le poisson.

– Je ne le connais pas personnellement… Ce n'est pas une légende mais c'est tout de même quelqu'un qui compte. Il a une réputation assez… sauvage. Un brutal.

Il faudrait placer des électrodes sur son crâne pour voir à quelle vitesse impressionnante s'opèrent les connexions neuronales.

– Il a disparu en janvier dernier, reprend Camille. Il est resté introuvable pendant un bon moment, même pour ses proches, ceux qui ont travaillé avec lui. Il n'a plus donné de nouvelles. Et le voilà qui réapparaît comme ça, d'un coup, on dirait même qu'il a pris un coup de jeune, il renoue avec ses bonnes vieilles méthodes. Il se remet au boulot, frais comme un gardon.

– Et ça vous paraît bizarre.

– J'ai un peu de mal à faire coller sa disparition, si soudaine… avec son retour en fanfare. De la part d'un type en fin de carrière, c'est surprenant.

– Et donc quelque chose ne va pas.

Camille montre alors un visage soucieux, le visage d'un homme mécontent de soi, presque en colère.

– On va dire ça comme ça, quelque chose ne va pas. Quelque chose que je ne comprends pas.

À l'infinitésimal sourire de Buisson, Camille se félicite d'avoir parié sur sa suffisance. Elle a fait de lui un assassin récidiviste. Elle l'a conduit en prison. C'est à elle qu'il devra un jour de mourir en cellule. Et pourtant, il n'en a rien appris, son narcissisme, intact, est un puits sans fond, toujours prêt à le faire tomber du côté où il penche. « Que je ne comprends pas », phrase-clé, maître-mot pour Buisson qui, lui, comprend. Et il est incapable de le cacher.

– Il a peut-être une urgence…

Il faut aller au bout. Camille ne montre pas combien il souffre de s'abaisser ainsi à tricher. Il est enquêteur, la fin justifie les moyens. Alors il lève les yeux vers Buisson, fait mine d'être intrigué.

– On dit qu'Hafner est assez malade…, articule lentement Buisson.

Quand on a choisi un stratagème, jusqu'à preuve du contraire le mieux est de s'y tenir :

– Alors qu'il crève, répond Camille.

Le résultat ne se fait pas attendre :

– Justement, c'est ça qui doit l'agiter, de crever bientôt ! Il est avec une fille bien plus jeune… Une pute du plus bas étage, à dix-neuf ans elle avait déjà épongé l'équivalent de Châteauroux. Elle doit aimer les coups, pas possible autrement…

Camille se demande si Buisson va avoir le cran, ou l'inconscience, de pousser jusqu'au bout. Et oui.

– Malgré ce qu'elle est, il paraît qu'Hafner s'est entiché de cette fille. L'amour, commandant, quelle puissance, hein ? Vous en savez quelque chose…

Camille ne le montre pas mais il est éprouvé, à quelques millimètres de la rupture. À l'intérieur, c'est un homme défait. Il vient d'autoriser Buisson à se vautrer dans son histoire. « L'amour, commandant… »

Buisson doit le sentir, un fond d'esprit de conservation prend le dessus sur la jouissance de la situation.

– S'il est très malade, reprend-il, peut-être qu'Hafner veut mettre sa donzelle à l'abri du besoin. Vous savez, on trouve les réflexes les plus généreux chez les âmes les plus noires…

La rumeur courait, Louis le lui avait dit mais cette confirmation, qui a coûté cher, valait le sacrifice.

Pour Camille, une lueur vient de s'allumer, là-bas, tout au fond du tunnel. Ce soulagement n'échappe pas à Buisson. Mais c'est un pervers, en même temps qu'il risque sa vie il ne peut pas s'empêcher de spéculer sur le besoin du commandant Verhœven, sur l'importance qu'il attache à cette recherche pour en être réduit à s'adresser à lui. Sur son urgence. Sa vie à peine sauve, il se demande déjà quel parti il pourrait en tirer.

Camille ne lui en laisse pas le temps.

– Hafner, il me le faut, tout de suite. Je te donne douze heures.

– C'est impossible ! s'étrangle Buisson, éperdu.

En voyant Camille se lever, il voit fuir sa dernière chance de rester vivant. Il tape fébrilement du poing sur les accoudoirs de son fauteuil. Camille reste de marbre.

– Douze heures, pas une de plus. On travaille toujours mieux dans l'urgence.

Il frappe du plat de la main à la porte. Au moment où elle s'ouvre, il se retourne vers Buisson :

– Même après ça, je peux te faire tuer quand je voudrai.

Il a suffi qu'il le dise pour que tous deux se rendent compte qu'il devait le dire mais que ce n'est pas vrai.

Que Buisson serait déjà mort depuis longtemps si cela avait dû se faire.

Que pour Camille Verhœven, commander un assassinat n'est pas compatible avec ce qu'il est.

Et maintenant qu'il sait qu'il ne risque rien, maintenant qu'il comprend qu'il n'a, peut-être, en réalité, jamais rien risqué, Buisson prend la décision de trouver ce que Verhœven a besoin de savoir.

Camille en sortant de la prison se sent à la fois soulagé et terriblement accablé, comme le dernier rescapé d'un naufrage.

9 h 00

La fraîcheur me pose presque autant de problèmes que la fatigue. On ne la sent pas tout de suite mais si on ne s'active pas, on est rapidement gelé jusqu'à l'os. Pour tirer finement, ça va être facile !

Mais au moins, le coin est tranquille. La maison est de plain-pied, tout en largeur, sans étage, bien qu'elle soit haute de toiture. L'espace est très bien dégagé devant. Je m'organise à l'abri d'un minuscule appentis situé à l'extrémité de la cour, ce devait être un clapier ou un truc dans le genre.

J'y stocke le fusil à lunette, je ne conserve que le Walther et le poignard de chasse et je vais, par le grand large, en reconnaissance.

Comprendre la topologie est essentiel. Il faut faire les bons dégâts, là où il faut. Être soigneux. Précis. Comment dit-on, déjà ? Ah oui. « Chirurgical ». Ici, utiliser le Mossberg, ce serait comme utiliser un rouleau pour peindre une miniature. Chirurgical, ça veut dire faire des trous précis, aux endroits précis. Et comme la baie vitrée est visiblement à l'épreuve de pas mal de choses, je me félicite de mon choix du M40A3 avec sa lunette de visée, elle est très précise, cette arme-là. Très perforante.

Un peu sur la droite de la maison, il y a une sorte de tertre. Sur le dessus, la terre a ruisselé avec la pluie, c'est un monticule composé de matériaux de construction, du plâtre, des blocs de ciment, qu'on devait sans doute se promettre d'évacuer, ce que finalement on ne fait jamais. Ce n'est pas la position idéale mais c'est tout ce dont je dispose.

De là, je vois une grande partie de la pièce principale mais de biais. Pour tirer, il faudra me mettre debout. À la dernière seconde.

Je l'ai déjà vue passer une fois ou deux mais trop rapidement. Pas de regret, il aurait fallu se précipiter. Or il faut faire les choses bien.

Sitôt levée, Anne est allée à la porte pour vérifier que Camille avait bien fermé les verrous. Il a été cambriolé plusieurs fois, dans un coin aussi isolé, rien d'étonnant, du coup tout est blindé. La grande baie vitrée est un double vitrage renforcé, on doit pouvoir l'attaquer au marteau sans qu'elle frémisse.

– C'est le code pour l'alarme, a dit Camille en lui montrant une page déchirée d'un carnet. Tu tapes dièse, les numéros et dièse. Ça force l'alarme à se déclencher. Ça n'est pas connecté au commissariat, ça ne dure qu'une minute mais je t'assure, c'est très dissuasif.

Ce sont des numéros : 29091571, elle n'a pas eu envie de demander à quoi ils correspondent.

– La date de naissance du Caravage… (Il a eu l'air de s'excuser.) Ce n'est pas une mauvaise idée pour un code, on n'est pas nombreux à le connaître. Mais je t'assure, encore une fois, tu n'en auras pas besoin.

Elle est allée aussi sur l'arrière. Il y a une buanderie et la salle de bain. La seule porte qui donne sur l'extérieur est blindée et verrouillée également.

Anne s'est ensuite douchée, comme elle a pu, impossible de se laver les cheveux correctement, elle a hésité à retirer les attelles de ses doigts. Elle ne l'a pas fait parce que c'est encore très douloureux, dès qu'elle touche l'extrémité de ses phalanges elle retient un cri. Il faut vivre avec. Comme si elle avait des pattes d'ours, saisir la plus petite chose devient un exploit. Elle fait l'essentiel avec le pouce droit, le gauche est foulé.

La douche lui a fait un bien immense, toute la nuit elle s'est sentie sale, l'impression de traîner sur elle des odeurs d'hôpital.

L'eau brûlante d'abord, extrêmement douce, l'a longuement bercée, puis elle a entrouvert la fenêtre et l'air délicieusement frais l'a revigorée.

Son visage, lui, ne semble pas changer. Dans le miroir, il est le même que la veille au soir mais de plus en plus laid, plus bouffi, plus bleu ici, plus jaune là, et ces dents cassées…

Camille conduit prudemment. Trop prudemment. Trop lentement, surtout que la portion d'autoroute n'est pas bien longue, les conducteurs ont tendance à oublier les limitations. Camille a l'esprit ailleurs, à ce point préoccupé que le pilotage automatique en est réduit au minimum : soixante-dix kilomètres-heure, soixante, puis cinquante, avec la conséquence habituelle, les torrents de klaxons, les insultes au passage, les appels de phares, la voiture se traîne jusqu'au périphérique. Tout est parti de cette question : il a dormi, dans le lieu le plus secret de sa vie, avec cette femme mais que sait-il d'elle réellement ? Que savent-ils l'un de l'autre, Anne et lui ?

Il a rapidement fait le compte de ce qu'Anne sait de lui. Il lui a raconté l'essentiel, Irène, sa mère, son père. Sa vie, au fond, ce n'est pas tant de choses que ça. Avec la mort d'Irène, ce serait juste un drame de plus que la plupart des gens.

Et ce qu'il sait d'Anne, ce n'est pas vraiment plus. Un travail, un mariage, un frère, un divorce, un enfant.

Parvenu à ce constat, Camille vire sur la file du milieu, il sort son portable, le connecte à l'allume-cigare, connexion Internet, ouverture du navigateur et, comme l'écran est vraiment petit, il chausse ses lunettes, le téléphone lui échappe des mains, il faut aller le chercher sous le siège passager, quand vous mesurez un mètre quarante-cinq, imaginez si c'est facile.

Alors la voiture prend la file encore plus à droite, celle où on peut ramper, à la limite de la bande d'arrêt d'urgence sur laquelle elle flotte un long moment, le temps pour Camille de récupérer son portable, mais pendant tout ce temps, son cerveau continue sur sa lancée.

Ce qu'il sait d'Anne.

Sa fille. Son frère. Son travail à l'agence de voyages.

Quoi d'autre ?

Le clignotant se manifeste par un picotement. Entre les épaules.

Et un brusque accès de salive.

Une fois le portable remonté à la surface, Camille tape sur le clavier : « Wertig & Schwindel ». Pas facile à taper, il y a plein de lettres impossibles dans ces noms-là, il y arrive tout de même.

Il tapote nerveusement le volant en attendant l'apparition de la page d'accueil, la voici enfin avec des palmiers et des plages de rêve – du moins pour ceux que les plages font rêver –, un semi-remorque le double furieusement en hurlant à la mort, Camille fait une légère embardée mais reste penché sur son minuscule écran, l'organisation, le mot du président, qu'est-ce qu'on en a à foutre, enfin voilà l'organigramme de l'entreprise, Camille roule à cheval sur la ligne de la bande d'arrêt d'urgence, il redresse d'un coup, une voiture le frôle sur sa gauche, re-hurlement, on croit entendre d'ici les insultes du conducteur surexcité. Le service management et contrôle de gestion, dirigé par Jean-Michel Faye. Un œil sur le portable, l'autre sur la circulation, on arrive à Paris, Camille rapproche encore l'écran de son visage, il y a sa photo, à Jean-Michel Faye, trente ans, enveloppé, des cheveux clairsemés mais l'air content de soi, une belle tête de manager.

Lorsqu'il aborde le périphérique, Camille est en train de faire défiler l'interminable page des contacts, celle qui exhibe le pedigree de tout ce qui compte dans l'entreprise, il cherche la photo d'Anne dans la liste des collaborateurs, les photos passent une par une, le pouce sur la flèche du bas, il a manqué la lettre F, le temps de remonter en arrière et derrière lui c'est la sirène, il lève les yeux vers le rétroviseur, il se tasse sur la partie droite de la file la plus à droite mais rien à faire, le motard de la police le dépasse, lui fait signe de sortir du périphérique, Camille lâche son portable. Et merde.

Il se gare. Les flics, c'est vraiment chiant.

Il n'y a rien pour les filles, ici. Pas de sèche-cheveux, pas de miroir, un lieu d'homme. Pas de thé non plus. Anne a trouvé des mugs, elle a opté pour celui qui porte une inscription cyrillique :

Мой дядя самых честных правил,
Когда не в шутку занемог

Elle a trouvé de la tisane mais trop vieille, plus aucun goût.

Elle s'est rendu compte presque tout de suite que dans cette maison, elle est sans arrêt obligée de décomposer ses gestes, de faire un petit effort supplémentaire pour chaque chose. Parce que c'est la maison d'un homme d'un mètre quarante-cinq, tout y est un peu plus bas qu'ailleurs, les poignées de porte, les tiroirs, les objets, les interrupteurs... Un regard panoramique, vous apercevez partout des moyens de grimper, escabeau, échelle, tabourets... parce que, bizarrement, rien n'est vraiment à la taille de Camille non plus. Il n'a pas totalement exclu de partager cet espace avec quelqu'un, tout est situé à une hauteur intermédiaire entre ce qui serait confortable pour lui et acceptable par l'autre.

Anne reçoit ce constat comme un coup au cœur. Elle n'a jamais eu pitié de Camille, ce n'est pas le genre de sentiment qu'il provoque, chez personne, non, elle est émue. Elle se sent coupable, plus ici qu'ailleurs, plus maintenant que jamais, coupable de coloniser ainsi sa vie, de le happer dans son histoire. Elle ne veut plus pleurer, elle a décidé qu'elle ne le ferait plus.

Se reprendre. Elle jette sa tisane dans l'évier d'un geste définitif, geste de colère contre soi.

Elle porte le bas de son survêtement violine, en haut un pull à col roulé, elle n'a rien d'autre à elle ici. Les vêtements qu'elle portait à son entrée à l'hôpital étaient couverts de sang, le personnel a tout jeté et de ceux que Camille avait rapportés de chez elle, il a décidé de laisser l'essentiel dans l'armoire pour faire croire, si on entrait en son absence, qu'elle était juste sortie de la chambre. Il s'était garé près de l'issue de secours des urgences, Anne s'est faufilée derrière le standard, elle est montée dans la voiture et s'est couchée sur le siège arrière.

Il a promis de lui rapporter des vêtements ce soir. Mais ce soir est un autre jour.

À la guerre, les hommes devaient se poser cette question tous les jours : c'est aujourd'hui que je vais mourir ?

Parce que malgré la belle assurance de Camille, il va venir.

La seule question : quand ? La voici plantée devant la grande baie vitrée. Depuis qu'elle tourne dans la pièce, depuis le départ de Camille, elle est aimantée par la présence de cette forêt.

Dans la lumière du matin, c'est une fantasmagorie. Elle se retourne pour aller à la salle de bain mais elle revient à la forêt. Quelque chose d'idiot vient de lui traverser l'esprit : dans *Le Désert des Tartares*, ce poste avancé, face au désert, par lequel arrive habituellement l'ennemi irréductible.

Comment en sort-on vivante ?

Les flics, c'est vraiment bien.

Dès qu'il est sorti de sa voiture (pour s'extraire, il doit bondir de son siège en jetant les jambes loin en avant, comme un gamin), le collègue à moto a reconnu le commandant Verhœven. Il travaille en binôme et il a son périmètre de mission, il ne peut pas s'éloigner trop loin mais il a proposé de lui ouvrir un peu le chemin, disons jusqu'à la porte de Saint-Cloud, avant quoi il a dit que tout de même, commandant, le téléphone au volant même si on a ses raisons, c'est très imprudent, la PJ ça ne donne pas le droit d'être un danger public même quand on est préoccupé. Camille a gagné une bonne demi-heure, il a continué à tapoter sur le clavier de son téléphone portable, discrètement. Il abordait les quais quand le collègue lui a fait un signe de la main, Camille a renfourché ses lunettes, il lui a fallu une dizaine de minutes pour constater que le nom d'Anne Forestier ne figure pas dans la liste des collaborateurs de Wertig & Schwindel. Mais, vérification faite, la page n'a pas été actualisée depuis décembre 2005... Anne devait être encore à Lyon à cette époque.

Il se gare sur le parking, descend de voiture, il monte déjà les marches vers son bureau lorsque son téléphone sonne.

Guérin. Camille fait demi-tour, prend l'appel et redescend rapidement dans la cour, pas besoin qu'on entende ce qu'il a à demander à Guérin.

– C'est sympa de me rappeler, dit-il d'un ton enjoué.

Il explique juste ce qu'il faut, ne pas affoler son collègue mais être honnête, c'est un service que je te demande, je vais t'expliquer, mais ce n'est pas la peine, Guérin est déjà au courant, la divisionnaire Michard lui a laissé un message elle aussi, sans doute pour le même motif. Et tout à l'heure, quand il va la rappeler, il va bien être obligé de lui dire, comme à Camille, qu'il ne peut pas l'avoir informé de ce hold-up, d'aucune manière :

– Je suis en congé depuis quatre jours, vieux... Je t'appelle de Sicile.

Bordel de Dieu. Camille se mettrait des gifles. Il remercie, non, rien de grave, t'inquiète, oui, à toi aussi, il raccroche. Il est déjà ailleurs parce que l'appel de son collègue n'a pas interrompu le picotement dans l'échine, ni le petit accès de salivation, très désagréable, chez lui ce sont les signes distinctifs de l'excitation professionnelle.

– Bonjour, commandant ! dit le juge.

Camille redescend sur terre. Depuis deux jours, il a l'impression d'être enfermé dans une toupie géante aux accélérations volcaniques. Cette matinée part dans tous les sens, la toupie se comporte comme un électron libre.

– Monsieur le juge !...

Camille sourit aussi largement que possible. Vous seriez le juge Pereira, vous jureriez que Camille vous guettait avec impatience. Mieux, qu'il venait au-devant de vous et que votre apparition lui crée un sacré soulagement, il a la main grande ouverte devant lui, il hoche la tête d'un air épaté, les grands esprits se rencontrent.

Le grand esprit judiciaire ne semble pas aussi enthousiaste que Camille. Il lui serre la main assez froidement. Camille, dans son sillage, cherche la greffière sur échasses mais il n'en a pas le temps, le juge l'a déjà dépassé, il marche raide et pressé, monte l'escalier, toute son attitude exprime le refus de discuter.

– Monsieur le juge ?

Pereira se retourne, s'arrête, prend l'air étonné.

– Je peux vous voir un instant ? demande Camille. Au sujet du passage Monier…

À cause de la chaleur bienfaisante de la salle de bain, maintenant la fraîcheur du salon signe durement le retour dans la vraie vie.

Camille lui a donné des instructions très précises, très techniques concernant le poêle qu'évidemment Anne s'est empressée d'oublier. À l'aide du tisonnier, elle ouvre la plaque de fonte et glisse dans le trou béant une bûche qui peine à entrer, elle force, la bûche cède, le temps de refermer la plaque, flotte déjà dans la pièce une atmosphère de feu de bois un peu âcre. Elle se résout à se faire une tasse de café lyophilisé.

Elle ne parvient pas à se réchauffer, elle a froid à l'intérieur. Nouveau regard sur la forêt en attendant que l'eau soit chaude…

Puis elle s'installe dans le canapé, feuillette les dessins de Camille, elle n'a que l'embarras du choix, il y en a partout. Des visages, des silhouettes, des hommes en uniforme, elle retrouve avec surprise le grand flic avec l'air con et des cernes jaunes, celui qui a été posté devant sa chambre d'hôpital, qui ronflait si profondément lorsqu'elle s'est enfuie. Il est en faction quelque part, trois traits de Camille et c'est hallucinant de réalisme.

Ce sont des portraits émouvants mais sans concession. Parfois Camille se révèle un caricaturiste très fin, plus cruel que drôle, sans illusion.

Et soudain (elle ne s'y attendait pas) dans un carnet posé sur la table basse en verre, la voici, elle, Anne. Sur plusieurs pages. Jamais de date. Les larmes lui montent aussitôt. À cause de Camille d'abord, de l'imaginer seul ici, des journées entières, dessinant de tête des instants qu'ils ont partagés. À cause d'elle-même ensuite. Plus rien à voir avec la femme qu'elle est aujourd'hui, ce sont des croquis qui remontent à la période où elle était encore jolie, avec ses dents intactes, sans les hématomes, les cicatrices sur la joue et autour des lèvres, le regard perdu. Camille, en quelques coups de crayon, n'a fait qu'amorcer les éléments de décor mais Anne retrouve, presque chaque fois, la circonstance dont il s'est inspiré. Anne prise d'un fou rire, la scène se passe chez Fernand, le jour de leur rencontre, Anne debout à la sortie du bureau de Camille, il suffit de suivre le carnet page à page pour retracer leur histoire, voici Anne au Verdun, le café où ils sont allés pour discuter, le deuxième soir. Elle porte un bonnet, elle sourit, elle est sacrément sûre d'elle et à voir la manière dont Camille se souvient de ce moment, elle avait sacrément raison de l'être.

Anne renifle, cherche un mouchoir. Voici sa silhouette marchant dans la rue, près de l'Opéra, elle est venue le rejoindre, il a pris des places pour *Madame Butterfly*, et donc, juste après, Anne qui imite Cio-Cio-San, dans le taxi. Chaque page les raconte ensemble, semaine après semaine, mois après mois, depuis le début. Anne ici et là, sous la douche puis dans le lit, sur plusieurs pages, elle pleure, elle se sent moche mais Camille, lui, pose sur elle un beau regard. Elle tend le bras vers la boîte de mouchoirs, elle doit se soulever pour y parvenir.

C'est juste au moment où elle attrape le mouchoir que la balle traverse la baie vitrée et fait exploser la table basse.

Anne craint cet instant depuis qu'elle s'est réveillée, elle est quand même surprise. Ce n'est pas le bruit habituel d'une détonation de fusil mais le choc de la balle lui donne l'impression que toute la façade de la maison va s'écrouler. Et la table qui, d'un seul coup, explose sous ses mains la sidère. Elle pousse un cri. Aussi vite que ses réflexes le lui permettent, elle se replie sur elle-même, comme un hérisson. Au premier regard vers l'extérieur, elle voit que la baie vitrée n'a pas explosé. À l'endroit où est passée la balle, il y a un gros trou irisé d'où partent de grandes fêlures… Combien de temps tiendra-t-elle ?

Anne comprend aussitôt qu'elle est une cible parfaite. Où trouve-t-elle l'énergie, impossible à dire : d'un coup de reins, elle bascule par-dessus le dossier du canapé.

La roulade sur le côté écrase ses côtes fêlées, lui coupe le souffle, elle chute lourdement, hurle, mais l'instinct de conservation est le plus fort, malgré la douleur elle s'assoit précipitamment contre le dossier du canapé, se demande immédiatement si une balle peut le traverser et l'atteindre. Son cœur bat à la limite de l'implosion. Elle est reprise de tremblements par vagues, de la tête aux pieds, comme de froid.

Le deuxième tir passe juste au-dessus d'elle. La balle percute le mur, elle baisse instinctivement la tête, reçoit des morceaux de plâtre au visage, dans le cou, dans les yeux, elle s'allonge alors complètement au sol, les mains sur la tête.

Dans la position, à peu près, dans laquelle elle se trouvait dans les toilettes du passage Monier, le jour où il l'a passée à tabac.

Un téléphone. Appeler Camille. Tout de suite. Ou la police. Que quelqu'un vienne. Vite.

Anne comprend la difficulté de la situation : son portable est en haut, près du lit, et pour aller sur la mezzanine il faut traverser toute la pièce.

À découvert.

Lorsque la troisième balle percute le poêle, elle provoque un bruit de gong d'une puissance terrible, Anne en est quasiment assommée, elle plaque ses deux mains sur ses oreilles. Sous l'effet du ricochet, un cadre, là-bas, explose contre le mur. Elle est tellement terrifiée que son esprit ne parvient pas à se fixer sur une idée, elle évolue dans une sorte de stupeur où se mêlent des images du passage Monier, d'autres de l'hôpital et toujours, toujours le visage de Camille, grave, réprobateur, comme dans un retour en arrière, le genre de pensées qu'on doit avoir juste avant de mourir.

C'est ce qui est en train d'arriver. Il ne va pas toujours la manquer. Et cette fois, elle est totalement seule, sans aucun espoir de voir quelqu'un venir à son secours.

Anne avale sa salive. Elle ne peut pas rester à cet endroit, il va réussir à entrer dans la maison, elle ne sait pas encore comment, mais il va y parvenir. Il faut absolument qu'elle appelle Camille. Il lui a dit de déclencher l'alarme mais le papier avec le code est posé près du boîtier de commande, de l'autre côté du salon. Le téléphone, lui, est en haut.

Il faut qu'elle monte à l'étage.

Elle soulève la tête, regarde autour d'elle, le sol, le tapis avec les morceaux de plâtre, mais ce n'est pas de là que peut venir le secours, c'est d'elle-même. Sa décision est prise. Elle roule sur le dos, d'un geste à deux mains elle ôte son pull-over dont les mailles se prennent dans les attelles, elle tire, l'arrache, compte jusqu'à trois et à trois elle s'assoit, le dos plaqué contre le dossier du canapé, le pull tassé en boule contre son ventre. S'il tire dans le dossier, elle est morte.

Ne pas traîner.

Un coup d'œil sur sa droite, l'escalier est à une dizaine de mètres d'elle. Un coup d'œil à gauche mais surtout en l'air ; d'où elle se trouve, à travers la baie vitrée du toit, elle aperçoit les branches des arbres, est-ce qu'il peut monter là-haut, entrer par là ? L'urgence, c'est d'appeler du secours, Camille, la police, n'importe qui.

Elle n'aura pas une autre chance. Elle ramène ses jambes sous elle et lance son pull-over loin sur la gauche, pas trop fort, elle voudrait qu'il plane longtemps dans les airs, assez haut. Elle l'a à peine lâché qu'elle est déjà debout, qu'elle court vers l'escalier. Comme prévu, la première balle qu'elle entend explose juste derrière elle…

J'ai appris ça, il y a longtemps : le tir alterné. On place une cible à droite, une autre à gauche, il faut les toucher l'une après l'autre, le plus rapidement possible.

J'ai épaulé, je surveille la pièce dans le viseur. Quand le pull s'envole d'un côté, je suis prêt, je tire, si elle veut le remettre un jour, il faudra faire une reprise parce que je mets dans le mille.

Aussitôt j'alterne, je la vois se précipiter vers l'escalier, je vise, elle est sur la deuxième marche quand mon tir atteint la première, je la vois disparaître sur la mezzanine.

Il est temps de changer de stratégie. Je repose le fusil dans le clapier et prends le pistolet. Et si nécessaire, pour les finitions, le poignard de chasse. Je l'ai testé avec l'ami Ravic. Très bon matériel.

Elle est maintenant à l'étage. Il n'a pas été trop difficile de l'y conduire, finalement, je m'attendais à des difficultés sans nombre et en fait, c'était juste l'affaire de bien la guider. Il suffit maintenant de faire le tour. Il faut courir un peu quand même, rien n'est jamais totalement offert, parce qu'elle va finir par comprendre.

Mais si tout se passe comme prévu, j'arrive avant elle.

La première marche explose juste sous ses pas.

Anne sent trembler l'escalier sous elle, elle monte tellement vite qu'elle trébuche et s'effondre sur le palier de la mezzanine, se cogne la tête contre la commode, l'endroit est exigu.

Déjà elle est debout. D'un coup d'œil en bas elle vérifie qu'on ne peut pas la voir ni l'atteindre, elle va rester ici. D'abord, appeler Camille. Il faut qu'il vienne tout de suite, qu'il l'aide. Elle farfouille fiévreusement sur la commode, non, il est ailleurs. La table de nuit, toujours pas. Où est ce putain de portable. Et ça revient, elle l'a posé de l'autre côté du lit quand elle s'est couchée, elle l'a connecté au secteur pour recharger la batterie, elle fouille sous les vêtements, le trouve, l'allume. Elle est à bout de souffle, son cœur cogne si fort dans sa poitrine qu'elle en ressent des nausées, elle tape du poing sur son genou, il est si long à démarrer ce téléphone. Camille… Enfin, elle compose son numéro.

Camille, décroche, tout de suite. Je t'en supplie…

Sonnerie une fois, deux fois…

Camille, s'il te plaît, dis-moi ce que je dois faire…

Les mains d'Anne tremblent sur le téléphone.

– Bonjour, vous êtes sur la messagerie de Camille Verh…

Elle raccroche, refait le numéro mais retombe sur la boîte vocale. Cette fois, elle laisse un message :

– Camille, il est ici ! Réponds-moi, je t'en supplie… !

Pereira consulte sa montre. Ça ne semble pas facile de trouver un moment avec le juge. Très occupé. Pour Verhœven, le message est limpide, l'affaire ne lui appartient plus réellement. Le juge hoche la tête, il est contrarié, ces emplois du temps, c'est infernal. Camille complète : trop d'irrégularités, trop de flou, trop de doutes, peut-être même le service va-t-il être dessaisi. En conséquence de quoi, pour résister et pour se couvrir, la divisionnaire Michard va informer le parquet, la menace d'une enquête de l'IGS concernant les activités du commandant Verhœven se profile avec une netteté terrible.

Le juge Pereira aimerait bien trouver le temps, il hésite, petite mimique, voyons voir, consulte sa montre, non vraiment, c'est contrariant, comment pourrait-on faire, il s'est arrêté deux marches plus haut que Camille, il le regarde, il hésite réellement, fuir de cette manière, ce n'est pas dans son tempérament. Il ne cède pas au commandant Verhœven mais à un scrupule éthique.

– Je vous appelle tout à l'heure, commandant. Dans la matinée...

Camille ouvre les mains, merci. Le juge Pereira hoche la tête, pas de problème.

Cette rencontre est celle de la dernière chance, Camille le sait. Entre l'amitié et le soutien de Le Guen et l'attitude assez bienveillante du juge, il lui reste un espoir infime d'échapper au déluge. Il s'accroche à ça, le juge le lit clairement sur son visage. Il y a aussi un effet de curiosité, ne pas se le cacher, ce qui arrive à Verhœven, ce qu'on dit de lui depuis deux jours, semble à ce point étrange qu'on a envie d'y aller voir de plus près, de se faire son idée.

– Merci, dit Camille.

Le mot sonne comme un aveu, comme une demande, Pereira lui adresse un signe puis, gêné, il se retourne, disparaît.

Soudain elle lève la tête. Il ne tire plus. Où est-il ?

L'arrière de la maison. La fenêtre de la salle de bain du bas laissée entrouverte. Bien trop étroite pour passer un corps mais c'est une ouverture et, à partir de là, personne ne sait de quoi il est capable.

Sans réfléchir aux risques qu'elle court, Anne se précipite sans penser qu'il peut être encore en embuscade derrière la baie vitrée, elle dévale l'escalier, elle saute par-dessus la dernière marche, tourne à droite, manque de tomber.

Lorsqu'elle débouche dans la buanderie, il est face à elle, de l'autre côté de la fenêtre.

Son visage souriant s'encadre là comme dans un tableau de genre. Il a passé son bras à travers l'ouverture. Il tient un pistolet à bout de bras pointé dans sa direction, avec le silencieux. Le canon est d'une longueur folle.

Dès qu'il la voit, il tire.

Au départ du juge, Camille avale les escaliers. Au palier, Louis apparaît, beau comme un astre, costume Christian Lacroix, chemise Savile House à fines rayures, chaussures Forzieri.

– Je te vois tout à l'heure, Louis, désolé…

Petit signe de la main, je vous attends, prenez votre temps. Il s'esquive, il repassera, ce type est la discrétion personnifiée.

Camille entre dans son bureau, lance son manteau sur une chaise, cherche et compose le numéro de téléphone du siège de Wertig & Schwindel en regardant sa montre. Neuf heures et quart. Quelqu'un répond.

– Anne Forestier, s'il vous plaît ?

– Ne quittez pas, dit la standardiste, je vais voir.

Respiration. L'étau se desserre. Pour un peu, il pousserait un cri de soulagement.

– Pardon… qui avez-vous dit ? demande la jeune femme. Je suis désolée (une voix rieuse, qui cherche la complicité), je suis remplaçante…

Camille avale sa salive. L'étau refait un tour de vis autour de son plexus mais la douleur irrigue maintenant tout le corps, l'angoisse monte à une vitesse…

– Anne Forestier, dit Camille.

– Dans quel service travaille-t-elle ?

– Euh… contrôle de gestion ou quelque chose comme ça.

– Désolée, je ne la trouve pas sur l'annuaire… Ne quittez pas, je vous passe quelqu'un…

Camille sent ses épaules se tasser. Une femme répond, peut-être celle dont Anne a dit : « C'est une gale », mais ça ne peut pas être elle parce que Anne Forestier, non, ça ne lui dit rien, ça ne dit rien à personne, on se propose de chercher, vous êtes sûr du nom ? Je peux vous passer quelqu'un d'autre, c'est à quel sujet ?

Camille raccroche.

Il a la gorge sèche, il faudrait boire un verre d'eau, pas le temps, les mains qui tremblent.

Son mot de passe.

D'un clic, il bascule vers le réseau professionnel : « Anne Forestier ». Il y en a des tonnes. Simplifier. « Anne Forestier, née le… »

La date, il peut la retrouver, ils se sont rencontrés début mars et trois semaines plus tard, lorsqu'il a appris que c'était son anniversaire, Camille l'a invitée chez Nénesse. Il n'avait pas eu le temps de chercher un cadeau, il a juste lancé l'invitation, Anne a dit en riant que pour un anniversaire, un repas c'est très bien, elle adore les desserts. Il a fait son portrait sur la nappe et le lui a offert, il n'a pas fait de commentaire mais il était très content de ce portrait, très inspiré, très juste. Il y a des jours comme ça.

Il exhume son portable, ouvre son agenda : 23 mars.

Anne a quarante-deux ans. 1965. Née à Lyon ? Pas certain. Il cherche dans son souvenir de la soirée, a-t-elle parlé de son lieu de naissance ? Il efface « Lyon », valide la recherche, la requête lui renvoie deux Anne Forestier, ce qui est fréquent, tapez votre date de naissance, si votre nom est suffisamment commun, vous allez vous trouver des jumeaux partout.

La première Anne Forestier n'est pas la sienne. Celle-ci est morte le 14 février 1973 à l'âge de huit ans.

La seconde non plus. Décédée le 16 octobre 2005. Il y a deux ans.

Camille se frotte les doigts contre les paumes à plusieurs reprises. L'excitation qu'il ressent, il la connaît bien, elle est au cœur de son métier, ce n'est plus seulement l'excitation professionnelle, mais la survenue d'une anomalie. Et côté anomalies, il est un champion incontestable, tout le monde le voit au premier coup d'œil. Sauf que cette fois, cette anomalie répond à une autre, celle de son propre comportement auquel personne ne comprend rien.

Auquel lui-même est en train de ne plus rien comprendre.

Pourquoi se bat-il ?

Contre qui ?

Certaines femmes trichent sur leur date de naissance. Ce n'est pas le genre d'Anne mais sait-on jamais.

Camille se lève et ouvre l'armoire. Personne ne range là-dedans. Son excuse pour ne jamais s'en occuper, c'est sa taille. Lui, quand ça l'arrange… Il lui faut plusieurs minutes pour trouver le mode opératoire qu'il cherche. Il ne peut demander de l'aide à personne.

– Le plus long, après un divorce, c'est de nettoyer, a dit Anne.

Camille pose les mains à plat pour se concentrer. Non, impossible, il lui faut un crayon, un papier. Il esquisse. Il cherche. Ils sont chez elle. Elle est assise sur le canapé-lit, il vient de dire que cet appartement est assez… comment dire, en fait, il est lugubre. Il a cherché un mot qui ne serait pas blessant mais quoi qu'il fasse, une phrase commencée de cette manière, avec un long silence embarrassé, c'est directement la noyade, c'est seulement une question de délai.

– Je m'en fous totalement, dit Anne sèchement. Je voulais me débarrasser de tout.

Le souvenir remonte. Il faut revenir au divorce, ils n'en ont jamais réellement parlé, Camille n'a pas posé de questions.

– Il y a deux ans, dit enfin Anne.

Camille lâche aussitôt son crayon. Un index sur les lignes de procédure, l'autre sur le clavier, il commande une requête concernant le mariage et/ou le divorce en 2005 d'une Anne Forestier, il trie parmi les résultats, sélectionne, élimine tout ce qui sort de sa recherche, reste une Forestier, Anne, née le 20 juillet 1970. Trente-sept ans… Camille consulte : « condamnée pour escroquerie le 27 avril 1998 ».

Anne est fichée.

L'information est si troublante qu'il n'en saisit pas immédiatement toute la portée. Il lâche son crayon. Anne, fichée.

Il lit. Condamnation plus récente pour falsification de chèques, faux et usage de faux. Il est tellement assommé qu'il met une grosse poignée de secondes avant de réaliser : Anne Forestier est détenue au centre pénitentiaire de Rennes.

Ce n'est pas Anne mais une autre. Une Forestier, Anne, mais qui n'a rien à voir avec la sienne.

Quoique… Celle-ci a été libérée. Quand ? La fiche est-elle à jour ? Il doit changer de mode opératoire pour savoir comment basculer vers la photo anthropométrique de cette détenue, je suis nerveux, trop nerveux, se dit-il, il lit : « commande F4, valider ». La fille qui apparaît de face et de profil est une femme très grosse et, à l'évidence, asiatique.

Lieu de naissance : Da Nang.

Retour à l'écran. Soulagement. Anne, la sienne, n'est pas connue des services de police. Mais elle est sacrément difficile à trouver.

Camille pourrait respirer un peu mais non, sa poitrine est oppressée, on manque d'air dans cette pièce, il l'a dit mille fois.

Dès qu'elle l'a vu face à elle, Anne s'est effondrée au sol, la balle s'est plantée dans le chambranle, quelques centimètres au-dessus de sa tête. Après celle qui a rebondi sur le poêle en fonte dans un hurlement, la détonation semble presque feutrée mais l'impact dans le bois résonne terriblement.

Anne, à quatre pattes, s'agite frénétiquement pour sortir de la pièce. Affolée. C'est dingue, c'est la même scène exactement que deux jours plus tôt dans le passage Monier. La voici de nouveau à patiner sur le sol avant qu'il parvienne à lui tirer dans le dos…

Elle roule sur elle-même, ses attelles glissent sur la tomette cirée, la douleur ne compte plus, il n'y a plus de douleur, seulement l'instinct.

Une autre balle frôle son épaule droite et se fiche dans la porte. Anne court comme un petit chien, roule de nouveau sur elle-même pour passer le seuil de la pièce. Miraculeusement la voici assise à l'abri, le dos plaqué contre le mur. Est-ce qu'il peut entrer ? Comment ?

Curieusement, elle n'a pas lâché son portable. Elle a dévalé l'escalier, s'est précipitée, elle a couru jusqu'ici sans le lâcher, à la manière de ces enfants qui s'accrochent à une peluche alors qu'autour d'eux pleuvent les bombes et les obus.

Que fait-il ? Elle voudrait regarder mais s'il est en embuscade, elle va prendre la troisième balle dans la tête.

Réfléchir. Vite. Son doigt a déjà recomposé le numéro de Camille. Elle raccroche, elle est seule.

Appeler la police ? Elle est où la police, dans ce bled ? Leur expliquer va prendre un temps fou et s'ils viennent combien de temps vont-ils mettre pour arriver jusqu'ici ?

Dix fois plus qu'il n'en faut à Anne pour mourir. Parce qu'il est là, tout près, de l'autre côté de la cloison.

La solution maintenant, c'est le Caravage.

Drôle d'instrument que la mémoire, maintenant que ses sens sont affûtés comme des lames, tout remonte. Agathe, la fille d'Anne, est étudiante en management. Elle est à Boston. Camille en est certain, Anne a dit qu'elle y était allée (elle venait de Montréal, c'est même là qu'elle a vu une toile de Maud Verhœven), que la ville est très jolie, très européenne, « vieux style », a-t-elle ajouté, sans que Camille comprenne exactement ce qu'elle voulait dire par là, ça lui évoquait vaguement la Louisiane, Camille n'aime pas les voyages.

Il faut recourir à un autre fichier et donc à un autre mode opératoire. Retour à l'armoire, puis la liste des commandes, a priori toujours pas besoin d'autorisation supérieure à celle dont il dispose, le réseau fonctionne vite, université de Boston, quatre mille profs, trente mille étudiants, le résultat est inexploitable, Camille fait le tour par les associations d'étudiants, il copie toutes les listes, les colle dans un fichier dans lequel il dispose d'un instrument de recherche sur le nom.

Aucune Forestier. Elle est mariée, sa fille ? Porte-t-elle le nom de son père ? Le plus sûr est de rechercher avec le prénom. Des Agata, des Agatha mais seulement deux Agathe, une Agate. Trois CV.

Agathe Thomasson, vingt-sept ans, canadienne. Agate Leandro, vingt-trois ans, argentine. Agathe Jackson, américaine. Pas une seule Française.

Pas d'Anne. Maintenant, pas d'Agathe.

Camille hésite à lancer une requête concernant le père d'Anne.

– Il s'était fait élire trésorier d'une quarantaine d'associations. Il a vidé les quarante comptes le même jour, personne ne l'a jamais revu.

En racontant ça, Anne riait mais c'était un drôle de rire. Avec aussi peu d'éléments, ce sera difficile : il était commerçant, que vendait-il ? Où habitait-il ? À quand remontent les faits ? Il y a trop d'inconnues.

Reste Nathan, le frère d'Anne.

Impossible qu'un chercheur (en quoi, déjà, astrophysique, quelque chose comme ça), qui, par définition, a publié, soit introuvable sur le Net. Respiration difficile. La requête met du temps.

Aucun chercheur de ce nom, nulle part. Le plus proche est un Nathan Forest, néo-zélandais, âgé de soixante-treize ans.

Camille change encore d'angle plusieurs fois, il essaye Lyon, Paris, les agences de voyages… Lorsqu'il lance une ultime recherche sur le téléphone fixe d'Anne, son picotement entre les épaules a cessé. Il sait déjà. C'est quasiment une certitude.

Ce numéro est sur liste rouge, il faut faire le tour, c'est fastidieux mais ça n'a rien de compliqué.

Nom de l'abonné : Maryse Roman. Adresse : 26, rue de la Fontaine-au-Roi. En clair, l'appartement qu'occupe Anne appartient à sa voisine et tout est à son nom parce que tout lui appartient, le téléphone, les meubles, et sans doute même la bibliothèque avec ce méli-mélo de livres dont l'entassement ne répond à aucune logique.

Anne loue l'ensemble meublé.

Camille pourrait faire la démarche, envoyer quelqu'un pour vérifier, mais ce n'est plus la peine. Rien n'appartient à ce fantôme qu'il connaît sous le nom d'Anne Forestier.

Il a beau retourner la question dans tous les sens, il parvient toujours à la même conclusion.

En réalité, Anne Forestier n'existe pas.

Après qui Hafner court-il donc ?

Anne pose le téléphone au sol, il va falloir ramper, elle le fait avec les coudes, lentement, si elle pouvait se fondre dans le carrelage… Le grand tour du salon. Et voici la petite desserte sur laquelle Camille a laissé le code.

Le boîtier de l'alarme est situé près de la porte d'entrée.

29091571

Dès que l'alarme commence à hurler, Anne plaque ses mains sur ses oreilles et instinctivement elle se met à genoux, comme si la sirène n'était que la poursuite du tir à balles réelles sous une autre forme. Elle est puissante, elle vous vrille la tête.

Où est-il ? Bien que tout en elle y résiste, elle se relève lentement et tente un regard. Personne. Elle décolle légèrement ses mains mais la sirène est trop puissante, elle l'empêche de se concentrer, de réfléchir. Les paumes plaquées aux oreilles, elle s'avance jusqu'à la baie vitrée.

Parti ? La gorge d'Anne ne parvient pas à se desserrer. Ce serait trop simple. Il ne peut pas s'être ainsi enfui. Aussi vite.

Camille entend à peine la voix de Louis qui vient de glisser la tête dans le bureau, il a frappé mais personne ne répondait.

– Le juge Pereira passe vous voir…

Camille n'est pas encore entièrement sorti de son hébétude. Il faudrait du temps, il faudrait être très intelligent, rigoureux, rationnel, détaché pour comprendre, pour tirer les bonnes leçons, il faudrait tout un tas de qualités que Camille n'a pas.

– Quoi ? demande-t-il.

Louis répète. Bien, murmure Camille en se levant. Il attrape sa veste.

– Ça va ? demande Louis.

Camille n'écoute pas. Il vient d'exhumer son portable. Un message s'affiche. Anne a appelé ! Il appuie précipitamment sur la touche, appelle la boîte vocale. Dès les premiers mots, « Il est ici ! Réponds-moi, je t'en supplie… ! », il est à la porte, il dépasse et bouscule Louis, il est dans le couloir, traverse le palier en trombe, l'escalier, l'étage du dessous, il manque de bousculer une femme, c'est la divisionnaire Michard, accompagnée du juge Pereira, ils montent justement pour le voir, lui parler, le juge ouvre la bouche, Camille ne marque même pas une milliseconde d'arrêt, en dévalant l'escalier il lance :

– Plus tard, je vous expliquerai !

– Verhœven ! hurle la divisionnaire Michard.

Mais il est déjà en bas, à sa voiture. La portière claque, le bras gauche passe par la vitre baissée à l'instant où le véhicule entame une marche arrière pour poser le gyrophare sur le toit, déjà la sirène et pleins phares, il sort en trombe, un képi siffle pour arrêter la circulation, le laisser passer.

Camille emprunte la voie des bus, des taxis, il recompose le numéro d'Anne. Le haut-parleur à fond.

Réponds, Anne !

Réponds !

Anne s'est levée. Elle attend un long moment. Cette absence est inexplicable. C'est peut-être une ruse mais les secondes s'égrènent et rien. La sirène vient de cesser laissant la place à un silence rempli de vibrations.

Anne s'avance jusqu'à la baie vitrée, elle reste de biais, à demi protégée, prête à se reculer. Il ne peut pas s'être ainsi enfui. Aussi vite. Aussi soudainement.

À cet instant précis, il surgit devant elle.

Anne recule d'un pas, terrifiée.

Ils sont à moins de deux mètres l'un de l'autre, de chaque côté de la baie vitrée.

Il ne porte pas d'arme, il la regarde dans les yeux, s'approche d'un pas. S'il tendait le bras, il toucherait la vitre. Il sourit, hoche la tête. Anne fixe ses yeux. Elle fait un pas en arrière. Il montre ses mains ouvertes, comme Jésus dans un tableau que Camille lui a fait voir. Les yeux dans les yeux, les mains grandes ouvertes. Il les lève en l'air et tourne lentement sur lui-même, comme si elle le tenait en joue.

Vois, je ne suis pas armé.

Et lorsque après un tour complet il est de nouveau face à elle, il sourit, plus largement encore, les mains toujours offertes, engageant.

Anne reste sans bouger. On dit cela des lapins, qu'ils sont hypnotisés par les phares de voiture, qu'ils restent ainsi, tétanisés, à attendre la mort.

Sans la quitter des yeux, il fait un pas, deux, s'avance lentement jusqu'à la poignée de la baie vitrée sur laquelle il pose la main, très doucement, on sent qu'il ne veut pas l'affoler, d'ailleurs Anne ne bouge toujours pas, elle le regarde, sa respiration s'accélère, son cœur reprend ses palpitations sourdes, lourdes, douloureuses. Il ne bouge plus, même son sourire s'est figé, il attend.

Il faudra bien en finir, se dit Anne, on est presque au bout du chemin.

Elle tourne la tête vers le sol de la terrasse. Elle n'avait pas vu qu'il avait déposé par terre son blouson de cuir, la crosse de son pistolet y est visible, ostensible, et sortant d'une autre poche, le manche d'un poignard. On dirait les dépouilles d'un soldat romain. Il enfonce les mains dans ses poches et les ressort lentement, exhibant la doublure, vois, rien dans les mains, rien dans les poches.

Deux pas à faire. Elle a déjà fait tellement. Lui n'a pas bougé d'un cil.

Elle se décide enfin, d'un coup, comme elle se jetterait dans les flammes. Un pas, la difficulté de tourner le loquet avec ces attelles, sans compter qu'elle n'a plus aucune poigne.

Dès que le loquet cède, que la porte est libre, qu'il n'a plus qu'un pas à faire pour entrer, elle se recule vivement, met la main sur sa bouche, comme si elle prenait soudain conscience de ce qu'elle vient de faire.

Anne garde les bras le long du corps. Il entre. C'est plus fort qu'elle :

– Salaud ! (Elle hurle.) Salaud, salaud, salaud…

En marchant à reculons, à gorge déployée, l'insulte mêlée de larmes qui remontent de loin, du ventre, salaud, salaud.

– Oh là là…

Visiblement, il trouve ça fatigant. Il fait trois pas, l'air curieux et intéressé d'un visiteur, d'un agent immobilier, pas mal la mezzanine, pas mal la lumière… Anne, à bout de souffle, s'est réfugiée près de l'escalier qui conduit à l'étage.

– Ça va mieux ? demande-t-il en se retournant vers elle. T'es calmée ?

– Pourquoi vous voulez me tuer ? hurle Anne.

– Mais… où tu as été chercher ça !

Vraiment contrarié, outragé presque.

Anne est éperdue, toute sa peur, toute sa colère se déversent, sa voix est haut perchée, elle ne met plus sa main retournée devant sa bouche, plus de retenue, de la haine seulement, mais en même temps elle a peur de lui, qu'il la frappe de nouveau, elle recule…

– Vous essayez de me tuer !

Il souffle, fatigué d'avance… C'est pénible. Anne poursuit :

– C'était pas prévu comme ça !

Cette fois, il hoche la tête, désespéré devant une telle naïveté.

– Mais si !

Il faut vraiment tout lui expliquer. Mais Anne n'en a pas fini.

– Non ! Vous deviez juste me bousculer ! C'est ce que vous aviez dit : « Je vais te bousculer un peu » !

– Mais… (Il en a le souffle coupé, de devoir expliquer des choses aussi élémentaires.) Mais il fallait que ce soit crédible ! Tu comprends ça ? Cré-dible !

– Vous me poursuivez partout !

– Oui, mais attention ! C'est pour la bonne cause…

Il rigole. La fureur d'Anne en est décuplée.

– C'était pas convenu comme ça, enfoiré !

– Bon, je ne t'ai pas donné tous les détails, c'est vrai… Et puis ne me traite pas d'enfoiré parce que je vais t'en retourner une, moi, ça va pas traîner.

– Depuis le début vous voulez me tuer !

Cette fois, la colère le saisit.

– Te tuer ? Alors ça, ma petite, certainement pas ! Si j'avais vraiment voulu te tuer, je peux t'assurer qu'avec les occasions que j'ai eues, tu ne serais pas là pour en parler. (Il lève l'index en l'air, pour souligner.) Avec toi, j'ai fait de l'effet, c'est très différent ! Et crois-moi, c'est beaucoup plus difficile qu'on croit. Je t'assure que rien qu'à l'hôpital, pour effrayer ton flic sans faire rappliquer la Garde nationale, c'était du boulot, ça demande du savoir-faire !

L'argument porte. Il la met hors d'elle.

– Vous m'avez défigurée ! Vous m'avez cassé les dents ! Vous…

Il fait une petite grimace compatissante.

– Ça, je dois dire, t'es pas belle à voir. (Il peine à retenir son rire.) Mais ça va s'arranger, on fait des trucs très bien maintenant. Tiens, pour devant, si je touche le pactole, je t'offre deux dents en or. Ou en argent, ce que tu préfères, tu choisis. Si tu veux trouver un mari, pour le devant, comme ça, je conseille plutôt les dents en or, c'est plus chic…

Anne s'est effondrée, à genoux, recroquevillée sur elle-même. Les larmes ne montent plus, seulement la haine.

– Je vous tuerai un jour…

Il rit.

– Et rancunière, avec ça… Tu dis ça parce que tu es en colère. (Il marche dans le salon, comme s'il était chez lui.) Non, non, fait-il d'une voix plus grave, crois-moi, si tout se passe bien, tu vas te faire retirer tes points de suture, tu vas te faire poser des dents en plastique et tu vas rentrer sagement chez toi.

Il s'arrête et regarde, au-dessus de lui, la mezzanine, l'escalier.

– C'est pas mal ici. C'est bien arrangé, hein ? (Il regarde sa montre.) Bon, tu m'excuseras… je vais pas pouvoir rester.

Il s'avance. Elle se plaque aussitôt contre le mur.

– Mais je ne vais pas te toucher !

Elle hurle :

– Foutez le camp !

Il fait signe que oui, mais il est absorbé par autre chose, il est au bas de l'escalier, il regarde la première marche, se retourne vers l'impact de la balle dans la vitre.

– Je suis vraiment bon, hein ? (Il se tourne vers Anne, satisfait, il aimerait la convaincre.) Je t'assure, c'est très difficile à faire ! T'imagines pas !

Il trouve blessant qu'on ne rende pas hommage à son habileté.

– Barrez-vous… !

– Oui, t'as raison. (Coup d'œil circulaire. Satisfait.) Je crois qu'on a fait tout ce qu'on pouvait. On fait une bonne équipe, hein ? Maintenant (il désigne les impacts un peu partout dans la pièce), ça devrait rouler ou je ne m'y connais pas.

Quelques enjambées décidées, il est au seuil de la terrasse.

– Dis donc, pas courageux les voisins ! Ça pourrait sonner toute la journée, pas un rat pour venir voir de quoi il retourne. Remarque, c'était pas difficile à prévoir, c'est pareil partout. Allez...

Il sort sur la terrasse, ramasse son blouson, plonge sa main dans la poche intérieure et revient.

– Ça, dit-il en jetant une enveloppe en direction d'Anne, tu l'utilises seulement si tout se passe comme prévu. Et tu as sacrément intérêt à ce que ça se passe comme prévu. Dans tous les cas, tu ne pars pas sans mon autorisation, on s'est bien compris ? Sinon, ce que tu as vécu jusqu'ici, tu peux le considérer comme un acompte.

Il n'attend pas la réponse. Disparaît.

À quelques mètres, le téléphone portable d'Anne sonne et vibre sur le carrelage. Après la sirène d'alarme, cette sonnerie apparaît aigrelette, comme celle d'un téléphone d'enfant.

C'est Camille. Répondre.

« Tu fais comme je t'ai dit et tout ira bien. »

Anne appuie sur le bouton. Elle ne fait même pas semblant d'être épuisée.

– Il est parti..., dit-elle.

– Anne ? hurle Camille. Qu'est-ce que tu dis ? Anne ?

Camille est affolé, sa voix n'a plus de couleur.

– Il est venu, dit Anne. J'ai déclenché l'alarme, il a eu peur, il est reparti…

Camille l'entend mal. Il éteint la sirène du gyrophare.

– Tu vas bien ? Je suis en route, tu vas bien, dis-moi… !

– Ça va, Camille (elle élève la voix), tout va bien maintenant.

Camille ralentit, il souffle. À l'angoisse succède la fièvre. Il voudrait déjà être là-bas.

– Qu'est-ce qui s'est passé, dis-moi !

Anne, les genoux dans les bras, pleure.

Elle voudrait mourir.

10 h 30

Camille s'est un peu calmé, il a éteint et remisé le gyrophare. Il a beaucoup d'éléments à synthétiser et il est encore bombardé par les émotions, incapable de mettre de l'ordre…

Depuis deux jours, il avance sur une planche instable, un ravin de chaque côté. Et Anne vient d'en creuser un autre, juste sous ses pieds.

Alors qu'il est probablement en train de jouer sa carrière, que depuis deux jours la femme qui est dans sa vie est menacée d'être tuée à trois reprises, qu'il vient de découvrir qu'elle vit près de lui sous un faux nom, qu'il ne sait plus quelle place exacte elle occupe dans cette histoire, il devrait se poser des questions de stratégie, raisonner, mais son esprit est monopolisé par une seule question qui définit l'importance de toutes les autres : qu'est-ce qu'Anne fait dans sa vie ?

Non, pas une seule question, il y en a une seconde : qu'elle ne soit pas Anne, qu'est-ce que ça change ?

Il remonte leur histoire à tous deux, ces soirées à se chercher, à se toucher à peine puis à se rouler dans les draps… En août, elle le quitte, une heure plus tard, il la trouve dans l'escalier, une simple manœuvre de sa part ? Une habileté ? Les mots, les caresses, les embrassades, les heures et les jours, manipulation pure et simple ?

Tout à l'heure, il va se trouver face à celle qui se fait appeler Anne Forestier, avec qui il dort depuis plusieurs mois et qui lui ment depuis le premier jour. Il ne sait pas quoi penser, il est vidé, comme s'il sortait d'une essoreuse.

Quel rapport y a-t-il entre la fausse identité d'Anne et cette affaire du passage Monier ?

Et surtout que fait-il, lui, dans cette histoire ?

Mais ce qui est l'essentiel : quelqu'un essaye de tuer cette femme.

Il ne sait plus qui elle est mais il a une certitude. C'est à lui de la protéger.

Lorsqu'il entre dans la maison, Anne est toujours assise au sol, le dos collé à la porte de l'évier, les bras enserrant ses genoux.

Dans son trouble, Camille en avait oublié la femme qu'elle est devenue. Pendant tout le trajet, c'est l'autre Anne, celle du début, qu'il avait en tête, jolie et rieuse, avec ses yeux verts et ses fossettes. Avec ces points de suture, cette peau jaune, ces bandages, ces attelles salies, la retrouver ainsi défigurée le frappe. Le choc est presque le même que celui qu'il a ressenti, deux jours plus tôt, lorsqu'il l'a découverte dans sa chambre des urgences.

Aussitôt, il perd pied, saisi de compassion. Anne ne bouge pas, ne le regarde pas, les yeux fixés sur un point obscur, comme hypnotisée.

– Ça va, mon cœur ? demande Camille en s'approchant.

Vous diriez qu'il veut apprivoiser un animal. Il s'agenouille près d'elle, la prend contre lui comme il peut, avec sa taille, forcément, ce n'est pas facile, il prend son menton, la contraint à relever le visage vers lui et lui sourit.

Elle le regarde comme si elle découvrait maintenant seulement sa présence.

– Oh, Camille…

Elle avance sa tête vers lui, la pose dans le creux de son épaule.

La fin des temps peut arriver.

Mais la fin des temps n'est pas encore pour maintenant.

– Dis-moi…

Anne regarde à droite, à gauche, difficile de savoir si elle est émue ou si elle ne sait pas par où commencer.

– Il était seul ? Ils étaient plusieurs ?

– Non, tout seul…

Sa voix est grave, vibrante.

– C'est celui que tu as reconnu sur les photos ? Hafner, c'est bien lui ?

Oui. Anne se contente d'un mouvement de tête. Oui, c'est lui.

– Raconte-moi ce qui s'est passé.

Tandis qu'Anne raconte (ce sont juste des mots entrecoupés, jamais de vraies phrases), Camille recompose la scène. Le premier tir. Il tourne la tête vers les morceaux de verre qui jonchent le sol à l'emplacement où se trouvait la table basse, les morceaux de merisier qu'on dirait déchiquetés par une tempête. Tout en écoutant, il se lève, s'avance jusqu'à la baie vitrée, le trou de la balle est situé trop haut pour qu'il le touche, il imagine la trajectoire.

– Continue..., dit-il.

Le voici au mur, puis il revient vers le poêle, pose l'index sur l'impact de la balle, cherche à nouveau, regarde de loin le large trou dans le mur, se dirige ensuite vers l'escalier. Il demeure là un long moment, la main posée sur ce qui reste de la première marche, il regarde vers le haut de l'escalier, pensif, se retourne vers l'endroit d'où le tir est parti, de l'autre côté de la pièce, puis il monte sur la deuxième marche.

– Et après ? demande-t-il en redescendant.

Il quitte la pièce, il passe à la salle de bain. La voix d'Anne est lointaine maintenant, à peine audible. Camille recompose toujours la scène, il est chez lui mais il s'agit d'une scène de crime. Et donc : hypothèses, constatations, conclusions.

La fenêtre entrouverte. Anne arrive dans la pièce, Hafner l'attend de l'autre côté, le bras entier passé par la vitre, il brandit dans sa direction son arme munie d'un silencieux. Au-dessus de lui, Camille découvre l'impact de la balle dans le chambranle, il revient au salon.

Anne s'est tue.

Il va chercher un balai sous l'escalier et pousse hâtivement les morceaux de verre et de bois de la table basse contre le mur. Il époussette rapidement le canapé. Fait chauffer de l'eau.

– Viens..., dit-il enfin. C'est fini...

Ils sont assis, Anne blottie contre lui, ils sirotent ce que Camille appelle du thé, franchement mauvais, Anne n'en fera pas une affaire.

– Je vais t'emmener ailleurs.

Anne fait non de la tête.

– Pourquoi ?

Peu importe, pour elle, c'est non. Les impacts de balles dans la vitre, dans la porte, dans la marche d'escalier, la table basse du salon explosée, tout exprime pourtant l'imprudence de cette décision.

– Je pense qu...

– Non, coupe Anne.

Ça règle la question. Camille se dit qu'Hafner n'a pas réussi à entrer dans la maison, il est peu probable qu'il s'y risque de nouveau dans la journée. Demain, on avisera. Déjà des années sont passées en trois jours, alors vous pensez, demain...

Et ce qui change aussi, c'est que Camille est enfin arrivé au coup suivant.

Il lui a fallu du temps, le temps nécessaire à tout boxeur sonné pour se relever, pour revenir dans le match.

Maintenant, il n'est pas loin d'y être.

Il n'a plus besoin que d'une heure ou deux. Pas beaucoup plus. En attendant, il va refermer la maison, revérifier les issues, laisser Anne ici.

Ils ne parlent plus. Seules les vibrations du portable de Camille viennent interrompre le cours de leurs pensées, les appels n'arrêtent pas. Pas besoin de regarder, on sait de qui il s'agit.

C'est une impression étrange de tenir ainsi contre soi une femme inconnue qu'on connaît si bien. Il faudrait poser des questions mais ce sera pour plus tard. Défaire l'écheveau d'abord.

La fatigue prend Camille. Avec ce ciel bas, cette forêt devant, cette maison lourde et lente transformée en blockhaus, le corps lesté de ce mystère contre lui, il dormirait toute la journée s'il s'écoutait. Mais c'est Anne qu'il écoute, sa respiration, le bruit de sa bouche qui achève de boire son thé, son silence, cette pesanteur muette qui s'est installée entre eux.

– Tu vas le retrouver ? demande enfin Anne à voix basse.

– Oh oui.

La réponse est venue sans effort, l'expression d'une conviction si intime, si forte qu'Anne elle-même en est impressionnée.

– Tu me le diras tout de suite, n'est-ce pas ?

Pour Camille, le sous-texte de chaque question ferait, à lui seul, un roman. Il fronce les sourcils : pourquoi ?

– J'ai envie d'être rassurée, tu peux comprendre ?

Anne a élevé la voix et cette fois, pas de main devant sa bouche, la gencive avec les dents cassées exhibée, comme une gifle.

– Évidemment…

Pour un peu, il s'excuserait.

Leurs silences tombent enfin d'accord. Anne s'est assoupie. Camille n'a pas les mots, il lui faudrait un crayon, il dessinerait, en quelques traits, leur solitude en commun, chacun d'eux est à une extrémité de son histoire, ils sont ensemble et séparés. Inexplicablement, il ne s'est jamais senti plus près d'elle, une obscure solidarité l'attache à cette femme. Il s'esquive doucement, pose délicatement la tête d'Anne sur le canapé et se lève.

Allons. Il faut maintenant aller chercher le fin mot.

Il monte l'escalier avec une lenteur d'Indien, il connaît chaque marche, chaque craquement, il ne fait aucun bruit, et de plus il ne pèse pas bien lourd.

En haut, la chambre est mansardée, le toit chute selon une pente vertigineuse, l'extrémité de la pièce n'est haute que de quelques dizaines de centimètres. Camille s'allonge sur le sol, rampe jusqu'aux confins du lit, jusqu'à un panneau de bois qui bascule vers soi et qui permet d'accéder aux solives du toit, c'est une trappe de visite. L'intérieur est noir de poussière, de toiles d'araignée, y passer la main c'est une aventure, Camille y passe le bras, cherche à tâtons, rencontre le plastique, le saisit et le tire vers lui. Un sac poubelle gris enveloppant un épais dossier fermé par des élastiques. Il ne l'a pas ouvert depuis…

Il sera dit que cette histoire le place sans cesse en face de ce qu'il redoute.

Il cherche autour de lui, retire la taie de l'oreiller, y enfourne soigneusement le sac plastique dont la saleté, comme de la cendre, s'élève en nuage au moindre mouvement. Il se relève, emporte le tout, redescend avec mille précautions.

Quelques minutes plus tard, il laisse un mot à Anne. « Repose-toi. Appelle-moi quand tu veux. Je reviens très vite. » Je vais te mettre à l'abri, non, ça, il n'ose pas l'écrire. Après quoi il fait le tour de la maison, essaye toutes les poignées, vérifie toutes les fermetures.

Avant de sortir, de loin, il regarde le corps d'Anne, allongé sur le canapé. Ça lui serre le cœur de la laisser. Il lui est difficile de partir mais impossible de rester.

Allons. L'énorme dossier sous le bras, enveloppé dans la taie d'oreiller à rayures, Camille traverse enfin la cour, avance vers la forêt, là où il a garé la voiture.

Puis il se retourne. On dirait que la maison silencieuse est posée sur un plateau, au milieu de la forêt, comme le sujet d'une vanité du XVIIe siècle, un coffret. Il pense à Anne endormie.

Mais en fait, lorsque sa voiture, au ralenti, quitte la cour et s'enfonce dans la forêt, Anne, allongée sur le canapé, a les yeux grands ouverts.

11 h 30

À mesure que Paris se rapproche, le paysage mental de Camille sc simplifie. Ce n'est pas plus clair mais il sait maintenant où poser les points d'interrogation.

L'urgence est de se poser les bonnes questions.

Au cours d'un hold-up, un tueur saisit cette femme qui

se fait appeler Anne Forestier. Il la traque, il veut la tuer et vient la pourchasser jusqu'ici.

Quel rapport entre l'identité cachée d'Anne et ce braquage ?

Tout se passe comme si elle était tombée là par hasard, qu'elle venait simplement chercher une montre commandée pour Camille mais les deux événements, aussi éloignés qu'ils semblaient l'être, sont liés. Étroitement.

Existe-t-il deux choses qui ne sont pas liées ?

Par Anne, Camille n'a pas trouvé la vérité, il ne sait même pas qui elle est en réalité. Il lui faut maintenant partir d'ailleurs. De l'autre extrémité du fil.

Sur son portable, trois appels de Louis, qui n'a pas laissé de message, ce qui est dans son style. Juste un SMS : « Besoin d'aide ? » Un jour, quand il en aura fini avec tout ça, Camille proposera à Louis de l'adopter.

Et trois messages de Le Guen qui reviennent tous à la même chose. Mais la tonalité évolue, la voix de Jean s'éteint de message en message, ils sont de plus en plus courts. Et de plus en plus prudents. « Écoute, il faut absolument que tu me rapp… », Camille zappe. « Bon… Pourquoi tu ne… ? » Camille zappe. Dans le dernier, Le Guen est grave. En réalité, il est malheureux : « Si tu ne m'aides pas, je ne peux pas t'aider. » Camille zappe.

Son esprit évacue tout ce qui le gêne et continue à fonctionner sur sa lancée. Rester concentré sur l'essentiel.

Tout se complique singulièrement.

La perspective vient de changer brutalement parce qu'il y a ces dégâts étonnants dans la maison.

Spectaculaires bien sûr, mais sans être un expert en balistique, on se pose forcément des questions.

Anne est seule derrière une baie vitrée de vingt mètres de large. De l'autre côté, un homme motivé, habile, parfaitement équipé. Qu'il ne parvienne pas à aligner Anne proprement, c'est de la déveine. Mais qu'ensuite, fenêtre ouverte, bras tendu, à six mètres, il n'arrive pas à lui loger une balle dans la tête, cette fois, c'est préoccupant. On peut même dire que depuis le passage Monier, ça confine à la malédiction. Joue-t-il donc à ce point de malchance depuis le début ? Une poisse pareille, c'est à peine croyable…

On est même en droit de penser que pour parvenir à ne pas tuer Anne avec autant de chances de le faire, il faut être un excellent tireur. Dans l'entourage de Camille, il n'y en a jamais eu beaucoup.

Et quand on se pose cette question, on se pose forcément toutes les autres.

Par exemple : comment est-on venu traquer Anne jusqu'à Montfort ?

La nuit précédente Camille a fait ce même chemin, dans l'autre sens, depuis Paris. Anne, épuisée, s'est endormie dès le début du voyage, elle ne s'est réveillée qu'à l'arrivée.

Même la nuit sur le boulevard périphérique, sur l'autoroute, la route nationale, il y a toujours beaucoup de monde. Mais Camille s'est arrêté deux fois, il a attendu plusieurs minutes, il a observé la circulation puis il a achevé le trajet par un chemin détourné, empruntant trois routes secondaires sur lesquelles les phares se voient de loin.

Il y a là une répétition inquiétante : il a conduit les tueurs jusqu'à Ravic en procédant à la rafle chez les Serbes, puis il les a conduits vers Anne en l'amenant à Montfort.

C'est l'hypothèse la plus plausible. Du moins, c'est ce qu'on veut lui faire croire. Parce que maintenant qu'il sait qu'Anne n'est pas Anne, que cette histoire n'est pas du tout celle à laquelle il a cru jusqu'à présent, les hypothèses les plus solides deviennent les moins plausibles.

Camille en est certain, il n'a pas été suivi. Ce qui veut dire qu'on est venu chercher Anne à Montfort parce qu'on savait qu'elle s'y rendrait.

Il faut donc envisager une autre solution. Et cette fois, elles se comptent sur les doigts de la main.

Chaque solution est un nom, celui d'un proche. Suffisamment proche de Camille pour connaître Montfort. Pour savoir qu'il est un intime de cette femme passée à tabac dans le passage Monier.

Pour savoir qu'il allait l'amener ici pour la mettre à l'abri.

Camille gratte, creuse mais il a beau chercher encore et encore, des noms, il n'y en a pas vingt. Si l'on excepte Armand, parti en fumée quarante-huit heures plus tôt, la liste est même bien courte.

Et Vincent Hafner, qu'il n'a jamais vu, n'en fait pas partie.

Cette conclusion est abyssale pour Camille.

Il était déjà sûr qu'Anne n'est pas Anne. Il est maintenant certain qu'Hafner n'est pas Hafner.

C'est comme si toute l'enquête se réinitialisait.

Retour à la case départ.

Et pour Camille, après tout ce qu'il a déjà fait, ça revient quasiment à un billet pour la case prison.

Il est de nouveau sur la route, le flicaillon, à faire des allers-retours de Paris jusqu'à sa maison de campagne, on dirait un écureuil dans son tourniquet. Un hamster. Il s'agite, j'espère que ça va finir par payer. Pas pour lui, évidemment, pour lui je pense même que c'est plié, il est dans la nasse, il ne va pas tarder à en avoir la confirmation. Malgré sa taille, il va tomber de haut. Non, j'espère que ça va payer pour moi.

Maintenant plus question que ça m'échappe.

La fille a fait ce qu'il fallait, on peut même reconnaître qu'elle a payé de sa personne, rien à dire. Ce sera serré mais pour le moment, tout marche comme sur des roulettes.

À moi de conclure. Avec mon ami Ravic, j'ai fait un bon tour de chauffe. S'il était encore de ce monde, il pourrait en témoigner, bien que, vu le nombre de doigts qui lui restait à la fin, il n'aurait pas pu jurer sur la Bible.

En y repensant, avec lui, j'ai été gentil, j'ai même fait preuve de compassion. Lui coller une balle dans la tête, c'était quasiment de la charité. Décidément, les Serbes, c'est comme les Turcs, ils ne savent pas dire merci. C'est dans leur culture. Ils sont comme ça. Et ils se plaignent d'avoir des ennuis.

On va passer aux choses sérieuses. D'où il est (je ne sais pas s'il y a un paradis pour les braqueurs serbes, mais certainement, il y en a bien un pour les terroristes), Ravic va être content. Il va prendre une revanche post-mortem parce que je me sens des envies de désosser tout vif. Il me faut un peu de chance, jusqu'ici je n'en ai pas eu besoin, je dois avoir du crédit là-haut auprès des instances décisionnaires.

Et si Verhœven fait son boulot, ça ne va pas traîner.

Pour le moment, je vais rejoindre mon havre de paix, me requinquer un peu parce qu'il va falloir agir très vite.

Mes réflexes sont un peu émoussés mais ma motivation est intacte, c'est l'essentiel.

12 h 00

Dans la salle de bain, Anne regarde à nouveau sa gencive, ce trou, cette laideur. Elle est entrée à l'hôpital sous un faux nom, elle ne pourra pas récupérer son dossier médical, les radios, les analyses, les diagnostics, il va falloir tout recommencer. Tout reprendre à zéro, dans tous les sens du terme.

Il prétend qu'il n'a pas voulu la tuer parce qu'il a besoin d'elle. Il peut dire ce qu'il veut, elle n'en croit pas un mot. Anne aurait fait l'affaire aussi bien morte que vivante. Il l'a frappée si violemment, avec un tel acharnement... Il peut soutenir que c'était nécessaire à sa démonstration, elle n'a pas de doute, il a pris un tel plaisir à la frapper ainsi, s'il avait pu la démolir davantage encore, il l'aurait fait.

Elle trouve, dans l'armoire à pharmacie, des petits ciseaux à bouts pointus et une pince à épiler. Le médecin, le jeune Indien, lui a assuré que c'était une plaie peu profonde, il pensait retirer les points de suture après une dizaine de jours, elle veut le faire tout de suite. Elle a aussi trouvé une loupe dans un tiroir du bureau de Camille mais deux instruments de fortune dans une pièce mal éclairée, pour ce genre de travail, ce n'est pas l'idéal. Sauf qu'elle ne veut pas attendre. Et cette fois, ce n'est pas sa manie du nettoyage. C'est ce qu'elle disait à Camille du temps qu'ils étaient ensemble, qu'elle voulait nettoyer. Pas cette fois. Contrairement à ce qu'il pensera après, quand tout sera fini, elle lui a très peu menti. Le minimum. Parce que c'était Camille, qu'il est difficile de lui mentir. Ou trop facile, ça revient au même.

Anne s'essuie d'un revers de manche, déjà que retirer des points de suture toute seule ce n'est pas simple, si en plus elle a les yeux embués... Il y a onze points. Elle tient la loupe dans la main gauche, les ciseaux dans la main droite. De près, ces petits fils noirs ressemblent à des insectes. Elle glisse la pointe sous le premier nœud, la douleur est immédiate, aiguë, pointue comme les ciseaux. Normalement, ça ne devrait pas faire mal, c'est que la plaie n'est pas refermée. Ou qu'elle s'infecte. Il faut pousser la pointe assez loin pour parvenir à couper les liens, Anne grimace, un coup sec, le premier insecte vient de mourir, il ne reste plus qu'à le retirer. Ses mains tremblent. Le fil résiste, encore collé sous la peau, avec la pince à épiler il faut tirer malgré le tremblement. Il cède enfin, son glissement sous la plaie provoque une sale impression, Anne scrute aussitôt mais elle ne voit rien encore, elle s'attaque au deuxième fil, elle est tellement tendue, nerveuse qu'elle doit s'asseoir, respirer un peu...

De retour devant la glace, elle triture la blessure en grimaçant, voici le deuxième fil, puis le troisième. Elle les retire beaucoup trop tôt, à travers la loupe la plaie est encore rouge, pas refermée. Le quatrième fil est un résistant, plus soudé à la chair que les précédents, mais la volonté d'Anne est inébranlable, elle gratte avec la pointe du ciseau, serre les dents, réussit à passer dessous, l'attrape, le manque, recommence, la plaie se met à saigner, rouverte, le fil cède enfin, elle tire dessus, maintenant la plaie saigne ouvertement, rose en haut et rouge en bas, des gouttes de sang grosses comme des larmes, les fils suivants rendent l'âme à leur tour et glissent sous la peau, elle jette les cadavres dans le lavabo et, pour les derniers, Anne fait ça un peu à l'aveuglette parce que le sang qu'elle essuie remonte tout de suite à la surface, elle ne s'arrête que lorsque tous les fils sont partis. Le sang coule. Coule. Sans réfléchir, elle attrape dans la petite armoire le flacon en plastique d'alcool à quatre-vingt-dix, pas de compresse, la main en soucoupe, l'alcool dedans et l'application directement comme ça, à la main.

Le mal que ça fait… Anne hurle et tape violemment du poing sur le lavabo, ses doigts, mal protégés par les attelles qui se relâchent, la font hurler de nouveau. Mais aujourd'hui ce hurlement est à elle, il lui appartient, personne n'est venu le lui arracher.

Une seconde fois, la main, l'alcool directement sur le visage avec la paume. Anne s'appuie des deux mains sur les bords du lavabo, près de défaillir, mais elle tient bon.

Puis, quand la douleur se calme, une compresse imbibée d'alcool, serrée fort sur la joue. Quand elle la soulève, le pansement exhibe une plaie boursouflée, laide, qui continue à saigner un peu.

Une cicatrice qui va rester. Rectiligne, tout en travers de la joue. Pour un homme, on dit une balafre. Difficile de savoir ce qui restera mais pas difficile de comprendre que ça ne partira plus jamais.

C'est définitif.

Et s'il fallait creuser la plaie au couteau, elle le ferait.

Parce qu'elle veut se souvenir de tout ça. Toujours.

12 h 30

Le parking des urgences est toujours aussi bondé. Cette fois, pour avoir le droit d'y entrer, Camille est obligé d'exhiber sa carte.

La standardiste est épanouie comme une rose. Une rose passablement défraîchie mais qui force la sympathie.

– Alors, elle s'est sauvée ?

Comme si elle savait l'importance que ça revêt pour le commandant Verhœven, elle fait une petite moue chagrine, qu'est-ce qui s'est passé, ça a dû vous faire un coup, c'est un échec pour la police, non ? Camille veut s'en débarrasser mais ce n'est pas aussi facile qu'il l'espère.

– Et sa prise en charge ?

Camille revient sur ses pas.

– C'est pas mon rayon, remarquez bien, mais quand une patiente prend la tangente et qu'on n'a même pas son numéro de sécurité sociale pour facturer son passage, je peux vous dire, là-haut, ça s'agite. Et les chefs, ils tombent sur le râble de tout le monde, responsable ou pas responsable, ils ne font pas de distinction, j'ai eu ma dose, moi aussi… C'est pour ça que je demande.

Camille hoche la tête, je comprends, l'air de compatir,

pendant que la standardiste reprend des appels. Évidemment qu'entrée ici sous un faux nom, Anne aurait été bien incapable de fournir une carte de sécurité sociale ou de mutuelle. Voilà pourquoi il n'a trouvé aucun papier à son nom chez elle. Elle n'en a aucun, du moins à ce nom d'emprunt.

Il a soudain très envie de l'appeler, comme ça, sans raison, comme s'il avait peur de régler cette affaire sans elle, hors d'elle, il a envie de lui dire Anne…

Et il prend conscience qu'elle ne s'appelle sans doute pas Anne. Tout ce que ce mot représente dans son imaginaire est bon à jeter, Camille est désemparé, il a perdu jusqu'à son nom.

– Ça va pas ? demande la standardiste.

Si, ça va, Camille prend l'air préoccupé, c'est le plus efficace quand on a besoin de donner le change.

– Son dossier, demande-t-il, il est où ? Son dossier médical.

Anne s'est enfuie la nuit précédente, tout est encore à l'étage.

Camille remercie. Arrivé à l'étage, il ne sait toujours pas comment il va s'y prendre, pas la moindre idée. Alors il fait quelques pas pour réfléchir. Il est au bout du couloir, à quelques mètres de la petite salle d'attente transformée en salle de n'importe quoi, dans laquelle il a improvisé le premier point avec Louis.

Il voit la poignée ployer lentement, la porte s'ouvre timidement, on dirait qu'un enfant va en sortir, timide ou craintif.

L'enfant est en fait plus proche de la retraite que de la maternelle : voici apparaître Hubert Dainville soi-même, le grand patron, le chef de service, le brushing neigeux dressé sur la tête, on dirait qu'il vient de retirer ses bigoudis. Et rouge comme une pivoine quand il aperçoit Camille. D'habitude il n'y a personne ici, cette salle ne donne sur rien, ne sert à rien, personne n'y vient.

– Qu'est-ce que vous foutez là ? demande-t-il, furieux, autoritaire, prêt à mordre.

Et vous ? La réponse brûle les lèvres de Camille, mais ce n'est pas la bonne méthode, il prend l'air égaré.

– Perdu… (Puis fataliste.) J'ai pris le couloir dans le mauvais sens.

Le chirurgien du rouge passe au rose, la confusion s'estompe, le tempérament reprend ses droits, il s'éclaircit la gorge et entame le couloir d'un pas décidé. Il marche très vite, comme s'il était appelé par une urgence.

– Vous n'avez plus rien à faire ici, commandant.

Camille suit au petit trot, il est à la peine, d'autant qu'il réfléchit aussi vite que la situation le permet.

– Votre témoin a quitté l'hôpital cette nuit ! poursuit le docteur Dainville comme s'il lui adressait un reproche personnel.

– J'ai appris ça, oui.

Camille ne voit pas d'autre solution, il plonge sa main dans sa poche, saisit son portable et le lâche, l'appareil tombe au sol avec un bruit clair, un bruit d'accident domestique.

– Et merde !

Le docteur Dainville, déjà aux ascenseurs, se retourne et voit le commandant agenouillé, de dos, en train de ramasser les éléments de son téléphone. Quel gland. Les portes s'ouvrent, il s'engouffre.

Camille ramasse son portable intact, fait mine de le rafistoler en revenant sur ses pas, vers la petite salle.

Les secondes passent. Une minute. Il hésite à entrer, quelque chose le lui interdit. Quelques secondes supplémentaires. Il s'est certainement trompé. Il attend. Rien. Tant pis. Il s'apprête à rebrousser chemin. Et puis non.

La porte s'ouvre à nouveau, énergiquement cette fois.

La femme qui en sort arbore un air affairé, c'est Florence, l'infirmière. À son tour de rougir, en découvrant Camille, ses lèvres gonflées dessinent un rond parfait, une seconde d'hésitation et c'est trop tard, elle n'a plus aucune chance de faire diversion. Le geste qui signe son embarras, elle ramène une mèche derrière son oreille, regarde Camille en refermant la porte avec un calme appuyé, démonstratif, je suis une femme au travail, occupée et concentrée sur sa tâche, je n'ai rien à me reprocher. Personne ne peut y croire, même pas elle. Camille n'aurait pas absolument besoin de pousser son avantage, il ne se conduirait pas ainsi… Il s'en veut terriblement mais il le faut. Il la regarde fixement, penche la tête, accentue la pression, je n'ai pas voulu vous déranger pendant vos petites affaires, je suis délicat, hein ? Il se conduit comme s'il avait fait une réussite sur son téléphone portable en attendant dans le couloir qu'elle ait terminé son petit job avec le docteur Dainville.

– J'ai besoin du dossier de Mme Forestier, dit-il.

Florence marche dans le couloir mais elle n'allonge pas sa foulée, comme l'a fait volontairement le docteur Dainville. Pas beaucoup de défense. Et aucune méchanceté.

– Je ne sais pas..., commence-t-elle.

Camille ferme les yeux, il la supplie silencieusement de ne pas l'obliger à dire : je vais aller en parler avec le docteur Dainville, je pense que...

Ils sont arrivés au bureau.

– Je ne sais pas... si le dossier est encore là.

Elle ne s'est pas retournée une seule fois vers lui, elle ouvre le grand tiroir avec les dossiers suspendus. Sans hésitation, elle en sort le dossier Forestier, une grande chemise avec le scanner, les radios, les comptes rendus, donner ça au premier qui le demande, même un flic, c'est très grave de la part d'une infirmière...

– Je vais vous faire porter la demande du juge en fin d'après-midi, dit Camille. En attendant, je peux vous signer un reçu.

– Non, dit-elle précipitamment. Je veux dire, si le juge...

Camille prend le dossier, merci. Ils se regardent. Ce qui est douloureux pour lui, à la limite du malaise, ce n'est pas seulement la bassesse de sa méthode pour lui extorquer des informations sur lesquelles il n'a aucun droit, c'est de comprendre cette femme.

De saisir que ces lèvres boursouflées, ce n'est pas le désir de rester jeune mais une irréfragable demande d'amour.

13 h 00

Vous passez la grille, vous marchez dans l'allée. Devant vous, le bâtiment rose, au-dessus de vous, les grands arbres, vous pourriez penser que vous arrivez dans une demeure de maître, difficile d'imaginer que derrière ces fenêtres on aligne des cadavres et qu'on les découpe. Ici, on pèse les cœurs et les foies, on scie les crânes. Camille connaît les lieux par cœur, il les déteste. Ce sont les gens qu'il aime bien, les employés, les techniciens, les médecins, Nguyen surtout. Il a pas mal de souvenirs avec lui, des mauvais, des pénibles, ça crée des liens.

Camille a ses entrées, il adresse des petits signes à l'un à l'autre. Il sent bien qu'il y a de la retenue, que la rumeur l'a précédé ici aussi. Il le sent aux sourires gênés, aux mains qui se tendent, hésitantes.

Nguyen, lui, est toujours le même, une sorte de sphinx, impénétrable, il est un peu plus grand que Camille, aussi mince, la dernière fois qu'il a souri, c'était en 1984. Il serre la main de Camille, il écoute, regarde le dossier qu'il lui tend. Circonspect.

– Juste un coup d'œil. À temps perdu.

« Juste un coup d'œil », ça veut dire : je veux ton avis, j'ai un doute, à toi de me dire, je ne te dis rien, je ne veux pas t'influencer, et si tu pouvais faire ça vite…

« À temps perdu », ça veut dire : ce n'est pas officiel donc c'est personnel – voilà qui confirme la rumeur selon laquelle Verhœven est dans l'œil du cyclone –, et donc Nguyen dit d'accord, à Camille il ne refuse jamais rien. D'autant qu'il ne risque rien et que lui aussi aime les mystères, déceler les failles, mettre le doigt sur le détail, il adore, il est légiste.

– Tu m'appelles vers dix-sept heures ?

Disant cela, il enferme le dossier dans son tiroir, c'est personnel.

13 h 30

Maintenant il est temps de repasser au bureau. Avec ce qui l'attend, il n'en a aucune envie mais il le faut.

Dans les couloirs, Camille salue des collègues, pas besoin d'être bien psychologue pour ressentir le malaise. À l'Institut médico-légal, c'était feutré. Ici, c'est criant. Comme dans tous les bureaux, trois jours est un délai largement suffisant pour une rumeur. Et plus elle est vague, plus elle enfle, l'effet est mécanique. Classique. Certains gestes de sympathie ont des tonalités de condoléances.

Même si on l'interrogeait, Camille n'a aucune envie de parler ni de s'expliquer, avec personne, il ne saurait d'ailleurs pas quoi dire, par où commencer. Par bonheur, de son équipe, presque tout le monde est sur le pont, ils ne sont que deux présents dans les bureaux, Camille fait un signe de la main, le collègue est au téléphone, il lève le bras, bonjour commandant, l'autre a juste le temps de se retourner, Camille est déjà passé.

Aussitôt arrive Louis. Il entre sans un mot dans le bureau du commandant. Les deux hommes se regardent.

– On vous cherche pas mal…

Camille se penche sur son bureau. Une convocation de la divisionnaire Michard.

– Je vois ça…

Dix-neuf heures trente. Horaire tardif. Salle de réunion. Lieu impartial. La convocation ne précise pas qui sera là. La procédure n'est pas habituelle. Quand un flic est dans le collimateur, on ne le convoque pas pour s'expliquer, ce qui reviendrait à le prévenir qu'une enquête pourrait être ouverte le concernant. C'est donc que, prévenu ou pas, ça ne changera rien, que Michard dispose d'éléments tangibles que Camille n'a plus le temps de neutraliser.

Il ne cherche pas à comprendre, ce n'est pas l'urgence, dix-neuf heures trente, autant dire dans mille ans.

Il accroche son manteau, plonge la main dans la poche et en ressort un sac en plastique qu'il manipule à deux mains, comme un bâton de nitroglycérine, pour ne pas toucher le contenu avec ses doigts. Il pose le mug sur son bureau. Louis s'approche, se penche avec curiosité, il lit à voix basse : Мой дядя самых честных правил…

– C'est le premier vers d'*Eugène Onéguine*, non ?

Pour une fois, Camille a la réponse. C'est oui. Le mug appartenait à Irène, il ne le dit pas à Louis.

– Je voudrais que tu fasses analyser les empreintes. Rapidement.

Louis accepte de la tête, referme le sachet plastique.

– Je mets le bordereau… sur l'affaire Pergolin ?

Claude Pergolin, le travesti étranglé chez lui.

– Par exemple…, approuve Camille.

Il est de plus en plus difficile d'agir de cette manière, sans rien lui dire. Camille hésite à le faire, d'abord parce que c'est une longue histoire à raconter mais aussi parce que tant qu'il n'est au courant de rien, Louis n'encourt aucun reproche.

– Bon, si on veut les résultats tout de suite, dit Louis, je dois profiter que Mme Lambert est encore là.

Mme Lambert en pince sacrément pour Louis ; elle aussi, comme le commandant Verhœven, serait candidate à l'adoption. Elle est une syndicaliste acharnée, son combat, c'est la retraite à soixante ans. Elle en a soixante-huit, elle trouve tous les ans un nouveau subterfuge pour continuer à travailler. Si personne ne la passe par la fenêtre, elle a encore trente ans de militantisme actif devant elle.

Malgré l'urgence, Louis ne bouge pas. Le sac en plastique entre les mains, plongé dans une réflexion intense, il reste sur le seuil du bureau, à la manière d'un jeune homme à l'instant de faire sa demande.

– J'ai raté pas mal d'épisodes, je crois…

– Rassure-toi, moi aussi, répond Camille en souriant.

– Vous avez préféré me tenir à l'écart… (Aussitôt, Louis lève la main.) Ce n'est pas un reproche !

– Si, Louis, c'est un reproche. Et tu as bigrement raison de le faire. Sauf que maintenant…

– C'est trop tard ?…

– Voilà.

– Trop tard pour l'explication ou trop tard pour le reproche ?

– C'est plus emmerdant que ça, Louis. C'est trop tard pour tout. Trop tard pour comprendre, pour réagir, pour t'expliquer… Et sans doute même pour m'en sortir avec les honneurs. La situation n'est pas grandiose, comme tu vois.

Louis désigne vaguement le plafond, les hautes sphères. Il confirme :

– Tout le monde n'a pas l'air aussi patient que moi.

– Tu auras droit au premier scoop, répond Camille. Garanti. Je te le dois largement. Et si tout se passe comme prévu, je te réserve même une surprise. La plus grande réussite dont on puisse rêver quand on est dans la police : briller aux yeux de ses chefs.

– « La réussite, c'… »

– Oh oui, vas-y, Louis ! Une citation !

Louis sourit.

– Non, reprend Camille, laisse-moi deviner : Saint-John Perse ! Non, mieux : Noam Chomsky !

Louis quitte le bureau.

– Ah, si…, dit-il en repassant la tête. Dans votre sous-main… je crois qu'il y a un truc pour vous, je ne suis pas certain…

Tu parles.

Un post-it. La grande écriture anguleuse de Jean : « Bastille, sortie Roquette, 15 heures », ce qui est beaucoup plus qu'un rendez-vous.

Que le contrôleur général ait préféré laisser un message anonyme dans son sous-main plutôt qu'appeler son portable est assez mauvais signe. Jean Le Guen dit clairement : je prends des précautions. Il dit aussi : je suis suffisamment ton ami pour courir le risque mais te rencontrer pourrait bien accélérer ma fin de carrière, alors on va faire ça discrètement.

Avec la taille qu'il a, Camille a une certaine habitude de l'ostracisme, rien que prendre le métro parfois… Mais se retrouver suspect dans la police même, même si, avec ce qui se passe depuis trois jours, ce n'est plus réellement une surprise, ça lui en fiche un sale coup.

14 h 00

Fernand est un brave type. Un imbécile mais pas contrariant. Le restaurant est fermé, il l'a rouvert. J'ai faim, il me fait une omelette aux cèpes. Il est bon cuisinier. Il aurait mieux fait de le rester mais voilà, c'est toujours comme ça, l'employé ne rêve que de devenir chef. Il s'est endetté jusqu'à la moelle et pour quoi ? Pour avoir le plaisir d'être « patron ». Quel con. Moi, ça me va très bien, les cons nous servent. Vu les intérêts prohibitifs que je lui ai imposés, il me doit plus d'argent qu'il ne pourra jamais m'en rembourser. Pendant un an et demi, j'ai renfloué son affaire, quasiment chaque mois. Je ne sais pas si Fernand en a vraiment conscience, son restaurant est à moi, un claquement de doigts, et le soi-disant patron va pointer à la soupe populaire. Je me garde bien de le lui rappeler. Il me rend pas mal de services. Il me sert d'alibi, de boîte aux lettres, de bureau, de témoin, de caution, de distributeur bancaire, je vide sa cave et il me fait à manger en cas de besoin. Au printemps dernier, pour la rencontre avec Camille Verhœven, il a été parfait. Tout le monde a été parfait d'ailleurs. L'esclandre s'est déroulé à merveille. Au bon moment, mon commandant préféré a fini par se lever de table et faire ce qu'il fallait. Ma seule crainte était que quelqu'un d'autre se lève pour intervenir parce que cette fille était sacrément mignonne. Plus maintenant, bien sûr. Aujourd'hui, avec ses cicatrices, ses dents cassées et sa tête en forme d'abat-jour, elle pourrait faire un scandale dans un restaurant, il n'y aurait pas beaucoup d'hommes pour se précipiter à son secours, mais avant elle donnait vraiment l'envie d'aller en découdre avec ce bon Fernand. Jolie, et donc habile, elle a su jeter les regards qu'il fallait, à qui il fallait. Bon gré mal gré, le Verhœven a fini par y aller…

Je repense à tout ça parce que j'ai un peu de temps. Et que le lieu s'y prête.

J'ai posé mon portable sur la table, je ne peux pas m'empêcher de le consulter en permanence. Sous réserve de la fin, je suis content des résultats partiels. J'espère que ça sera un très gros paquet parce que sinon je vais encore me foutre en boule, me sentir d'humeur à désosser n'importe qui.

En attendant, je savoure mes premières heures de vraie détente depuis plus de trois jours et Dieu sait que je n'ai pas chômé.

Au fond, la manipulation a beaucoup de points communs avec le braquage. Il faut beaucoup de préparation et un très bon personnel d'exécution. Je ne sais pas comment elle s'y est prise pour conduire Verhœven à lui faire quitter l'hôpital et l'emmener chez lui à la campagne mais visiblement ça n'a pas fait un pli.

Sans doute le coup de la crise d'hystérie. Avec les hommes sensibles, c'est ce qui marche le mieux.

Coup d'œil au téléphone.

Quand il va sonner, j'aurai ma réponse.

Soit j'ai travaillé pour rien, et là rien à dire, chacun rentre chez soi.

Soit je me dirige vers le gros paquet de fric, et si c'est le cas, je ne sais pas de combien de temps je vais disposer. Certainement pas beaucoup, il faudra faire vite.

Et ce n'est pas à trois foulées du résultat que je vais rater la prise. Alors je demande de l'eau minérale à Fernand, ce n'est pas le moment de faire le con.

Anne a trouvé des pansements dans la pharmacie. Il a fallu en coller deux, bout à bout, pour couvrir la cicatrice. En dessous, c'est toujours brûlant. Pas de regret.

Elle s'est ensuite baissée pour ramasser l'enveloppe qu'il lui a jetée, comme un morceau de viande à un animal de cirque. Elle lui brûle les doigts. Elle l'ouvre.

Dedans une liasse de billets, elle compte deux cents euros.

Une liste de numéros de téléphone : les taxis des environs.

Un plan de situation, une vue aérienne, on voit la maison de Camille, le sentier, l'abord du village, Montfort.

Le tout pour solde de tout compte.

Elle pose le téléphone portable près d'elle, sur le canapé.

Attendre.

15 h 00

Camille s'attendait à un Le Guen éruptif, il le trouve accablé. Assis sur un banc de la station de métro, il regarde ses pieds, l'air désabusé. Pas un reproche. Ou plutôt si. Mais c'est plutôt une sorte de plainte.

– Tu pouvais me demander mon aide…

Camille note l'emploi du passé. Pour Le Guen, une partie de l'affaire est déjà pliée.

– Pour un type de ton niveau…, dit-il. Vraiment, tu les collectionnes…

Et encore, pense Camille, Le Guen ne sait pas tout.

– Tu demandes l'affaire, en soi, c'est déjà assez suspect. Parce que cette histoire d'indic, tu avoueras…

Ce n'est encore rien. Le Guen va bientôt apprendre que Camille a personnellement aidé le témoin-clé de cette affaire à quitter l'hôpital et donc à se soustraire à la justice.

Camille ne sait d'ailleurs pas qui est ce témoin mais s'il se révèle qu'Anne est coupable de quelque chose de grave, allez savoir, il peut se retrouver avec une inculpation de complicité… À partir de là, tout est imaginable : complicité de meurtre, de vol, d'assassinat, de kidnapping, de vol à main armée… Et il aura du mal à faire croire à son innocence.

Il ne répond pas à Jean, il avale sa salive.

– Pour les relations avec le juge, dit Le Guen, t'es sacrément con : tu l'as court-circuité un moment, tu me le disais, on arrangeait le coup, on n'en parlait plus. D'autant que Pereira est un gars avec qui on peut discuter.

Le Guen ne va pas tarder à apprendre que, depuis, Camille a fait beaucoup plus fort, qu'il a subtilisé le dossier médical de ce témoin. Témoin que, par ailleurs, il héberge à son domicile personnel.

– Ta rafle d'hier a fait de sacrées vagues ! C'était prévisible, tu te rends compte de ce que tu fais ? J'ai l'impression que tu es complètement inconscient !

Et le contrôleur général n'imagine même pas que le nom de Verhœven figure sur une pièce du dossier qu'il a carottée à la bijouterie et qu'il a donné une fausse identité à la préfecture. Et il est trop tard maintenant.

– Aux yeux de la divisionnaire Michard, reprend Le Guen, manœuvrer pour obtenir cette affaire, c'est vouloir la couvrir.

– Quelle connerie ! lâche Camille.

– Je m'en doute bien. Mais tu te comportes depuis trois jours comme si tu étais à ton compte. Alors forcément…

– Forcément, admet Camille.

Les rames devant eux se succèdent. Le Guen regarde toutes les filles qui passent, absolument toutes, rien de salace, il est admiratif, de toutes, il leur doit tous ses mariages. Camille a toujours été son témoin.

– Moi, ce que je veux savoir, c'est pourquoi tu fais, de cette enquête, une affaire personnelle !

– Je crois que c'est l'inverse, Jean. C'est une affaire personnelle qui est devenue une enquête.

En disant cela, Camille comprend qu'il vient de toucher juste. Il entre en effervescence, il lui faudrait un peu de temps pour en tirer toutes les conséquences. Il tâche même de graver ces mots dans sa mémoire : c'est une affaire personnelle qui est devenue une enquête.

L'information a plongé Le Guen dans l'incertitude.

– Une affaire personnelle… Qui tu connais, dans cette histoire ?

Bonne question. Il y a quelques heures, Camille aurait répondu : Anne Forestier. Tout a changé.

– Le braqueur, dit machinalement Camille qui continue sa réflexion en marge de la conversation.

Le Guen, lui, passe de l'incertitude à l'inquiétude.

– Tu es en *affaires* avec un braqueur ? Un braqueur complice du meurtre, c'est ce que je dois comprendre ? (Il a l'air inquiet, en fait il est complètement affolé.) Tu connais Hafner *personnellement* ?

Camille hoche la tête. Non. Ce serait trop à expliquer.

– Je ne suis pas certain, commence Camille évasivement. Je ne peux pas te dire pour le moment…

Le Guen pose ses deux index joints sur sa bouche, signe d'une réflexion intense et délicate.

– Tu n'as pas l'air de bien comprendre pourquoi je suis là.

– Si, Jean, je comprends très bien.

– Michard va certainement vouloir saisir le parquet. Elle en a le droit, elle a besoin de se protéger, elle ne peut pas fermer les yeux sur tes agissements et je ne vois comment je pourrais m'y opposer. Et dans cette situation, si je t'en parle, je suis en faute moi aussi. Là, en ce moment, je suis en faute.

– Je sais, Jean, je te remercie…

– Ce n'est pas pour ça que je t'en parle, Camille ! Je m'en fous de tes remerciements ! Si tu n'as pas encore l'IGS sur le dos, c'est imminent. Ton téléphone va être, ou est déjà, sur écoute, tu vas être, ou tu es déjà, suivi, tes déplacements surveillés, ton comportement analysé… Et d'après ce que tu me laisses entendre, tu ne risques pas seulement ton boulot, tu risques la taule, Camille !

Le Guen laisse filer une rame supplémentaire, quelques secondes de silence dont il espère beaucoup, il voudrait que Camille se ressaisisse. Ou qu'il s'explique. Et pour l'y contraindre, il n'a pas beaucoup de cartes dans son jeu.

– Écoute, reprend-il, je ne pense pas que Michard va saisir le parquet sans m'en parler. Elle arrive, elle a besoin de mon soutien, ton histoire lui donne auprès de moi un crédit inespéré... C'est pour ça que j'ai pris les devants. J'en profite, tu comprends ? Tu es convoqué à dix-neuf heures trente, c'est moi qui ai organisé ça.

Les désastres se suivent à une cadence quasi grisante. Camille le fixe, interrogatif.

– C'est ta dernière chance, Camille. On sera en petit comité. Tu nous racontes ton histoire et on voit comment on peut limiter les dégâts. Je ne peux pas te promettre que ça en restera là, tout dépendra de ce que tu vas nous dire. Qu'est-ce que tu vas nous dire, Camille ?

– Je ne sais pas encore, Jean.

Il a son idée mais comment expliquer, il lui faut d'abord lever des doutes. Le Guen est vexé. D'ailleurs, il le dit :

– Ça me vexe, Camille. Mon amitié pour toi ne sert à rien.

Camille pose sa main sur l'énorme genou de son ami, il tapote du bout des doigts comme s'il voulait le consoler, l'assurer de sa solidarité.

Le monde à l'envers.

17 h 15

– Qu'est-ce que tu veux que je te dise... Un passage à tabac en règle.

Au téléphone, Nguyen a une voix très nasale. Il doit répondre depuis une salle vaste, au plafond très haut, sa voix se répercute, on dirait un oracle. C'est d'ailleurs ce qu'il est pour Camille. D'où sa question :

– Est-ce qu'il y a intention de tuer ?

– Non… non, je ne crois pas. Il y a volonté de faire du mal, de punir, de marquer, ce que tu veux, mais pas de tuer…

– Tu en es certain ?

– Tu as déjà vu un médecin certain de quelque chose, toi ? Je dirais seulement qu'à moins d'en être empêché, il suffisait pour le type d'y mettre toutes ses forces et le crâne de cette femme explosait comme un melon.

Pour que ça n'arrive pas, pense Camille, il a dû se maîtriser. Calculer. Il l'imagine lever haut son fusil, abattre la crosse en ciblant la pommette et la mâchoire plutôt que le crâne, retenir son coup à la dernière milliseconde. Un homme qui a du sang-froid.

– Pareil pour les coups de pied, reprend le légiste. Le rapport de l'hôpital dit huit coups, moi je compte neuf, mais ce n'est pas le plus important. L'essentiel, c'est la manière dont ils sont appliqués. Il a envie de casser des côtes, d'en fêler, de faire mal, oui, de faire des dégâts, bien sûr, mais vu l'endroit où ils sont appliqués et le type de chaussures qu'il portait, s'il avait vraiment voulu tuer cette femme, c'était plus que facile. Il pouvait lui exploser la rate, trois coups bien alignés, c'était l'hémorragie interne. La mort de cette femme aurait pu survenir mais par accident : c'est la laisser en vie qui était volontaire.

Le passage à tabac décrit par Nguyen ressemble à un avertissement. Le genre de correction qui annonce que ça pourrait se gâter salement, pas suffisamment pour hypothéquer l'avenir mais assez violent pour être entendu.

Si son agresseur (plus question d'Hafner maintenant, Hafner, c'est de l'histoire ancienne) n'a pas voulu tuer Anne (plus question d'Anne non plus d'ailleurs), ça pose la question de la complicité d'Anne (quel que soit son prénom), qui devient plus que probable, presque certaine.

Sauf que, dans ce cas, la véritable cible, ce n'est pas Anne, c'est Camille.

17 h 45

Il n'y a plus qu'à attendre. L'ultimatum que Camille a fixé à Buisson s'achève à vingt heures mais ce sont des mots, c'est virtuel. Buisson a donné des ordres et fait passer quelques coups de fil. Il a remué ses réseaux, receleurs, revendeurs, fabricants de faux papiers, anciennes relations d'Hafner. Il doit dépenser tout le crédit dont il dispose pour obtenir ce qu'il veut. Il peut réussir en deux heures comme il peut avoir besoin de deux jours et Camille devra attendre la réponse le temps qu'il faudra parce qu'il ne peut pas faire autrement.

Quelle dérision : le gong sera – ou non – sonné par Buisson.

La vie de Camille est maintenant suspendue à l'efficacité de l'assassin de sa femme.

Anne, elle, est assise sur le canapé du salon, elle n'a pas allumé la lumière, la pénombre de la forêt a gagné l'intérieur de la maison. Les seules lueurs sont des clignotants, celui de l'alarme, celui de son téléphone portable, qui égrènent les secondes. Anne ne bouge pas, se répète en boucle les mots qu'elle va dire. Elle sent que l'énergie pourrait lui manquer, mais il faut absolument qu'elle réussisse, c'est une question de vie et de mort.

Si cette mort était la sienne, à cet instant précis, elle céderait.

Elle n'a pas envie de mourir mais elle l'accepterait.

Mais il faut réussir, c'est la dernière marche à franchir.

Fernand joue aux cartes comme il vit, c'est un faible. Il a peur de moi, il fait exprès de perdre, il pense que ça me flatte, il est vraiment con. Il ne dit rien mais il s'inquiète. Dans moins d'une heure, il doit faire rentrer le personnel, diriger la mise en place pour le service du soir, déjà le cuisinier est arrivé, bonjour patron, Fernand, ça le remplit d'orgueil, pour une phrase comme celle-ci il a vendu sa vie et trouve encore le deal avantageux.

Moi, je suis ailleurs.

Je vois passer les heures, ça peut durer comme ça toute la journée, toute la nuit suivante. J'espère que Verhœven va se montrer efficace, sa compétence fait partie des variables sur lesquelles j'ai spéculé. Il n'a pas intérêt à me décevoir.

Selon mes calculs, l'horaire butoir, c'est demain midi.

Si je n'ai pas obtenu gain de cause demain midi, je pense que c'est mort.

Dans tous les sens du terme.

18 h 00

Rue Durestier. Le siège de Wertig & Schwindel. Le hall est divisé en deux parties, à droite les ascenseurs qui montent vers les bureaux, à gauche la boutique de vente de billets. Dans ces immeubles anciens, le hall est démesuré. Pour meubler et rendre l'accueil moins froid, on a réduit la hauteur sous plafond, posé un peu partout des bacs de plantes vertes, de larges fauteuils, des présentoirs avec des catalogues de voyages, des tables basses.

Camille reste à l'entrée. Il imagine parfaitement Anne, installée dans un fauteuil, un œil sur sa montre, attendant l'heure de sortir le retrouver.

Elle prenait un air affairé quand elle arrivait, toujours légèrement en retard sur l'heure du rendez-vous, avec un petit signe, désolée, j'ai fait ce que j'ai pu, le sourire qui va avec et qui donne forcément envie de dire : c'est rien, t'inquiète pas.

Le plan était même encore plus rusé. Camille s'en rend compte lorsqu'il voit soudain apparaître, à l'angle de l'ascenseur, un coursier empressé avec son casque sous le bras. Camille s'avance. Une autre sortie donne rue Lessard. Rien de plus pratique. Si Anne arrivait en retard, elle pouvait entrer par ici et aussitôt ressortir rue Durestier.

Sur le trottoir, Camille ravi, tout le monde était content.

Il a laissé le boulevard derrière lui, s'est installé à la terrasse de la Roseraie, à l'angle de la rue de Faubourg-Laffite.

Quitte à laisser le temps passer, autant faire quelque chose, l'inaction, ça vous tue quand vous vous sentez dégringoler.

Camille scrute son téléphone. Rien.

C'est l'heure de sortie des bureaux. Il sirote son café, les yeux au-dessus de la tasse, regardant les passants affairés traverser les rues, se saluer de loin, se sourire, ou, déjà soucieux, se précipiter vers le métro. Des gens de toutes sortes, son regard attrape le profil d'un jeune homme, le connecte à quelques centaines d'autres profils vivant dans sa mémoire, ou le ventre de cet homme, avantageux, revendiqué, ou la silhouette tassée, voûtée de cette fille pourtant jeune encore, qui porte son sac à main à bout de bras, sans désir, sans plaisir, parce qu'une fille doit en avoir un. S'il y porte attention trop longtemps, la vie transperce Camille de part en part.

Et soudain, elle apparaît à l'angle de la rue Bleue, s'arrête, les pieds sagement posés à quarante centimètres du passage piéton, manteau bleu marine. Un visage étrangement ressemblant au *Portrait de famille* de Holbein mais sans le strabisme, c'est à cette comparaison mentale que Camille doit de s'en souvenir aussi parfaitement. Il a déjà poussé la porte de la terrasse vitrée lorsqu'elle traverse la rue, il sort et l'attend près du feu rouge, elle marque un court temps d'arrêt, son regard exprime la curiosité et une vague inquiétude. Le physique de Camille crée fréquemment cet effet-là. Surtout qu'il la fixe dans les yeux, elle s'avance pourtant, passe devant lui comme si elle l'avait déjà oublié.

– Excusez-moi…

Elle se retourne et baisse les yeux vers lui. Elle mesure un mètre soixante et onze, selon Camille.

– Je suis désolé, dit-il, vous ne me connaissez pas…

Elle semble vouloir dire que si mais elle ne le fait pas. Son sourire est moins triste que son regard, mais il a la même tonalité bienveillante et douloureuse.

– Madame… Charroi ?

– Non, dit-elle en esquissant un sourire de soulagement, vous devez confondre…

Mais elle reste là, comprenant que la conversation n'est pas terminée pour autant.

– Nous nous sommes croisés ici une fois ou deux…, reprend Camille.

Il désigne le carrefour. S'il continue sur sa lancée, il va s'empêtrer dans une explication laborieuse, il préfère sortir son portable, il clique, la femme se penche, curieuse de voir ce qu'il fait, de comprendre ce qu'il veut.

Il ne s'en est pas aperçu, il y a un message de Louis. Sobre : « Empreintes : ISP. »

Inconnue des services de police. Anne n'est pas répertoriée. Fausse piste.

Devant Camille s'étend un couloir dont toutes les portes se ferment l'une après l'autre. Dans une heure et demie, une dernière porte, essentielle, qu'il n'a jamais imaginé voir se fermer, va claquer à son tour, celle de son métier.

La police va l'expulser au terme d'une procédure longue et humiliante. À lui de déterminer s'il le souhaite ou non. Il se dit qu'il n'a pas le choix en sachant bien que choisir ou ne pas choisir, c'est toujours choisir. Pris dans le tourbillon, il ne sait plus ce qu'il veut, c'est affolant cette boucle, cette spirale.

Il relève la tête, la femme est toujours là, curieuse, attentive.

– Excusez-moi...

Camille se repenche sur son portable, ferme un écran, en ouvre un autre, se trompe, recommence, clique sur la liste des contacts et tend enfin l'appareil avec le portrait d'Anne.

– Vous ne travaillez pas avec elle...

Ce n'est pas réellement une question. Pourtant le visage de la femme s'éclaire.

– Non, mais je la connais...

Heureuse de rendre service. Le malentendu ne va pas durer. Elle travaille dans le quartier depuis plus de quinze ans, le nombre de personnes qu'elle connaît de cette manière, à force de les croiser, c'est impressionnant.

– Un jour, dans la rue, on s'est fait un petit signe. Après, quand on se croisait, on se faisait bonjour mais on n'a jamais parlé ensemble.

« Une vraie gale », a dit Anne.

18 h 35

Anne a décidé qu'elle n'attendrait pas plus longtemps. Advienne que pourra. Tant pis, c'est trop long. Et la maison maintenant lui fait peur, comme si, avec la venue de la nuit, la forêt allait se refermer sur elle.

Elle a retrouvé, chez Camille, des gestes de conjuration qui pourraient être à elle, ils se sont reconnus dans leurs attitudes superstitieuses. Par exemple, ce soir, pour ne pas provoquer le mauvais sort (et comme s'il pouvait encore lui arriver quelque chose de pire), elle n'allume pas la lumière. Pour se diriger, elle se contente de la veilleuse qui enveloppe le palier, au bas de l'escalier. Elle éclaire la marche déchiquetée par la balle, sur laquelle Camille s'est arrêté si longtemps.

Quand va-t-il se retourner vers moi et me cracher au visage ? se demande Anne.

Elle ne veut plus attendre. Si près du but, c'est irrationnel mais c'est justement atteindre le but qui lui semble insurmontable. Partir. Tout de suite.

Elle prend son portable et compose le numéro de la compagnie de taxis.

Doudouche fait la gueule, ça lui passera. Il suffit qu'elle se rende compte que Camille n'est pas d'humeur à supporter son humeur à elle pour qu'elle file doux. Un jour, Camille s'est pris à rêver d'une gouvernante acariâtre, une peste, qui ferait chaque jour le ménage jusque sous les pieds des meubles et lui cuisinerait des pommes de terre tristes comme ses fesses. À la place, il a pris cette chatte, Doudouche, ça revient quasiment au même. Il l'adore. Il lui flatte l'échine, lui ouvre une boîte, et l'installe à la fenêtre, elle observe l'activité du canal, juste en bas de l'immeuble.

Il va ensuite dans la salle de bain, manipule avec précaution le sac poubelle afin que la poussière n'envahisse pas la pièce. Puis il rapporte le dossier sanglé sur la table basse du salon.

Doudouche, de la fenêtre, le regarde fixement. Tu ne devrais pas.

– Moyen de faire autrement ? répond Camille.

Il ouvre le dossier et se rend directement à la grosse enveloppe contenant les photos.

La première est un grand cliché en couleur un peu surexposé qui montre les restes d'un corps éventré, les côtes cassées traversent une poche rouge et blanc, sans doute un estomac et un sein de femme découpé et portant d'innombrables marques de morsures. La deuxième photo est celle d'une tête de femme, détachée du corps et clouée au mur par les joues…

Camille se lève, va jusqu'à la fenêtre pour reprendre sa respiration. Ce n'est pas que ces images soient plus pénibles à voir que bien des meurtres sordides découverts au cours de sa carrière mais ceux-là, ce sont en quelque sorte les siens. Les plus proches de lui, ceux qu'il a toujours essayé de garder à distance. Il regarde un instant le canal en caressant le dos de Doudouche.

Il y a des années qu'il n'a pas ouvert ce dossier.

L'histoire a donc commencé ainsi, par un corps de femme découpé dans un loft de Courbevoie. Elle s'est terminée avec la mort d'Irène. Camille revient à la table.

Il faudrait courir à la fin du dossier, trouver rapidement ce qu'il cherche puis aussitôt le refermer et cette fois, au lieu de l'enfermer dans la soupente de sa chambre… Il prend soudain conscience qu'à Montfort, il a dormi à côté de ce dossier pendant des mois et des mois sans y penser et même la nuit dernière, avec Anne lovée contre lui, la nuit entière à lui tenir la main, à tenter de la calmer, elle ne cessait de se tourner et de se retourner.

Camille passe une liasse de photos, s'arrête au hasard. Celle-ci montre un corps, de femme aussi. Un demi-corps, en fait, le bas. Sur la cuisse gauche toute une portion de chair a été arrachée et une large cicatrice, déjà noire, révèle une blessure profonde allant de la taille jusqu'au sexe. À leur position, on devine que les deux jambes ont été brisées à hauteur des genoux. Sur un orteil, l'empreinte appliquée d'un doigt à l'aide d'un tampon encreur.

Ce sont les premiers meurtres de Buisson.

Tous, à la fin, conduisent à l'assassinat d'Irène mais bien sûr, à l'époque où Camille découvre ces scènes de crime, il est loin de s'en douter.

Ensuite, c'est une jeune femme, Camille se souvient très bien, Maryse Perrin, elle avait vingt-trois ans. Buisson l'a tuée à coups de marteau. Camille passe.

Et la petite étrangère, étranglée. Il a fallu du temps pour l'identifier, celle-ci. L'homme qui l'a découverte s'appelait Blanchet ou Blanchard, le nom lui échappe mais Camille revoit très bien son visage, comme toujours, des cheveux blancs clairsemés, des yeux chassieux, on avait tout le temps envie de lui tendre un mouchoir, des lèvres minces comme une lame, une nuque rose, perlée de sueur. La jeune fille, elle, était couverte de vase, son corps avait été déversé brutalement sur le quai par l'engin de dragage dans lequel elle avait été jetée. Blanchet avait été pris d'une soudaine compassion, comme il y avait des dizaines de personnes pour regarder la scène depuis le pont – dont Buisson qui ne manquait jamais une seconde de spectacle – il avait recouvert la jeune femme nue avec sa propre veste. Camille ne peut s'empêcher de feuilleter les photos, la main diaphane de la jeune fille qui apparaît sous la veste, il l'a dessinée vingt fois.

Arrête avec ça, se dit-il, va à l'essentiel.

Il saisit une large liasse de documents mais le hasard, qui n'existe pas, est têtu : il tombe sur la photo de Grace Hobson. Il y a des années de cela mais il se souvient du texte, à la virgule près : « Son corps était partiellement recouvert de feuillages. Sa tête faisait un angle bizarre avec son cou, comme si elle essayait d'écouter quelque chose. Sur sa tempe gauche il vit un grain de beauté, celui dont elle croyait qu'il lui gâcherait ses chances. » Extrait d'un roman. William McIlvanney. Un Écossais. La jeune fille avait été violée, sodomisée. On l'avait retrouvée avec tous ses vêtements, sauf un.

Allez, cette fois, Camille tranche, il saisit le dossier à deux mains, le retourne entièrement et le reprend en remontant les pages à partir de la fin.

Ce qu'il ne veut pas, c'est tomber sur les photos d'Irène. Il n'a jamais pu les regarder, jamais pu les affronter. Quelques minutes après sa mort, il a vu le corps de sa femme, dans un éclair, à peine le temps de s'évanouir, après plus rien, seule cette dernière image est restée. Dans le dossier, il y a toutes les autres, celles de l'Identité judiciaire, celles de l'Institut médico-légal, il ne les a jamais regardées. Aucune.

Et ce n'est pas ce qu'il cherche.

Tout au long de sa longue carrière d'assassin, Buisson n'a eu besoin de personne. Il était effroyablement organisé. Mais pour tuer Irène, pour achever son parcours meurtrier sur un point d'orgue aussi frappant, assassiner la femme du commandant Verhœven, il devait disposer d'informations très sûres, très fiables. Il les a obtenues de Camille lui-même, d'une certaine façon. De son entourage direct, d'un membre de son équipe.

Camille revient à la réalité, un coup d'œil à sa montre, il décroche son téléphone :

– Tu es encore au bureau ?

– Moi, oui…

C'est rare que Louis se permette une phrase pareille, presque un reproche. Son inquiétude est exprimée avec un demi-sourire. Camille n'a plus qu'une vingtaine de minutes pour se rendre à la convocation du contrôleur général et, à la première syllabe, Louis a compris qu'il en est loin. Très loin.

– Je ne voudrais pas abuser, Louis.

– De quoi avez-vous besoin ?

– Du dossier de Maleval.

– Maleval… Jean-Claude ?

– Tu en connais un autre ?

Extraite du dossier concernant la mort d'Irène, la photo, posée devant Camille.

Jean-Claude Maleval, un grand garçon, massif mais très mobile, ancien judoka.

– J'aimerais que tu me bascules tout ce qu'on a sur lui. Sur mon mail personnel, complète Camille.

La photo a été prise lors de son arrestation. Des traits sensuels, il doit avoir trente-cinq ans, un peu plus, Camille ne connaît jamais les âges des gens.

– Je peux savoir ce qu'il vient faire là ? demande Louis.

Exclu de la police après la mort d'Irène pour avoir renseigné Buisson. Il ne savait pas, à ce moment, que Buisson était un assassin, ce n'était pas une complicité objective, le verdict en a tenu compte. Sauf qu'Irène était morte. Camille a voulu les tuer tous les deux, Buisson et lui, mais il n'a jamais tué personne. Jusqu'à aujourd'hui.

C'est Maleval qui est au cœur de cette affaire. Camille le sait. Il a recomposé toute l'histoire depuis le quadruple braquage de janvier dernier jusqu'au passage Monier. La seule chose qu'il ne sait pas, c'est quel rapport avec Anne.

– Tu en as pour longtemps pour réunir tout ça ?

– Non, tout est accessible, il me faut une demi-heure.

– Bon… J'ai aussi besoin que tu restes joignable, Louis.

– Bien sûr.

– Revois aussi le tableau de service, tu pourrais avoir besoin de monde.

– Moi ?

– Qui d'autre, Louis ?

Camille confirme ainsi qu'il est hors course. C'est un choc pour Louis. Personne n'y comprend rien.

Pendant ce temps, il n'est pas difficile d'imaginer ce qui se passe dans la salle de réunion du quatrième étage. Le Guen, vautré dans un fauteuil, tapote du bout des doigts la table en s'interdisant de regarder sa montre. À sa droite, la divisionnaire Michard, masquée par une pile impressionnante de dossiers, feuillette des documents à la vitesse de la lumière, signe, paraphe, souligne, surligne, annote, toute son attitude dit clairement à quel point elle est une femme active, qui ne perd pas une seconde, parfaitement maîtresse de… et merde !

– Il faut que je te laisse, Louis...

Le reste du temps, Camille le passe assis dans le canapé, Doudouche sur les genoux. À attendre.

Le dossier est maintenant refermé.

Il s'est contenté de prendre un cliché de Jean-Claude Maleval avec son téléphone portable puis il a fourré tous les papiers en vrac dans le dossier, serré la sangle. Il l'a même posé près de la porte d'entrée, autant dire la porte de sortie.

L'un à Paris, l'autre à Montfort, Anne et Camille sont tous deux assis dans la pénombre, à attendre.

Parce que évidemment, elle n'a pas appelé de taxi, elle a raccroché aussitôt.

Elle sait depuis toujours qu'elle ne partira pas. La lumière est encore en veilleuse, Anne s'est allongée sur le canapé, elle tient son téléphone portable à la main, de temps à autre elle le consulte, vérifie la charge de la batterie, ou qu'un appel ne lui a pas échappé, ou le nombre de barres indiquant la puissance du réseau.

Rien.

Le Guen a croisé les jambes et tapote dans le vide, du pied droit. Il croit se souvenir que pour Freud, ce geste qui ressemble à de l'impatience n'est qu'un succédané de la masturbation. Quel con, ce Freud, se dit Le Guen qui totalise, bout à bout, onze années de divan en vingt ans de mariage. Il jette un œil oblique à la divisionnaire Michard qui compulse des copies de mails à grande vitesse. Coincé entre Michard et Freud, Le Guen ne donne pas cher du reste de la journée.

Il a une peine immense pour Camille. Il ne sait même pas à qui l'exprimer. À quoi servent six mariages en vingt ans, si on ne peut dire ça à personne ?

Personne n'appellera Camille pour lui demander s'il est simplement en retard. Personne ne l'aidera plus. Quel gâchis.

19 h 00

– Éteins ça, merde !

Fernand s'est excusé, il s'est précipité sur l'interrupteur, il a éteint, grommelé des excuses, trop content d'être enfin autorisé à regagner la salle du restaurant où l'activité du service le réclame.

Je reste seul dans la petite salle du fond où nous avons joué aux cartes. Je préfère être dans le noir. Ça m'aide à réfléchir.

C'est attendre, impuissant, qui m'épuise. Moi, il me faut de l'action. L'oisiveté, ça me rend mauvais. C'était comme ça déjà, plus jeune. Avec l'âge rien ne s'arrange. Il faudrait mourir jeune.

Un bip tire soudain Camille de sa réflexion. L'écran de l'ordinateur clignote et annonce l'arrivée d'un mail de Louis.

Le dossier Maleval.

Camille chausse ses lunettes, respire bien à fond et l'ouvre.

Les premiers états de service de Jean-Claude Maleval sont brillants. En excellente place à la sortie de l'École de police, il se confirme comme un sujet prometteur, ce qui lui vaut, quelques années plus tard, sa nomination à la section de la Brigade criminelle dirigée par le commandant Verhœven.

La grande époque, avec de grosses affaires, assez valorisantes.

Ce dont Camille se souvient n'est pas dans le dossier. Maleval travaille d'arrache-pied, il est très actif, beaucoup d'idées, un flic dynamique, intuitif, il a des journées chargées mais aussi des nuits agitées. Il sort beaucoup, commence à boire un peu trop, il aime les femmes à la folie, pas les femmes vraiment, d'ailleurs, ce qu'il aime, c'est la séduction. Camille a souvent pensé que la police, comme la politique, est une maladie sexuelle. Maleval, à cette époque, séduit, ne cesse de séduire, signe d'angoisse contre quoi Camille ne peut rien, ce n'est pas de son ressort, et ce n'est pas non plus le registre de leur relation. Maleval tourne autour des filles, même autour des témoins quand elles ont moins de trente ans, il prend son service le matin avec la tête de quelqu'un qui n'a pas fermé l'œil. Sa vie un peu dissolue inquiète Camille. Louis lui prête de l'argent qui ne revient jamais. Puis la rumeur commence à se répandre. Maleval secouerait les dealers un peu plus que nécessaire et ne déposerait pas toujours au greffe ce qui tombe des poches. Une prostituée se plaindra d'être détroussée, personne ne l'écoute mais Camille l'entend. Il lui en parle, il le prend à part, l'invite à dîner. Mais c'est déjà trop tard. Maleval peut jurer ses grands dieux, il a déjà pris sa place dans le rapide vers la sortie. Les virées, les nuits, le whisky, les filles, les clubs, les mauvaises fréquentations, l'ecstasy.

Certains flics descendent la pente avec une lenteur, une régularité qui permet à l'environnement de s'habituer, de se préparer. Maleval, lui, est un brutal, il fait dans le fulgurant.

Il est arrêté pour complicité avec Buisson, sept fois meurtrier, scandale que les autorités parviennent à maîtriser. L'histoire de Buisson est tellement démente qu'elle accapare la presse, étouffe tout sur son passage, comme le feu dans une forêt tropicale. L'arrestation de Maleval disparaît quasiment derrière les flammes.

Dès la mort d'Irène, Camille, lui, est hospitalisé, dépression sévère, il va rester des mois en clinique, à regarder par la fenêtre, à dessiner en silence, il refuse les visites, on pense même ne jamais le revoir à la PJ.

Maleval passe en jugement, sa condamnation est couverte par sa période de préventive, il sort, Camille ne l'apprend pas tout de suite, personne ne veut lui en parler. Quand il l'apprend, il ne dit rien, comme s'il s'était passé trop de temps, que le sort de Maleval n'avait plus d'importance, qu'il n'était pas personnellement concerné.

Libéré et rendu à la vie civile, Maleval disparaît. Puis on commence à le revoir, en pointillé, en creux. Camille croise son nom ici et là dans le dossier que Louis a réuni.

Pour Maleval, la fin de la période police coïncide avec le début de la période voyou pour laquelle il montre des dispositions indiscutables, raison sans doute pour laquelle il a été, autrefois, un si bon flic.

Camille feuillette rapidement mais le paysage se discerne petit à petit, voici les premières mains courantes où Maleval réapparaît, petits délits, petites affaires, il est inquiété, rien de grave mais on voit bien qu'il a fait son choix, il ne se contentera pas, fort de son passage dans la police, d'aller pointer dans une quelconque agence de sécurité, de surveiller un supermarché ou de conduire un fourgon blindé. En trois occasions, il est interrogé et relâché. Et on arrive à l'été précédent, il y a dix-huit mois.

Une interpellation suivie d'un dépôt de plainte.

Nathan Monestier.

Nous y voilà, soupire Camille. Monestier, Forestier, on n'a pas cherché bien loin. Vieille technique : pour bien mentir, rester le plus près possible de la vérité. Il faudrait savoir si Anne porte le même nom que son frère. Anne Monestier ? Peut-être. Pourquoi pas.

Au plus près de la vérité : le frère d'Anne, Nathan, est effectivement un scientifique prometteur, précoce et surdiplômé, mais il semble aussi passablement angoissé.

Il est arrêté une première fois pour détention de cocaïne. Trente-trois grammes, ce qui n'est pas rien. Il se défend, panique, évoque Jean-Claude Maleval qui l'aurait fourni, ou présenté à son fournisseur, sa déposition navigue, flotte, il se rétracte. En attendant son jugement, il sort. Et revient très vite, hospitalisé après un passage à tabac assez sévère. Sans surprise, il refuse de déposer plainte… On voit déjà que Maleval règle les problèmes tout en force. On décèle déjà, dans sa méthode expéditive, son futur goût pour le braquage musclé.

Camille ne dispose pas des détails mais il devine facilement l'essentiel. Les camps sont plantés. Maleval et Nathan Monestier sont en affaires. Quelle dette va contracter Nathan vis-à-vis de Maleval ? Finira-t-il par lui devoir beaucoup d'argent ? Quel chantage Maleval va-t-il effectuer sur le jeune homme ?

D'autres noms apparaissent, dans le sillage de l'ancien flic. Certains très menaçants. Celui de Guido Guarnieri, par exemple. Camille le connaît de réputation, comme tout le monde, c'est un spécialiste de la dette : il les rachète à bas prix et se charge de les recouvrer pour son propre compte. Il a été inquiété l'an dernier à propos d'un type dont le corps avait été retrouvé miraculeusement sur un chantier de construction. Le légiste a été formel, l'homme avait été enterré vivant. On met des jours et des jours à mourir, la description des souffrances par lesquelles on passe est proprement inimaginable. Guarnieri est du genre à savoir ce qu'il faut faire pour être craint. Maleval menace-t-il Nathan de vendre sa dette à un homme comme Guarnieri ? Possible.

Peu importe d'ailleurs parce que pour Camille, l'essentiel n'est pas Nathan, qu'il ne connaît pas, qu'il n'a même jamais vu.

L'essentiel est que tout cela conduit à Anne.

Quelle que soit la dette de son frère vis-à-vis de Maleval, c'est Anne qui paie.

Elle renfloue. Comme une mère, « d'ailleurs, c'est tout à fait ce que je suis », dit-elle.

De tout temps, elle a toujours renfloué.

Et comme parfois, c'est quand on a besoin des choses qu'elles arrivent.

– Monsieur Bourgeois ?

Numéro masqué. Camille a laissé sonner plusieurs fois. Jusqu'à ce que Doudouche lève le museau. Une voix de femme. Quarante ans. Vulgaire.

– Non, répond calmement Camille, vous devez faire erreur…

Mais il ne fait même pas mine de raccrocher.

– Ah bon ?

Elle est choquée. Pour un peu, elle lui demanderait s'il est sûr. Elle lit un papier :

– Moi, j'ai : M. Éric Bourgeois, 15, rue Escudier à Gagny.

– Eh bien, vous faites erreur.

– Bon, dit la femme à regret. Excusez-moi…

Il l'entend grommeler quelque chose mais savoir quoi… Elle raccroche, fâchée.

Nous y sommes. Buisson a rendu le service à Camille. Camille peut maintenant le faire tuer quand il le voudra.

Dans l'immédiat, cette information ouvre un nouveau couloir mais avec une seule porte. Hafner a changé d'identité. Il est désormais M. Bourgeois. On ne fait pas mieux, pour un retraité.

Derrière chaque décision se profile une autre décision. Camille regarde l'écran de son portable.

Il peut courir à la convocation : voici l'adresse d'Hafner, s'il est chez lui, on peut le serrer dès demain matin, je vais tout vous expliquer. Le Guen pousse alors un vaste soupir de soulagement mais pas trop fort, il ne veut pas que cet aveu, devant la divisionnaire Michard, résonne comme une victoire, il regarde simplement Camille, lui adresse un signe de tête à peine discernable, tu as bien fait, tu m'as fait peur, et il enchaîne, irrité : cela n'explique pas tout, Camille, je suis désolé !

Mais il n'a pas l'air du tout d'être désolé et personne n'y croit. La divisionnaire Michard se sent flouée, ça lui plaisait tellement de serrer le commandant Verhœven, elle a payé sa place et on lui vole le spectacle. C'est son tour de parler, elle prend un ton posé, méthodique. Sentencieux. Elle aime les vérités qui sonnent, elle n'a pas choisi ce métier pour faire joli, au fond, elle est une femme vertueuse. Quelles que soient vos explications, commandant Verhœven, sachez que je n'ai pas l'intention de fermer les yeux. Sur rien…

Camille lève les mains en l'air, pas de problème. Il s'explique.

L'engrenage.

Oui, il est lié personnellement à la personne qui a été agressée passage Monier, tout est venu de là. Aussitôt le torrent de questions : comment la connaissez-vous ? Quel rapport a-t-elle avec ce hold-up ? Pourquoi n'avez-vous… ?

On devine la suite, sans surprise. L'important maintenant est de s'organiser et d'aller chercher Hafner-Bourgeois dans sa planque de banlieue, de le serrer pour vol à main armée, meurtre, passage à tabac. On ne va pas passer la nuit à détailler le cas du commandant Verhœven, on verra plus tard, la divisionnaire est bien d'accord, soyons pragmatiques, c'est un mot à elle, « pragmatique ». En attendant, Verhœven, vous restez là.

Il ne participera à rien, juste spectateur. Comme acteur, il a déjà fait ses preuves, elles sont accablantes. Et quand on sera de retour, on décidera, fautes, mise à pied, mutation… Tout cela est tellement prévisible que ce n'est même plus un événement.

Voilà pour le possible. Camille sait depuis longtemps que ce n'est pas de cette manière-là que vont se passer les choses.

Sa décision est prise, il ne sait même plus à quand elle remonte.

Elle tient à Anne, à cette histoire, à sa vie, tout est dedans, personne n'y peut plus rien.

Il s'est cru ballotté par les circonstances mais il ne l'est pas.

Ce qui nous arrive, nous le fabriquons.

19 h 45

En France, il y a presque autant de rues Escudier que d'habitants. Ce sont des rues droites, perpendiculaires, avec les mêmes pavillons en meulière ou en béton crépi, les mêmes jardins, les mêmes grilles disparates, les mêmes marquises achetées dans les mêmes magasins. Le numéro 15 ne fait pas exception. Meulière, marquise, grille en fer forgé, jardin, tout y est.

Camille a fait deux ou trois passages en voiture, dans les deux sens, à vitesses variables. Lors de son dernier passage, la fenêtre du premier étage s'est brusquement éteinte. Pas la peine de continuer.

Il s'est garé à l'extrémité opposée de la rue. À l'angle, il y a une supérette, le seul commerce sur des kilomètres carrés de désert. Sur le seuil, un Arabe d'une trentaine d'années, échappé d'un tableau de Hopper, mâche un cure-dent.

Lorsque Camille éteint son moteur, il est dix-neuf heures trente-cinq. Il claque la portière. L'épicier lève la main droite dans sa direction, bonjour, Camille fait un signe à son tour et remonte lentement la rue Escudier. Des pavillons avec, pour seule variante, de temps à autre, un chien qui beugle sans trop y croire ou un chat roulé en boule sur le muret et qui vous fusille du regard, les réverbères teintent de jaune le trottoir inégal, on a sorti les conteneurs de poubelles, les autres chats, les sans-domicile fixe, commencent à se battre pour la curée.

Nous voici au numéro 15. La grille sépare le perron de la maison d'une douzaine de mètres. À droite, une large porte fermée sur un garage.

Une autre lumière, à l'étage, s'est éteinte depuis son dernier passage. Seules deux fenêtres sont encore éclairées, toutes deux au rez-de-chaussée. Camille sonne. Si ce n'était l'heure, il pourrait être un représentant de commerce attendant la bonne volonté de la propriétaire. La porte s'entrouvre, une silhouette de femme apparaît. En contre-jour, on ne voit pas à quoi elle ressemble, sa voix est jeune :

– C'est pour quoi ?

Comme si elle ne savait pas, comme si le ballet des fenêtres allumées puis éteintes ne disait pas déjà qu'il a été repéré, vu, détaillé. Cette femme, il l'aurait devant lui dans une salle d'interrogatoire, il lui dirait : tu ne sais pas mentir, tu n'iras pas loin. Elle se tourne vers quelqu'un qui se trouve à l'intérieur de la maison, disparaît un court instant. Elle revient vers Camille :

– J'arrive.

Elle descend. Jeune, le corps alourdi pourtant par le ventre qui tombe comme celui d'une vieille femme, un visage un peu gonflé. Elle ouvre le portillon. « Une pute du plus bas étage, à dix-neuf ans, elle avait déjà... », a dit Buisson. Camille ne lui trouve pas d'âge mais il y a chez elle quelque chose de très beau, c'est sa peur, visible à sa manière de marcher, de baisser les yeux en biais, rien de soumis, tout en calcul parce que c'est une peur courageuse, défiante, agressive presque, prête à tout endurer, qui impressionne. Le genre de femme qui peut vous poignarder dans le dos sans l'ombre d'une hésitation.

Elle s'efface sans un mot, sans un regard, sa silhouette dit toute son hostilité et sa détermination. Camille traverse la minuscule cour, monte les marches, pousse la porte qui s'est un peu refermée. Un simple corridor avec un portemanteau mural vide. Sur la droite, un salon et à quelques mètres, assis dans un fauteuil, dos à la fenêtre, un homme d'une maigreur terrible, les yeux très enfoncés, fiévreux. Bien qu'il soit à l'intérieur, il porte un petit bonnet de laine qui souligne la rondeur parfaite de son crâne. Ses traits sont creusés, Camille remarque aussitôt sa ressemblance avec Armand.

Entre deux hommes de cette expérience, il y a beaucoup de choses qui ne se disent pas, ce serait presque une insulte. Hafner sait qui est Verhœven, un flic de cette taille, tout le monde le connaît. Il sait aussi que s'il était venu pour l'arrêter, il s'y serait pris tout autrement. C'est donc autre chose. De plus compliqué. Attendre et voir.

Derrière Camille, la jeune femme tripote ses doigts, l'habitude d'attendre. « Elle doit aimer les coups, pas possible autrement... »

Camille reste immobile dans le corridor, pris en étau entre Hafner, assis là-bas, face à lui, et cette femme, derrière. Le silence pesant, provoquant, dit assez clairement que ces deux-là ne seront pas faciles à prendre. Mais à eux, il dit aussi que ce petit flic sans allure apporte avec lui le chaos. Dans la vie qu'ils mènent, c'est un autre nom pour désigner la mort.

– On va devoir parler..., dit enfin Hafner à voix basse.

Le dit-il à Camille, à la femme, parle-t-il pour lui-même ?

Camille fait quelques pas, sans le quitter des yeux, s'approche, reste à deux mètres. Chez Hafner, il n'y a rien du fauve décrit par son itinéraire. On le constate d'ailleurs souvent, hormis pendant les quelques minutes où ils se livrent au plus violent de leurs activités, les braqueurs, les voleurs, les gangsters ressemblent à tout le monde. Les assassins, c'est vous et moi. Mais il y a bien sûr autre chose, la maladie, la mort qui rampe. Et ce silence, cette pesanteur, qui résument toutes les menaces.

Camille avance encore d'un pas dans le salon qu'un lampadaire, dans l'angle de la pièce, éclaire faiblement d'une lumière bleutée, diffuse. Il n'est pas plus surpris que cela de découvrir un intérieur sans goût, un grand écran plat, un canapé recouvert d'une couverture en laine, les bibelots de tout le monde et, sur la table ronde, une toile cirée à motifs. Le grand banditisme a souvent des goûts de classe moyenne.

La femme a quitté la pièce, Camille ne l'a pas entendue partir, il l'imagine un instant, assise dans l'escalier, avec un fusil à pompe. Hafner, lui, ne bouge pas de son fauteuil, il attend de voir de quelle manière les choses vont tourner. Pour la première fois Camille se demande s'il est armé, l'idée ne lui est pas venue plus tôt. Ce qui n'a aucune importance, pense-t-il, mais il fait tout de même des gestes lents, on se sait jamais.

Il extrait son téléphone portable de la poche de son manteau, l'active, affiche la photo de Maleval, fait un pas et tend l'appareil à Hafner, qui se contente d'un pli sur les lèvres, accompagné d'un bruit de gorge, il hoche la tête, je vois, puis désigne le canapé. Camille préfère une chaise, la tire à lui, pose son chapeau sur la table, les deux hommes sont face à face, comme s'ils attendaient de se faire servir.

– On vous a prévenu de ma visite…

– Un peu…

Logique. Le type qui a été contraint de donner à Buisson le nouveau nom d'Hafner et son adresse a eu besoin de se protéger. Ce qui ne change rien à la donne.

– Je récapitule ? propose Camille.

Il entend alors, quelque part dans la maison, un cri aigu, lointain, et aussitôt, juste au-dessus de lui cette fois, des pas précipités puis la voix de la femme, étouffée. Camille se demande si ce nouveau paramètre va compliquer ou simplifier l'affaire. Il désigne le plafond.

– Quel âge ?

– Six mois.

– Un garçon ?

– Une fille.

Quelqu'un d'autre demanderait le prénom mais la situation ne s'y prête guère.

– Donc, en janvier, votre femme est enceinte de six mois.

– Sept.

Camille désigne son bonnet.

– Et une cavale est toujours une affaire complexe. À propos, votre chimio, je peux savoir où vous la faites ?

Hafner attend un moment, puis :

– En Belgique mais j'ai arrêté.

– Trop chère ?

– Non, trop tard.

– Donc trop chère.

Hafner laisse passer un semblant de sourire, bien peu de chose, juste une ombre quelque part sur les lèvres.

– En janvier déjà, reprend Camille, il ne vous reste pas beaucoup de temps pour mettre à l'abri votre petite famille. Alors vous organisez le Grand Braquage. Quatre cibles en une journée. Le gros paquet. Vos complices habituels sont peu disponibles – peut-être aussi que vous avez des scrupules à leur faire un sale coup –, bref, vous engagez Ravic, le Serbe, et Maleval, l'ancien flic. À ce propos, je ne savais pas qu'il faisait dans l'attaque à main armée.

Hafner prend son temps.

– Il a un peu cherché sa voie quand vous l'avez viré, dit-il enfin. Il a pas mal fait dans la cocaïne.

– Oui, j'ai cru comprendre…

– Mais le braquage, c'est ce qu'il préfère. C'est assez dans sa morphologie.

Depuis qu'il a compris, Camille essaye d'imaginer Maleval en braqueur, il a du mal à y parvenir. Il n'a pas beaucoup d'imagination. Et aussi Maleval et Louis sont nés dans son équipe, ils sont difficiles à imaginer hors cadre. Comme les hommes qui n'auront jamais d'enfants, Camille est un spécialiste de la proposition paternelle. Sa taille y est pour beaucoup. Il s'est ainsi fabriqué des fils, deux, d'un côté Louis le fils parfait, le bon élève, l'irréprochable, qui vous récompense de tout, et Maleval, le violent, le généreux, l'obscur, celui qui l'a trahi, qui lui a coûté sa femme. Qui portait la menace jusque dans son nom.

Hafner attend la suite. Au-dessus d'eux, la voix de la femme s'est tue progressivement, elle doit bercer l'enfant.

– En janvier, reprend Camille, à un mort près, tout se passe comme prévu. (Il faudrait être naïf pour attendre la moindre réaction d'un homme comme Hafner.) Vous avez prévu de doubler tout le monde et de vous barrer avec le fric. Tout le fric. (Camille désigne à nouveau le plafond de l'index.) C'est normal, quand on a le sens du devoir, on veut mettre les siens à l'abri. Au fond, le fruit de ces braquages, c'était une sorte de donation testamentaire, si on veut. Je n'ai jamais su, c'est imposable, ces trucs-là ?

Hafner ne bouge pas d'un cil. Rien ne le fera dévier de sa trajectoire. À celui qui est venu le déloger jusqu'ici, ce porteur de mauvaises nouvelles, cet annonciateur de la fin, il ne fera pas l'aumône d'un sourire, ni d'une confidence, d'une quelconque connivence.

Sur le plan moral, poursuit Camille, votre position est inattaquable. Vous faites comme tout bon père de famille, vous essayez simplement de mettre votre nichée à l'abri du besoin. Mais vos complices, allez savoir pourquoi, prennent mal la chose. Ce qui est vain parce que vous avez bien préparé votre coup. Ils peuvent toujours essayer de vous mettre la main dessus, vous avez anticipé, vous avez acheté une identité, coupé tous les fils qui vous reliaient à votre ancienne vie. Je suis étonné que vous n'ayez pas préféré l'étranger.

Hafner d'abord ne dit rien mais il va avoir besoin de Camille, il le sent. Contraint de lâcher un peu de lest, le minimum.

– C'est pour la petite…, lâche-t-il.

Camille ne sait pas s'il désigne la mère ou l'enfant. D'ailleurs, c'est la même chose.

Les réverbères de la rue s'éteignent subitement, à cause de l'heure ou d'une panne de courant. La lumière, dans le salon, descend d'un degré. La silhouette d'Hafner se découpe en contre-jour, comme une grande carcasse vide et menaçante, fantomatique. Au-dessus d'eux, le bébé se remet à pleurer doucement, de nouveau des pas précipités et feutrés, les pleurs cessent. Camille resterait bien là, finalement. Cette demi-pénombre, ce silence. Et ensuite, qu'est-ce qui l'attend ? Il pense à Anne. Allons.

Hafner, lui, décroise et recroise ses jambes, si lentement qu'on dirait qu'il ne veut pas faire peur à Camille. À moins qu'il souffre. Peut-être. Allons.

– Ravic…, commence Camille. (Il constate que sa voix s'est synchronisée à l'atmosphère de la maison, un ton plus bas, amorti.) Ravic, je ne l'ai pas connu personnellement mais je suppose qu'il n'était pas content de s'être fait doubler et de se retrouver sans un rond. D'autant que cette histoire lui valait une accusation de meurtre. Oui, je sais, c'est sa faute, manque de sang-froid, etc. N'empêche. Il avait gagné sa part et vous êtes parti avec. Vous savez ce qu'il est devenu, Ravic ?

Camille croit distinguer, chez Hafner, un imperceptible raidissement.

– Il est mort. Sa petite amie, ou tenant lieu, a écopé d'une balle dans la tête. Et Ravic, lui, avant de rendre l'âme, s'est vu découper les dix doigts, un par un. Au couteau de chasse. Le type qui a fait ça est un sauvage, à mon avis, Ravic était serbe mais enfin, la France est une terre d'asile, non ? Vous trouvez ça bon pour le tourisme, vous, de découper des étrangers en petits morceaux ?

– Vous me faites chier, Verhœven.

Intérieurement, Camille pousse un soupir de soulagement. S'il ne parvient pas à le faire bouger de son mutisme, il n'en tirera rien, se verra condamné à un monologue. Or il a besoin d'un dialogue.

– Vous avez raison, dit-il, l'heure n'est pas aux récriminations. Le tourisme est une chose, le braquage en est une autre. Quoique. Et donc Maleval. Lui, contrairement à Ravic, avant qu'il découpe des mains entières au poignard de chasse, je l'ai pas mal connu.

– À votre place, je l'aurais tué.

– Je vous comprends, ça vous épargnerait de l'avoir aujourd'hui sur les talons. Parce qu'il n'est pas seulement devenu un gros méchant, un sanguinaire, mon Maleval, il est resté un petit malin. Il n'a pas apprécié non plus de se faire doubler, il vous a cherché très activement…

Hafner acquiesce lentement. Il a ses informateurs, il a dû suivre, de loin, les étapes de la recherche de Maleval.

– Mais avec votre changement d'identité, votre manière assez radicale de couper les ponts avec tout et avec tout le monde, la complicité active de tous ceux qui vous estiment ou qui vous craignent, Maleval a pu remuer ciel et terre, il n'avait pas vos appuis, vos relations, votre réputation, il a dû se rendre à l'évidence, il ne vous trouverait pas.

Hafner fronce les sourcils.

– Il a eu une très bonne idée.

Hafner attend la chute.

– Il a confié ce travail à la police. (Camille écarte les mains largement.) C'est votre serviteur qu'il a chargé de l'enquête. Et il a eu raison parce que je suis un flic assez compétent, il me faut moins de vingt-quatre heures pour trouver un type comme vous quand je suis motivé. Et pour développer la motivation d'un homme, quoi de mieux qu'une femme... Surtout une femme battue, vous imaginez, sensible comme je suis, rien de plus efficace. Quelques mois plus tôt, il me l'a mise dans les pattes, sur le coup j'ai été flatté.

Hafner hoche la tête. Il a beau se retrouver dans la nasse, sentir s'approcher l'instant où il va devoir se battre à son tour, il admire le coup. Peut-être, là-bas, dans la pénombre, sourit-il légèrement.

– Pour me confier cette enquête, Maleval organise un braquage qui rappelle irrésistiblement votre manière, qui porte votre patte, si je puis dire : la joaillerie, le Mossberg à canon scié, la manière forte. Pour nous, pas de doute, le braquage du passage Monier, c'est du Hafner tout craché. Moi, je suis très concerné. Que voulez-vous, la femme qui est dans ma vie est tabassée quasiment à mort en venant prendre livraison d'un bijou à m'offrir, forcément ça me fout en boule, je fonce. Je fais tout pour avoir l'enquête et comme je suis assez malin, je l'obtiens. Pour confirmer mon intuition, lors de l'identification, la femme qui est le seul témoin – et qui, bien sûr, ne vous a jamais vu que sur une photo que Maleval a dû lui montrer – vous reconnaît formellement. Vous et Ravic. Elle prétend même avoir entendu des mots en serbe, vous imaginez ! Pour nous, le braquage du passage Monier, c'est vous, c'est garanti, estampillé, pas l'ombre d'une hésitation.

Hafner approuve lentement, l'air de trouver le coup particulièrement bien réfléchi. Et de se dire qu'avec ce Maleval, il a devant lui une adversité de taille.

– Je me mets alors à vous chercher pour le compte de Maleval, conclut Camille. Je deviens son enquêteur privé. Il maintient une grosse pression sur le témoin, j'accélère la cadence. Il menace de la tuer, je double la foulée. Et tout compte fait, il a fait le bon choix. Je suis efficace. Vous trouver m'a coûté une démarche bien pénible, m…

– Quelle démarche ? le coupe Hafner.

Camille lève la tête, comment dire ça ? Il reste un instant plongé dans ses pensées, Buisson, Irène, Maleval, puis il renonce.

– Moi, reprend-il presque pour lui-même, je n'avais de compte à régler avec personne…

– Ça, ce n'est jamais vrai.

– Vous avez raison. Parce que Maleval, lui, a un très ancien compte à régler avec moi. En renseignant Buisson, sept fois meurtrier, il a commis une faute professionnelle très lourde. Alors c'est l'arrestation, l'humiliation, la mise au ban, les gros titres, le juge d'instruction, le procès. Et pour finir la prison. Pas très longtemps mais pour un flic, vous imaginez l'ambiance pendant sa captivité ? Alors, cette fois, il s'est dit qu'il tenait l'occasion rêvée, qu'il pouvait me rendre la pareille. D'une pierre deux coups. Il me charge de vous trouver et en même temps il se charge de me faire virer.

– Parce que vous avez bien voulu.

– En partie… Ce serait compliqué de vous expliquer.

– D'autant que je m'en fous complètement.

– Cette fois, vous avez tort. Parce que maintenant que je vous ai trouvé, Maleval va arriver. Et il ne viendra pas simplement réclamer son dû, croyez-moi. Il voudra tout.

– Je n'ai plus rien.

Camille fait mine de peser le pour et le contre.

– Oui, dit-il enfin, vous pouvez essayer ça, qui ne risque rien n'a rien. Je pense que Ravic a dû essayer, lui aussi : j'ai tout dépensé, il doit me rester un peu de monnaie, pas grand-chose… (Camille sourit largement.) Soyons sérieux. Cet argent, vous le gardez pour le jour où vous ne serez plus là pour protéger vos petites et donc vous l'avez. La question n'est pas de savoir si Maleval va trouver vos économies mais combien de temps il va mettre pour les retrouver. Et accessoirement quelles méthodes il va utiliser pour y parvenir.

Hafner tourne la tête vers la fenêtre, on pourrait se demander s'il ne s'attend pas à voir surgir Maleval, un couteau de chasse à la main. Toujours silencieux.

– Il va venir vous rendre visite. Quand je le déciderai. Il suffira que je donne votre adresse à sa complice, dix minutes plus tard Maleval prend la route, une heure après il fait exploser votre porte au Mossberg.

Hafner penche très légèrement la tête.

– Je vois déjà ce que vous pensez, dit Camille. Que vous allez le sécher sur place. Je ne voudrais pas vous faire injure, mais vous ne me semblez pas dans une forme éblouissante. Il a vingt ans de moins que vous, il est bien entraîné et il est très malin, vous l'avez déjà sous-estimé une fois, vous avez eu tort. Un coup de chance est toujours possible, bien sûr, mais c'est le seul espoir qui vous reste. Et si vous voulez un conseil, ne le manquez pas. Parce qu'il est très remonté contre vous et après avoir collé une balle entre les deux yeux de la jeune maman, quand il va commencer à désosser votre petite, là-haut, ses petits doigts, ses petites mains, ses petits pieds, si vous l'avez manqué, vous allez avoir des regrets, forcément…

– Arrêtez vos conneries, Verhœven, des types comme lui, j'en ai rencontré vingt !

– C'est du passé, Hafner, et votre avenir est derrière vous. Même si vous tentez de planquer vos filles avec votre pactole – en supposant que je vous en laisse le temps –, ça ne servira à rien. Maleval vous a retrouvé, vous, ce qui était difficile. Les retrouver, elles, sera un jeu d'enfant. (Silence.) Votre seule chance, conclut Camille, c'est moi.

– Allez vous faire foutre.

Camille acquiesce lentement, il tend la main vers son chapeau. Tous ses traits expriment le paradoxe, mimique d'approbation mais visage contrarié, bon, j'ai fait ce que je pouvais. Il se lève à regret. Hafner n'esquisse pas un geste.

– Allez, dit Camille, je vais vous laisser en famille. Profitez-en bien.

Il se dirige vers le corridor.

Il n'a aucun doute sur la valeur de sa stratégie, ça prendra le temps que ça prendra, jusqu'au perron, jusqu'aux marches, jusqu'au jardin, peut-être jusqu'à la grille, peu importe, mais Hafner va le rappeler. La lumière dans la rue s'est rallumée, les réverbères, très espacés, font tomber sur le trottoir et l'extrémité du jardin une lumière jaune pâle.

Camille reste sur le pas de la porte, regarde la rue tranquille, puis il se retourne, un geste de la tête vers le haut de l'escalier.

– Elle s'appelle comment, la petite ?

– Ève.

Camille apprécie, joli prénom.

– C'est un bon début, lâche-t-il en partant. Pourvu que ça dure.

Il sort.

– Verhœven !

Camille ferme les yeux.

Il revient sur ses pas.

21 h 00

Anne est restée, incapable de savoir si elle agit par courage ou par lâcheté, simplement elle est toujours là, à attendre. Mais l'heure tourne et l'épuisement lui serre la poitrine. Elle a l'impression d'avoir traversé une épreuve, d'être passée de l'autre côté : elle n'est plus maîtresse de rien, une coquille vide, elle n'en peut plus.

C'est le fantôme d'Anne qui, vingt minutes plus tôt, a rassemblé ses affaires, il n'y a pas grand-chose à porter. Son blouson, l'argent, son portable, le papier avec le plan et les numéros de téléphone. Elle se dirige vers la porte vitrée, fait demi-tour.

Le chauffeur de taxi vient de l'appeler de Montfort, il ne le trouve pas ce bon Dieu de chemin, ça le désespère. Il a un accent asiatique. Elle a dû allumer la lumière dans la maison pour suivre le plan et tenter de le guider, rien à faire, vous dites après la rue de la Longe ? Oui, à droite, mais elle ne sait même pas dans quel sens il roule. Elle va venir à sa rencontre, allez à l'église, ne bougez plus et attendez-moi là, d'accord ? Il est d'accord, il préfère cette solution, il est désolé mais le GPS… Anne raccroche. Puis elle retourne s'asseoir.

Juste quelques minutes, elle s'en fait la promesse. Si le téléphone sonne dans les cinq minutes… Et s'il ne sonne pas…

Dans le noir, elle passe son index fatigué sur la cicatrice de sa joue, sur sa gencive, attrape un carnet de croquis, au hasard. Ici, on peut faire ce geste cent fois sans jamais tomber sur le même dessin.

Juste quelques minutes. Le chauffeur rappelle, il s'impatiente, il ne sait pas s'il doit attendre, partir, il hésite.

– Attendez-moi, dit-elle, j'arrive.

Il dit que le compteur tourne.

– Laissez-moi quelques minutes. Dix minutes…

Dix minutes. Ensuite, que Camille ait appelé ou pas, elle s'en va. Tout ça pour rien ?

Et après, qu'est-ce qui va arriver ?

Son portable sonne juste à cet instant.

C'est Camille.

Ce que c'est pénible d'attendre. J'ai fait dérouler le futon, monter une bouteille de Bowmore Mariner et de la viande froide mais je sais déjà que je ne vais pas fermer l'œil.

De l'autre côté de la cloison, j'entends bruisser la salle du restaurant, Fernand remplit mes caisses, voilà qui devrait me satisfaire mais ce n'est pas ce que je veux, ce que j'attends. Je me suis donné un mal…

Or plus le temps passe, plus mes chances diminuent. Le risque majeur c'est qu'Hafner se soit taillé aux Bahamas avec sa morue. Tout le monde le prétend malade, il a peut-être préféré se dessécher au soleil, allez savoir. Avec mon argent ! Il est peut-être en train de se refaire une santé avec le salaire de ses employés, ça me fout en l'air.

En revanche, s'il a choisi de s'enterrer sur le territoire, dès que j'apprends où il se trouve, je lui saute dessus avant que les flics aient le temps de s'organiser, je vais le treuiller jusque dans sa cave et entamer la conversation au chalumeau.

En attendant, je sirote en tâchant de rester calme, je pense à cette fille que je tiens par les cheveux, à Verhœven que je tiens par les couilles, je pense à Hafner que je vais crucifier…

Du calme.

Camille, revenu à sa voiture, reste un long moment au volant, immobile. Est-ce un effet de la décantation ? L'apparition du bout de la route ? Il se sent froid comme un serpent, prêt à tout. Il a tout organisé pour une fin dans les règles de l'art. Il n'a qu'un seul doute : sera-t-il assez fort ?

L'épicier arabe, du seuil de sa boutique, le regarde en souriant gentiment et poursuit la mastication de son cure-dent. Camille tente de repasser le film de sa relation avec Anne mais rien ne remonte, le film est arrêté. C'est l'effet de l'épreuve qui l'attend.

Non qu'il soit incapable de mentir, loin de là, c'est seulement qu'on hésite toujours un peu devant la fin des choses.

Anne doit se libérer de Maleval et pour cela, elle s'est engagée à espionner Camille dans son enquête.

Elle s'est engagée à lui donner l'adresse où Hafner se planque.

Seul Camille est capable de l'aider à se libérer. Mais cet acte va signer la fin de leur histoire. Comme il a signé déjà la fin de tant d'autres choses. Il y a de l'épuisement dans l'ultime hésitation de Camille.

Allons, se dit-il. Il s'ébroue, saisit son téléphone portable, appelle Anne. Elle décroche rapidement :

– Oui, Camille ?...

Silence. Puis les mots viennent.

– On a logé Hafner. Tu peux être rassurée maintenant.

Voilà. C'est fini.

Il prend une voix calme, censée exprimer à quel point il est maître de la situation.

– Tu en es certain ? demande-t-elle.

– Absolument. (Il entend du bruit autour d'elle, comme un souffle.) Tu es où ?

– Sur la terrasse.

– Je t'avais dit de ne pas sortir de la maison !

Anne n'a pas l'air d'avoir compris. Sa voix est vibrante, son débit précipité.

– Vous l'avez arrêté ?

– Non, Anne, ça ne se fait pas comme ça. On vient juste de le repérer, j'ai voulu te prévenir tout de suite. Tu me l'avais demandé, tu avais insisté. Je ne vais pas pouvoir rester longtemps au téléphone. L'important, tu v...

– Où il est, Camille ? Où ?

Camille hésite, pour la dernière fois sans doute.

– On l'a retrouvé dans une planque...

Autour d'Anne la forêt bruisse. Le vent s'est levé sur le haut des arbres, la lumière qui éclaire la terrasse tremble un peu. Elle ne bouge pas. Elle devrait presser Camille de questions, rassembler toute son énergie, dire par exemple : je veux savoir où il se trouve. C'est le genre de phrase qu'elle a préparée. Ou : j'ai peur, tu comprends ! Faire monter sa voix dans les aigus, l'inquiéter, insister : quelle planque ? Où ça ? Et si ça ne suffit pas, passer à l'agression pure et simple : vous l'avez trouvé... comment en es-tu certain d'abord ? Tu ne me dis rien ! Possible aussi une forme bénigne de chantage : ça m'inquiète encore plus, Camille, j'ai besoin de savoir, tu peux comprendre ça ? Ou le rappel des faits : il m'a battue, Camille, cet homme a voulu me tuer, j'ai le droit de savoir ! Etc., etc.

Au lieu de quoi silence, elle reste sans voix.

Elle a vécu un instant exactement comparable trois jours plus tôt, debout dans la rue, couverte de sang, accrochée des deux mains à la carrosserie d'une voiture en stationnement, le 4 x 4 des braqueurs est arrivé, l'homme a sorti son fusil face à elle, elle revoit l'extrémité de son arme et elle n'a rien fait, vidée, épuisée, prête à mourir, incapable de rassembler la plus petite once d'énergie. Là, c'est pareil. Elle se tait.

Camille va la délivrer, une fois de plus.

– On l'a repéré dans la banlieue est, dit-il, à Gagny. Au 15, rue Escudier. Le quartier est tranquille, pavillonnaire. Je ne sais pas encore depuis quand il est là, je viens juste de l'apprendre. Il se fait appeler Éric Bourgeois, c'est tout ce que je sais.

Dernier silence.

Camille se dit c'est la dernière fois que je l'entends, ce qui n'est pas vrai parce qu'elle continue de le questionner.

– Comment ça va se passer maintenant ? demande-t-elle.

– Il est dangereux, Anne, tu le sais. On va étudier les lieux. Il faut d'abord vérifier qu'il s'y trouve, tâcher de savoir avec qui il est, ils peuvent être plusieurs, on ne peut pas transformer la banlieue parisienne en fort Alamo, on va faire venir une unité spécialisée. Et attendre le bon moment. On sait où le trouver. Et on a les moyens de le mettre hors d'état de nuire. (Il se force à sourire.) Ça va mieux ?

– Ça va, dit-elle.

– Je dois te laisser maintenant. À tout à l'heure ?

Silence.

– À tout à l'hcurc.

21 h 45

En fait, je n'osais plus y croire. Et pourtant, le résultat est là : Hafner, logé !

Pas étonnant qu'il ait été impossible de le retrouver, le voilà devenu M. Bourgeois. Quand on a connu ce type au sommet de sa gloire, le voir affublé d'un nom pareil, c'est franchement triste.

Mais Verhœven en est certain. Donc moi aussi.

La rumeur de sa maladie était fondée, j'espère seulement qu'il n'a pas dépensé tout son pognon en analyses et en médicaments, qu'il lui en reste suffisamment pour me dédommager de mes efforts parce que sinon, à côté de ce que je lui réserve, les métastases, c'est du bicarbonate de soude. Logiquement, il doit essayer de faire durer son pécule et le garder sous la main en cas de nécessité.

Le temps de sauter dans la voiture, d'avaler le périphérique, un bout d'autoroute, la banlieue, m'y voici.

Un pavillon... Imaginer Vincent Hafner dans un lieu pareil, c'est proprement infaisable. La planque est astucieuse mais je ne peux pas m'empêcher de penser que pour en être réduit à se réfugier dans cette banlieue pavillonnaire, il faut qu'il y ait une fille dans sa vie, pas possible autrement. Sans doute la petite dont on a entendu parler, une passion de vieillesse, le genre de sentiment qui vous fait accepter de devenir M. Bourgeois pour vos voisins.

Ce type de constat vous fait réfléchir sur le sens de la vie : Vincent Hafner, qui a passé la moitié de sa vie à dézinguer son prochain, qu'il tombe amoureux et le voilà malléable comme une pâte à pain.

L'avantage pour moi, c'est que la présence d'une fille est toujours d'une aide très précieuse. Le meilleur des leviers. Vous lui cassez les deux mains, on vous offre les économies, vous lui crevez un œil, vous avez celles de toute la famille, ça va crescendo. Une fille, c'est à peu près comme un donneur volontaire, chaque organe vaut son poids d'or pur.

Bien sûr, rien ne vaut un môme. Quand vous voulez obtenir quelque chose, un gamin, c'est l'arme absolue. On n'ose même pas en rêver.

J'ai d'abord tourné et viré dans le quartier, assez loin de la rue Escudier. Les flics n'approcheront que bien plus tard dans la nuit.

Et encore, ça n'est pas du tout certain parce qu'ils vont devoir prendre un gros élan. Boucler la zone n'a rien de difficile, il suffit de bloquer toutes les rues, mais investir le pavillon sera nettement plus compliqué. D'abord il va falloir s'assurer qu'Hafner est chez lui – c'est le minimum – et qu'il est seul. Ce ne sera pas simple, il n'y a aucun dégagement pour faire stationner les équipes et comme, dans ce quartier, il n'y a quasiment pas de circulation, une voiture en maraude se fait repérer tout de suite. Il faudra coller discrètement un ou deux sous-marins pour surveiller la maison et ça ne va pas se faire en une demi-journée, c'est certain.

Pour l'heure, les types du GIGN en sont certainement à tirer des plans sur la comète, à dessiner des trajectoires sur les cartes aériennes, des zones, des secteurs, ils ne sont pas réellement pressés. Ils ont, au minimum, la nuit devant eux, rien de possible avant au moins demain matin, et ensuite, surveillance, surveillance, surveillance… Ça peut prendre un jour, deux jours, trois jours. Et d'ici là, il y a longtemps que leur proie ne présentera plus de danger parce que je m'en serai chargé personnellement.

Ma voiture est garée à deux cents mètres de la rue Escudier, je suis passé par les clôtures avec mon sac à dos, deux ou trois coups de matraque aux chiens qui voulaient jouer les terreurs et de grille en clôture me voici assis dans un jardin, sous un sapin. Les propriétaires, au rez-de-chaussée, regardent la télévision. De l'autre côté, à trente mètres, à travers le grillage qui sépare les deux pavillons, j'ai une vue parfaite sur l'arrière du numéro 15.

Une seule pièce est éclairée, à l'étage, par une lumière bleutée, intermittente, qui signale un téléviseur. Tout le reste de la maison est éteint. Il n'y a que trois hypothèses : soit Hafner regarde la télé à l'étage, soit il est sorti, soit il est couché et c'est la fille qui s'instruit devant TF1.

S'il est sorti, je lui assure le comité d'accueil à son retour.

S'il est couché, je vais lui servir d'horloge parlante.

Et s'il est devant la télé, il va rater les pubs parce que je vais lui offrir une diversion.

Je me donne le temps d'observer à la jumelle, après quoi j'approche et j'investis. Je bénéficie de l'effet de surprise maximal. Je me régale d'avance.

Le jardin est un lieu propice à la méditation. Je fais le point de la situation. Quand je me suis rendu compte que tout fonctionnait à merveille, quasiment mieux que je ne l'avais espéré, je me suis contraint à la patience parce que de nature, je suis impétueux. En arrivant ici, pour un peu, j'aurais tiré des coups de feu en l'air et je serais passé à l'assaut de la baraque en hurlant comme un damné. Mais me retrouver ici est le résultat de beaucoup de travail, de beaucoup de réflexion et de beaucoup d'énergie, je suis à deux doigts de la grosse galette et donc je me maîtrise. Et une demi-heure plus tard, comme rien ne bouge, je prends le temps de ranger soigneusement mes affaires et de faire le tour de la maison. Pas de système d'alarme. Hafner n'a pas voulu attirer l'attention en transformant son havre de paix en bunker. Il est malin, il s'est fondu dans le paysage, M. Bourgeois.

Je reviens à ma place, m'assieds de nouveau, je resserre les pans de ma parka et je continue d'observer à la jumelle.

Et enfin, vers vingt-deux heures trente, la télé du premier étage s'éteint, la petite fenêtre du milieu s'allume une minute. Cette fenêtre est plus étroite que les autres, ce sont les toilettes. Je ne pouvais pas rêver meilleure configuration. Si j'en juge par ce seul mouvement, il y a du monde mais pas beaucoup. Je me décide, je me lève et je passe à l'action.

La maison est un pavillon des années trente dont la cuisine a été aménagée au rez-de-chaussée sur l'arrière. On y accède par une porte vitrée depuis un petit perron qui donne sur le jardin. Je monte silencieusement, le verrou est tellement âgé, on l'ouvrirait avec un ouvre-boîte.

À partir de là, c'est l'inconnu.

Je dépose mon sac de voyage près de la porte, je ne conserve que mon Walther muni de son silencieux et, dans son étui de cuir à la ceinture, mon poignard de chasse.

Il règne ici un silence palpitant, une maison, la nuit, c'est toujours un peu inquiétant. Il faut d'abord calmer mon rythme cardiaque, sinon je n'entendrai rien.

Je reste un long moment, aux aguets.

Aucun bruit.

Je glisse ensuite sur le carrelage, très lentement parce que certains carreaux sonnent creux. J'arrive, au sortir de la cuisine, à un palier. À ma droite, l'escalicr qui dessert les deux étages. En face de moi, la porte d'entrée. À ma gauche, une ouverture, sans doute le salon ou la salle à manger dont la double porte a été retirée pour aérer l'espace.

Tout le monde est à l'étage. Par précaution, je me colle à la cloison au moment de passer devant la porte du salon et atteindre l'escalier, le Walther à deux mains, canon vers le sol...

Je suis tellement stupéfait, j'en reste littéralement scotché : à l'instant où je traverse le palier en direction de l'escalier, sur ma gauche, à l'autre extrémité du salon, dans le noir à peu près complet, seulement baigné par la lumière des réverbères du dehors, Hafner est là, face à moi, dans un fauteuil.

Cette vision me sidère.

Juste le temps d'apercevoir son bonnet de laine enfoncé jusqu'aux sourcils, ses yeux exorbités...

Hafner dans ce fauteuil, je vous jure, on dirait Ma Baker dans son rocking-chair.

Il tient son Mossberg dirigé vers moi.

Dès que j'apparais, il tire.

Le bruit de la détonation remplit d'un coup tout l'espace, une décharge pareille assommerait n'importe qui. Je suis très rapide. Dans la milliseconde, je me suis propulsé sur le palier. Je ne suis pas assez rapide pour éviter son tir qui arrose toute l'entrée mais suffisamment pour ne recevoir qu'une décharge dans la jambe.

Hafner m'attendait, je suis touché, je ne suis pas mort, je suis déjà à genoux, je suis atteint au mollet.

Les événements se succèdent si rapidement que mon cerveau peine à gérer l'information. D'ailleurs il est en retard sur un réflexe quasi reptilien, une réaction qui vient de la moelle épinière. Parce que je fais exactement ce à quoi personne ne pourrait s'attendre : surpris, touché, blessé, je passe à l'action.

Je me retourne sans même prendre le temps de mesurer les conséquences, un vrai saut de carpe, je me jette dans l'embrasure de la porte, au niveau du sol, je vois au visage d'Hafner qu'il s'attendait à tout autre chose qu'à me voir ainsi resurgir, à l'endroit même où il vient de m'atteindre.

Je suis à genoux face à lui, le bras tendu.

Au bout, mon Walther.

Ma première balle lui transperce la gorge, la deuxième se fiche au milieu de son front, il n'a même pas le temps de presser une seconde fois la détente, les cinq balles suivantes lui défoncent la poitrine. Il est saisi de soubresauts furieux, comme s'il luttait désespérément contre une quinte de toux.

Je prends à peine conscience du fait que je suis blessé à la jambe, qu'Hafner est mort et que tous mes efforts convergent vers un monumental ratage, lorsque mon cerveau me livre une information nouvelle : tu es à genoux dans le couloir, ton pistolet est vide et tu as le canon d'une arme contre ta nuque.

Je me fige instantanément. Je pose très lentement mon Walther sur le sol.

L'arme est tenue d'une main ferme. Le canon exerce une légère pression. Le message est clair, je repousse le Walther loin de moi, il fait environ deux mètres et s'arrête.

Je viens de me faire avoir dans les grandes largeurs. J'écarte les bras pour signifier que je ne résiste pas, je me tourne très lentement, la tête basse, en évitant tout mouvement brusque.

Il n'y a pas long à chercher pour deviner qui est ainsi prêt à me tuer. La confirmation m'est apportée aussitôt, lorsque je découvre les chaussures, c'est du très petit modèle. Des chaussures de nain. Mon cerveau, qui continue sa course folle à la recherche d'une issue, me pose la question : comment est-il arrivé ici avant toi ?

Mais je ne m'attarde pas à l'analyse de l'échec parce que avant d'avoir la réponse, je vais prendre une balle dans la tête en toute impunité. D'ailleurs le canon de l'arme glisse sur mon crâne pour se figer au milieu de mon front, exactement là où Hafner a reçu ma deuxième balle, je relève la tête.

– Bonsoir, Maleval, me dit Verhœven.

Il est en pardessus, son chapeau sur la tête, une main dans la poche. On dirait qu'il va partir.

Ce qui est de mauvais augure, c'est qu'à son autre main, celle qui tient fermement son arme, il a enfilé un gant. La panique commence à me gagner. Même si je vais très vite, s'il tire, je suis mort. Surtout avec une patte folle, je perds pas mal de sang, je pense, pas moyen de savoir, ça me lance, je ne sais pas comment cette jambe va réagir si je lui demande quelque chose.

Verhœven le sait d'ailleurs très bien.

Par précaution il recule d'un pas, son bras ne faiblit pas, reste parfaitement rectiligne, il n'a pas peur, il est décidé, son visage anguleux exprime une sérénité sobre, modeste.

Je suis à genoux, il est debout, nos yeux ne sont pas à la même hauteur mais il s'en faut de bien peu. C'est peut-être ma chance, la dernière. Il est à portée de main, si je gagne quelques centimètres, quelques minutes…

– Je vois que tu réfléchis toujours aussi vite, mon grand…

« Mon grand »… Il a toujours été comme ça, Verhœven, protecteur, paternaliste. Vu sa taille, c'est franchement ridicule. Mais il est fin. Et moi qui le connais bien, je vois qu'il n'a pas la tête des bons jours.

– Enfin, vite…, reprend-il. En règle générale. Parce que cette nuit, tu as une petite longueur de retard. Si près du but, c'est rageant. (Il ne me quitte pas des yeux.) Si tu es venu chercher une valise pleine de pognon, ça te fera du bien de savoir qu'elle était bien là. Il y a une heure la femme d'Hafner est partie avec. C'est même moi qui lui ai appelé un taxi. Tu me connais, je suis un homme très obligeant avec les femmes. Qu'elles portent une valise ou qu'elles fassent un esclandre dans un restaurant, je suis toujours prêt à rendre service.

Il ne fera aucune erreur, son pistolet est armé et ce n'est pas une arme de service…

– Oui, dit-il comme s'il suivait mes pensées, l'arme appartient à Hafner. Au premier étage, il y a un arsenal, tu n'imagines pas. C'est lui qui m'a conseillé celle-ci. Moi, dans la situation, tout me va, celle-ci, une autre…

Son regard ne me quitte pas, c'en est presque hypnotique. J'avais souvent remarqué, du temps que je travaillais pour lui, ce regard glacé, comme une lame.

– Tu te demandes comment je suis arrivé ici mais surtout de quelle manière tu vas pouvoir en sortir. Parce que tu devines à quel point je suis furieux.

Son immobilité parfaite confirme que l'issue n'est qu'une question de secondes.

– Et vexé, poursuit Verhœven. Surtout vexé. C'est le pire, pour un homme comme moi. La colère, on fait avec, on finit par se calmer, on relativise, mais l'amour-propre, c'est terrible les dégâts que ça peut faire. Surtout chez un homme qui n'a plus rien à perdre, un homme qui n'a plus rien à lui. Un type comme moi, par exemple. Pour une blessure d'amour-propre, il est capable de tout.

Je ne dis rien. J'avale ma salive.

– Toi, dit-il, tu vas te lancer. Je le sens. (Il sourit.) À ta place, c'est aussi ce que je ferais. Quitte ou double, c'est dans notre nature. Nous sommes assez proches, n'est-ce pas, nous nous ressemblons pas mal. C'est ce qui a rendu cette histoire possible, je crois.

Il disserte mais il ne perd pas de vue la situation.

Je bande mes muscles.

Il sort sa main gauche de sa poche.

Sans bouger les yeux, je calcule ma trajectoire.

Il tient son pistolet à deux mains, exactement pointé sur mon regard. Je vais le surprendre, il s'attend à ce que je charge ou que je m'esquive, je vais reculer.

– Tsst tsst tsst…

Sa main quitte son arme et se porte à son oreille.

– Écoute…

J'écoute. Les sirènes. Elles avancent très vite, Verhœven ne sourit pas, ne savoure pas sa victoire, il est triste.

Si je n'étais pas dans cette sale situation, je le plaindrais.

J'ai toujours su que j'aimais cet homme.

– Arrestation pour meurtre, dit-il (sa voix est très basse, il faut vraiment se concentrer pour l'entendre), hold-up, complicité de meurtre en janvier… Pour Ravic, torture et meurtre, pour sa copine, assassinat. Tu vas rester au trou un sacré moment, ça me fait de la peine, tu sais ?

Il est sincère.

Les sirènes convergent vers la maison à grande vitesse, il y en a au moins cinq, davantage peut-être. Les lumières des gyrophares passent par les fenêtres et éclairent l'intérieur du pavillon comme des néons de foire. Au bout du salon, le visage éteint d'Hafner, effondré dans son fauteuil, se colore alternativement de bleu et de rouge.

Des pas se précipitent. La porte d'entrée semble voler en éclats. Je tourne la tête.

C'est Louis, mon copain Louis qui entre en premier. Clean, coiffé comme un communiant.

– Salut, Louis…

J'aimerais bien prendre un air détaché, être cynique, continuer mon sketch mais retrouver Louis de cette manière, tout ce passé, tout ce gâchis, ça me brise le cœur.

– Salut, Jean-Claude…, dit Louis en s'approchant.

Mon regard revient vers Verhœven. Il n'est plus là.

22 h 30

Les pavillons se sont tous éclairés, les jardins aussi. Les propriétaires sont sur leurs perrons, ils s'interpellent parfois, se questionnent, certains se sont avancés jusqu'à leur clôture, d'autres, plus téméraires, sont venus jusqu'au milieu de la rue mais hésitent tout de même à s'approcher. Deux agents en uniforme viennent se poster aux extrémités pour empêcher les approches intempestives.

Le commandant Verhœven, le chapeau enfoncé sur le crâne, les mains dans les poches de son pardessus, a tourné le dos à la scène, il regarde la rue toute droite éclairée comme une nuit de Noël.

– Je te demande pardon, Louis. (Il parle lentement, comme un homme terrassé par la fatigue.) Je t'ai tenu à l'écart de tout, comme si je me méfiais de toi. Ce n'est pas ça du tout, tu le sais ?

La question n'est pas de pure forme.

– Bien sûr, dit Louis.

Il voudrait protester mais Verhœven a déjà détourné le regard. C'est toujours comme ça entre eux, ça commence, ça finit rarement. Cette fois est évidemment différente. Chacun d'eux a le sentiment qu'ils se voient pour la dernière fois.

Cette perspective donne à Louis une témérité exceptionnelle.

– Cette femme…, commence-t-il.

Deux mots comme ceux-là, c'est énorme de la part de Louis. Camille réagit aussitôt :

– Oh non, Louis, ne pense surtout pas ça ! (Pas fâché, Camille, mais véhément. Comme s'il risquait d'être victime d'une injustice.) Quand tu dis « cette femme », j'ai l'impression d'être la victime d'une histoire d'amour.

Il regarde de nouveau la rue, longuement.

– Ce n'est pas l'amour qui m'a fait agir, c'est la situation.

La rue bruisse du côté du pavillon, du bruit des moteurs, on entend des voix, des ordres, l'atmosphère n'est pas électrique mais calme, studieuse presque.

– Depuis la mort d'Irène, reprend Camille, je croyais tout ça terminé. En fait, la braise couvait encore et je ne le savais pas. Maleval a su souffler dessus, au bon moment, voilà tout. Au fond « cette femme » comme tu dis… elle n'y est pas pour grand-chose.

– Quand même, insiste Louis, mensonge, trahison…

– Oh, Louis, ce sont des mots… Quand j'ai compris l'histoire, j'aurais pu tout arrêter, le mensonge se serait terminé là, il n'y aurait pas eu de trahison.

Le silence de Louis demande : et alors ?

– En fait…

Camille se tourne vers Louis, il semble chercher ses propres mots sur le visage du jeune homme.

– Je n'avais plus envie d'arrêter, je devais aller au bout, pour en finir. Je crois… que c'est de la fidélité. (Il semble étonné lui-même de ce mot. Il sourit.) Et puis cette femme… je n'ai jamais cru qu'elle agissait pour un mauvais motif. Si je l'avais cru, je l'aurais arrêtée tout de suite. Quand j'ai compris, c'était un peu tard mais je pouvais accepter les dégâts, je pouvais encore faire mon travail. Mais non. J'ai toujours pensé qu'accepter tout ce qu'elle endurait… ça ne pouvait pas être pour une mauvaise cause. (Il hoche la tête, l'air de se réveiller, il sourit.) Et j'avais raison. Elle se sacrifiait pour son frère. Oui, je sais, c'est un mot ridicule le « sacrifice » !... Ce n'est pas un mot pour aujourd'hui, plutôt vieux jeu, mais enfin... Regarde Hafner, ce n'était pas un ange mais il s'est sacrifié pour ses filles. Anne, elle, c'est pour son frère... Ça existe ces choses-là.

– Et vous ?

– Moi aussi.

Il hésite, se lance.

– Quitte à toucher le fond, j'ai trouvé que ce n'était pas mal d'avoir quelqu'un à qui sacrifier quelque chose d'important. (Il sourit.) Dans ces temps d'égoïsme, c'est même luxueux, tu ne trouves pas ?

Il remonte le col de son pardessus.

– Bon, c'est pas le tout, j'ai pas fini ma journée, moi. J'ai une lettre de démission à écrire. Je suis pas couché...

Pourtant, il ne bouge pas.

– Eh, Louis !

Louis se retourne. Un technicien l'appelle, à une quinzaine de mètres, sur le trottoir devant le pavillon d'Hafner.

Camille fait signe, vas-y, Louis, ne te retarde pas.

– Je reviens, dit Louis.

Mais lorsqu'il revient, Camille est déjà parti.

1 h 30

Camille a ressenti une brusque accélération cardiaque lorsqu'il a vu la lumière allumée dans la maison.

Il a aussitôt arrêté la voiture, coupé le moteur. Il est resté assis au volant, à se demander comment il allait s'y prendre. Anne est là.

Il n'avait pas besoin de cette déception supplémentaire, de cette épreuve. Il avait besoin d'être seul.

Il soupire, saisit son manteau, prend son chapeau, son gros dossier à sangle puis remonte lentement à pied le chemin en se demandant comment ils vont se retrouver, ce qu'il va lui dire, comment il va le lui dire. Il l'imagine encore au même endroit, assise par terre, près de l'évier de la cuisine.

La porte de la terrasse est légèrement entrouverte.

La lumière diffuse, dans le salon, vient seulement de la veilleuse, sous l'escalier, insuffisante pour voir où Anne se trouve. Camille pose son paquet par terre, saisit la poignée de la baie vitrée, fait coulisser la porte. Il sourit.

Il est seul. Pas besoin de se poser la question mais tout de même :

– Anne… ! Tu es là ?

Il connaît déjà la réponse.

Il va jusqu'au poêle, c'est toujours la première chose à faire. Une bûche. Et ouvrir le tirant d'air.

Puis il retire son manteau, allume, au passage, la bouilloire électrique mais l'éteint aussitôt et va jusqu'à l'armoire où il range les alcools, hésite : whisky ? Cognac ?

Allons-y pour le cognac.

Juste un fond.

Ensuite il retourne prendre son paquet laissé sur la terrasse et referme la porte vitrée.

Il va s'y mettre tranquillement, le temps de siroter quelques gorgées. Il aime cette maison. Au-dessus de lui, le toit vitré est couvert de feuillages ombrés et mouvants. D'ici on ne sent pas le vent, on le voit seulement.

C'est curieux, à cet instant – il a pourtant l'âge d'être grand – sa mère lui manque. Immensément. Il pourrait en pleurer s'il se laissait aller.

Mais il résiste. Pleurer seul, ça n'a aucun sens.

Alors il pose son verre, s'agenouille, ouvre le gros dossier avec les photos, les rapports, les comptes rendus, les coupures de presse, il doit y avoir là les dernières photos d'Irène.

Il ne cherche pas, ne regarde pas, il enfourne tout cela méthodiquement, par poignées, dans la gueule béante du poêle qui maintenant ronfle paisiblement, vitesse de croisière.

Courbevoie, décembre 2011

Sacrifices est le dernier volet de la trilogie Verhœven, commencée avec *Travail soigné* et poursuivie avec *Alex*.

Mes remerciements à Pascaline, mon épouse, à Gérald Aubert pour ses conseils et à l'ami Sam, toujours présent et disponible. Et à Pierre Scipion, pour sa vigilance et sa bienveillance ainsi qu'au personnel d'Albin Michel.

Et bien sûr, pour les légers emprunts que je leur fais ici et là, ma reconnaissance à (dans l'ordre alphabétique) : Marcel Aymé, Thomas Bernhard, Nicolas Boileau, Heinrich Böll, William Faulkner, Shelby Foote, William Gaddis, John Le Carré, Jules Michelet, Antonio Muñoz Molina, Marcel Proust, Olivier Remaud, Jean-Paul Sartre, Thomas Wolfe.

DU MÊME AUTEUR

Aux Éditions Albin Michel

ALEX, 2011, Livre de Poche 2012.

Chez d'autres éditeurs

TRAVAIL SOIGNÉ, Le Masque, prix du premier roman du festival de Cognac 2006, Livre de Poche 2007.

ROBE DE MARIÉ, Calmann-Lévy, prix Sang d'encre des lycéens 2009, Livre de Poche 2010.

CADRES NOIRS, Calmann-Lévy, prix *Le Point* du polar européen 2010, Livre de Poche 2011.

Composition Nord Compo
Impression CPI Bussière en septembre 2012
à Saint-Amand-Montrond (Cher)
Éditions Albin Michel
22, rue Huyghens, 75014 Paris
www.albin-michel.fr
ISBN 978-2-226-24428-4
N° d'édition : 19553/01. – N° d'impression : 122963/4.
Dépôt légal : octobre 2012.
Imprimé en France.